◎ 朱广联 编著

天津出版传媒集团

天津人民出版社

图书在版编目（ＣＩＰ）数据

家书有约 / 朱广联编著 . -- 天津：天津人民出版
社，2021.6

ISBN 978-7-201-17373-3

Ⅰ. ①家… Ⅱ. ①朱… Ⅲ. ①书信集 - 中国 Ⅳ.
①I126

中国版本图书馆 CIP 数据核字 (2021) 第 103045 号

家书有约
JIASHU YOU YUE

朱广联 编著

出　　版	天津人民出版社	
出 版 人	刘　庆	
地　　址	天津市和平区西康路 35 号康岳大厦	
邮政编码	300051	
邮购电话	（022）23332469	
电子邮箱	reader@tjrmcbs.com	

责任编辑	周春玲　杨　芊　佟　鑫
装帧设计	江苏尚大文化传媒有限公司

印　　刷	江苏苏中印刷有限公司
经　　销	新华书店
开　　本	787 毫米 ×1092 毫米　1/16
印　　张	22.25
字　　数	284 千字
版次印次	2021 年 6 月第 1 版　2021 年 6 月第 1 次印刷
定　　价	68.00 元

认识广联同志是 1996 年的夏季。那次我下部队调研，期间去了徐州北郊的琵琶山营房，广联同志在那儿任团长。第一印象是该同志很精干，工作有生气，班子有朝气，部队带得不错。2017 年的 6 月，他来南京看我。交谈中，得知他退休后，热心于家风家书等方面的学习研究，不时参加有关社会活动，到社区、学校、工厂、军营等地宣讲交流，我对他的行动很是赞赏。

这次他带来一本样书，名曰《家书有约》，图文并茂，旁征博引，背景中烘托家书，铺陈里典藏轶事，片页间涌动大爱，感言时投射敬意。可谓情理交融，有喜读之感。在他的笔下，让遴选出的 50 位人物走近了，活起来了。

"烽火连三月，家书抵万金。"一千多年前，杜甫老先生的这一经典名句，道出了家书的意义和价值，说出了亿万人的心声。随着互联网的普及，自媒体时代的到来，很多人在键盘上动动手指，就能传情达意，嗨及天涯。手写家书越来越少，已成不争之事。不难想象，家庭的存在，亲情的渴望，家书作为一种特殊文化、独特载体和恒久记忆，不论采取何种方式，其价值永远不会消失。从古至今就家人和亲友间的交流互动而言，家书作为一种温馨媒介，承载着为亲近的人"量身定制"和"心灵特供"之功能。流传至今的家书、家训，愈稀少，愈珍贵，已经成为中华民族宝贵的文化遗产。

家书作为中华优秀传统文化的一个组成部分，不仅是长幼之间的平安牵挂、男欢女爱的卿卿我我、生活中的酸甜苦辣、浓厚的家国情怀，而且有着很高的文献价值，深厚的学术价值，普遍的伦理价值，以及独具的时代价值。时至今日，每当我们读到那一封封情深意浓、内涵深刻、脍炙人口的优美家书，总会有一种"剪不断，理还乱"的惆怅，乃至于怦然心动的感觉。

家书的本真在于"爱"。20世纪30年代初的杨开慧，只身带着三个孩子，随时面临被反动派追捕之危险，她日夜思念的丈夫毛泽东杳无音信。万般无奈之下，杨开慧含着泪给自己亲爱的人写了一封信。信中写道："又是一夜没有入睡。我不能忍了，我要跑到他那里去。小孩，可怜的小孩，又把我拖住。我的心挑了一个重担，一头是他，一头是小孩，谁都拿不开……我真爱你呀！"动人心魄，感人肺腑，无尽思念，跃然其间。这封未及发出的家书，相隔 52 年后在杨开慧故居修缮时，被施工人员从墙缝里挖掘出来，成为珍贵文物。

家书的成色在于"料"。诸葛亮的《诫子书》，短短 86 个字，影响滋润无数人。尤其是那"静以修身，俭以养德""非淡泊无以明志，非宁静无以致远"等经典名句，为中华儿女千古传诵。清代郑板桥，老来得子，在外做官，在给弟弟信中写道："又有五言绝句四首，小儿顺口好读，令吾儿且读且唱，月下坐在门槛上，唱与二太太、两母亲、叔叔、婶娘听，便好骗果子吃。"其情其景，温暖可人。

家书的格调在于"雅"。周总理夫妇堪为榜样。1954 年 4 月末，为了实现印度支那和朝鲜半岛的和平问题，周恩来以外交部部长身份参加日内瓦会议。由于美英等西方国家的百般刁难和阻扰，会议开了 40 多天仍在继续。身在北京的邓颖超十分牵挂。一天，乘着信使前往，邓大姐采撷了总理最喜欢的香山枫叶和院中盛开的海棠花并压实，附上纸条"红叶一片，寄上想念"。总理收到后，知道大姐在想他，于 6 月 13 日深夜给爱妻回了一信："超：你的信早收到了。你还是那样热情和理智交织着，真是老而弥坚，我愧不及你……"信中附上专门采集的当地一种名贵芍药花，连同红叶，乘信使带回，"聊寄思念"。一对恩爱夫妻、革命伴侣，红叶芍药交相传情，互为慰藉，书来信往，朴质而浪漫。

时光穿越，历史钩沉，人物迭现，古今交融。《家书有约》50个篇目，既相互独立，又彼此呼应，聚焦家国情，传递正能量，彰显人间爱。广联同志把家书这类在今天一些人看似老旧的话题写得生动，议得活泼，平实中见波澜，随意处见功力，感言时动真情，实属不易。

广联同志学用结合，研修并举。他在着手著书的同时，还就领袖及名人家风家书释读撰文，近两年来，先后在《学习时报》《党员文摘》《泰州日报》《泰州晚报》《青春》《家风》等刊物上发表文章20多篇（次）。仅《学习时报》就刊用了8篇。其中，《从家书看毛泽东如何做父亲》一文，经中宣部"学习强国"学习平台转发后，阅读量达270多万人次，6万多人点赞。所作周恩来夫妇、朱德、董必武、鲁迅等人的相关家书文章，先后被人民网、党建网、法制网、中国共产党新闻网、中共中央党史和文献研究院等网络平台及相关省市媒体、刊物转载。

广联同志曾在部队工作多年，上前线打过仗，对战争和军人有着深刻理解和特殊感情。《家书有约》中既有对范仲淹镇守西北边关、文天祥守剑州战于都、王阳明出赣南平横水、曾国藩创建湘军威震南方，左宗棠抬棺西征收复新疆等古代、近代文臣武将的寄情；也有对远征缅甸戴安澜、血战四行谢晋元、白马红妆赵一曼、国际主义英雄黄继光、优秀歼击机飞行员余旭等现（当）代人物的讴歌。这是一种军人特有的情怀与表达。此外，书中对海外华侨华人亦有兼顾。被誉为"立法促统"第一人，旅英侨领单声的爱国爱家爱故乡之情，通过其家书与故事有精彩呈现。

《神九航天员》和《逆行出征》两篇集合式的编著安排，反映中国航天和抗疫史上的两件大事，是书中的一大亮点。"太空家书"与"抗疫家书"，一天一地，交相辉映，生动诠释了国人和无数家庭在重要时刻、特殊时期博大而深厚的家国情怀。

家书有温度，家书载厚度，家书居高度。家书见证历史，反映时代。竹简的久远、方巾的情愫、诗词的隽永、书法的精美、邮戳的记忆、信笺的年轮等，历久弥新，淳朴厚重。《家书有约》，古往今来，一众人物，老中青少，各美其美，美美与共，将会给读者带来不一样的感受。

广联同志在军地工作数十年，退休后找到了"不忘初心"新的切入点，孜孜不倦在家书、家训领域里传承和发扬中华优秀传统文化。短短几年时间，就做出了有意义的贡献，这对老同志们是一个很好的启示。我想说：人的生命再长也是有限的，珍惜时间去做更多有益的事，就会活得有意义，活得更精彩。广联同志守住一份初心的精神与情怀，值得称道和点赞。

2015年2月17日，习近平总书记在春节团拜会上明确指出："不论时代发生多大变化，不论生活格局发生多大变化，我们都要重视家庭建设，注重家庭、注重家教、注重家风。"随着互联网、信息化时代的浪潮冲击，亲人间交流信息、表达情感、传递思想的方式更加多样化了。人在，家在，家书就在。作为一个拥有4亿多家庭、14亿多人口的大国，弘扬光大家书文化，注重家风建设，独具价值，尤为必要。小家书，大时代；小家书，大文化。家书未老，家国情怀常青。

是为序。

方祖岐

（方祖岐　中国人民解放军高级将领，上将军衔。第十五届中共中央委员，第十届全国政协常委、教科文卫体委员会副主任。著名诗人，书画家，中国书法家协会会员）

FOREWORD / 序[二]

前几年，我去苏州讲学，认识了江苏泰州的朱广联同志。

最近，他撰写了一本名为《家书有约》的书，要我看看。我先睹为快，觉得这是一本值得向读者推荐的好书。现谈谈阅读之后的一些感想。

"家书"，就是家人之间往来的书信，俗称"家信"。常常用来传达亲人之间有关的信息、表达思念之情、嘱托重要事项等。

在交通、通信手段不发达的传统社会，书信是分居两地的家庭成员之间传递信息、联络感情、进行沟通交流的重要载体和工具，是人际交往的桥梁和纽带。

在现代社会，随着科学技术的发展，交通、通信设备的不断完善和日趋现代化，电报、电话、传真、电子邮箱、手机、微信等通信手段的广泛应用，使得人们联络感情、传递信息更加方便、快捷。尽管如此，家庭成员之间还是常常用致家信的方式进行联络和沟通。

在中国，从古至今，利用家信对家人、子女进行教育，一直是一种重要的家庭教育手段。在古代社会，家长在外做官、经商、做事，由于种种的条件限制，不能携带家眷，不能与家人、子女生活在一起。但他们并没有因此而放弃关心、教育家人、子女的责任。身处异地，鞭长莫及，不能当面对家人、子女进行教育，就采用写家信的方式。当然，也有的是家人、子女在外学习或工作，家长在家，不能对其当面教育，也采用写家信的方式对在外的家人、子女进行教育。

比如，清朝著名诗人、画家、书法家郑板桥，在外做官时，就给家人写了许多封家书，以教育在家的子弟。在《郑板桥集》一书中，就收集了十六封家信。

清末湘军首领曾国藩常年在外做官，他给家人写过许多封家书，保存下来的达一千四百多篇。因此，他是历史上保存家书数量最多的人物之一。家书内容包括修身、教子、持家、交友、用人、处事、治军、从政等多个方面，是曾国藩一生主要思想的生动体现。

在现代社会，利用家信对家人、子女进行教育也是一种常用的方式方法。著名翻译家傅雷的家书对世人影响深远。

傅雷的儿子傅聪原先在国内学习，后来到波兰、英国学钢琴。傅雷通过书信了解儿子的思想、生活、学习、工作情况，对远在海外的儿子进行教育和指导。1954 年至 1966 年，傅雷给傅聪一共写信一百九十封之多，信中对儿子的求艺、做人、爱国、心理成长以及情感管控、恋爱婚姻等多方面给予指导。经常收到来自国内父亲的家信，使身居海外的儿子倍感亲切、温暖，并受到了极为深刻的教育。在父亲的谆谆教导下，傅聪刻苦学习，业务上提高很快，成为世界著名的钢琴家；在思想上傅聪也能够严于律己，虽然远在海外，但从未做过有损于祖国荣誉的事。

我们许多老一辈无产阶级革命家，由于工作繁忙，不能经常与家人、子女生活在一起，也是常常采用写信的方式对不在身边的家人、子女进行革命传统教育，收到了非常好的教育效果。

家长通过写信的方式对家人、子女进行教育，并不都是因为两地分居。有的生活在一起，也采用写家信的方式交流。当面用话语教育，有时犹如过耳之风，稍纵即逝，印象不深刻；而家信可以保留比较长的时间，重要的家信甚至要永久保存，家人、子女可以反复阅读、体味长辈的教诲，受到的教育和启迪比当面教育更为深刻，记得更牢固。

家长采用面对面的说教，虽是一种行之有效的教育方法；然而，面对面的说教，也有它的局限性。诸如，当面说教往往

周文王

敬中守中 翼翼不懈

鉴，顺天应命，居安思危，公正无私地治国理政。这对成王及后来的康王等教育帮助很大。周朝持续约 800 年，成为中国历史上统治时间最长的朝代。

一生求索只为"中"

"穷且益坚，不坠青云之志。"虽身陷囹圄，却放飞思想。置生死于度外，视劳苦为情怀，汲天地之精华，求兴周之大道。更是将自强不息的奋斗精神、厚德载物的博大情怀、居安思危的忧患意识、思变求进的创新理念，注入了《周易》这部不朽著作之中。终老时，殚精竭虑，苦心孤诣，鉴古喻今，擘画剪商兴周大计。训谕太子中和修身，中道治国，中正安邦。核心一个"中"字。大周800年的长盛不衰，佐证了中道理念、中和思想具有强大生命力。这是周文王为儿孙，为后世留下的宝贵精神财富，也是一份传给中华民族的珍贵文化遗产。如今，虽世殊事异，气象万千，然精神不泯，中道永存！

杨震

使后世子孙为清白吏

是最有价值之遗产

"四知拒金"成为杨震清官形象的点睛铸魂之笔。2010年9月在国家博物馆举行廉政文物展中，就曾展出民间收藏的"杨震却金碑"，极具教育意义。

不受私谒，做"清白吏"，以清白家风传世是杨震一生的追求和信仰。杨震官至太尉，位高权重。他不修豪华宅府，常以素食为主，衣无锦绣，上下班不乘马车，喜欢徒步往来。因其洁身自好，故能刚正不阿，正义凛然，勇与贪官污吏做斗争。在他蒙冤罢官，被遣返回乡行至夕阳亭时，决定以死明志。临终时对随行的两个儿子留下遗嘱：

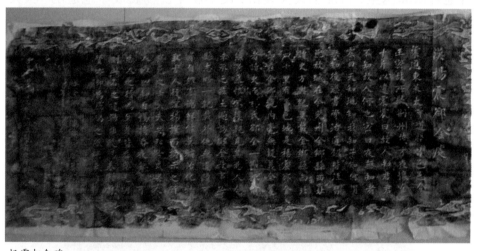

杨震却金碑

为官不能效忠国家，报答百姓，反而落得千古骂名，活着，又有什么意思呢？

死亡，只是我们士大夫的责任。奸臣祸国殃民，我却无能为力。妖女淫乱宫廷，我却不能阻止，又有什么脸面去见日月？我死以后，用杂木做棺材，用被单蒙住我的头，盖住我的身体，不要埋在家族的祖坟，不要祭祀。

早前，友人曾劝他不要过于清贫，老跟自己过不去。尤其是到了一把年纪，要多替子孙考虑，置办些家业传后。杨震不从，慨然说道：

使后世称为清白吏子孙，以此遗之，不亦厚乎？

夕阳亭杨震以死明志

在杨震看来，儿孙自有儿孙福，始终保持清正廉洁的形象和节操，就是留给子孙后代最好的遗产和最有价值的精神财富。

深受"清白吏"家风影响，杨氏后裔个个为官清廉。杨震家族从杨震起，享有"四世三公"，代代能守"清白吏"之美誉。

杨震有五个儿子，多以清白正直享誉天下。特别是三子杨秉，位极人臣，官至太尉，对己要求极严。以"三不惑"即不饮酒、不贪财、不近色闻名于世。杨秉之子杨赐、孙子杨彪，皆官至太尉，恪守清廉正直之名，每为百姓着想，口碑甚佳。孔融称杨彪"四世清德，海内所瞻"。

天下杨氏出弘农。杨震被公认为杨氏家族的发脉始祖，其清白家风泽被千年，对后世子孙影响深远。杨氏后人以先祖"四知"命名的"四知堂""清白堂"遍布各地。甚至在马来西

杨震廉政博物馆——清风正气堂

亚、印度尼西亚、新加坡等国都有杨氏后代为纪念杨震所建的祠堂。近年来，位于其家乡的陕西潼关四知村杨震廉政博物馆，更是成为热门的爱国主义教育和廉政教育基地之一。"关西夫子"、忠君直臣、"四知先生"的风范和气节，将永垂青史。

杨震雕像

以死明志慰国人

　　浑浊汹涌的宦海暗流，磨不去他那坚硬的棱角；昏庸窒息的皇威权势，击不垮他那铮铮铁骨。生当作人杰，死亦为鬼雄；当官不苟且，名节重如山。一息尚存仍战斗，誓将热血祭忠魂。面对朝中奸臣的恶意中伤和无端迫害，杨震刚正不阿，毫不畏惧和退缩，与之抗争。困窘之时，更是不惜以死明志，以昭后人。这是对腐朽黑暗的控告，是对昏聩无能的鞭挞，更是一种"我以我血荐轩辕"的壮烈宣誓和呐喊。一个杨震倒下去，千万个杨震站起来。"匡扶社稷，正直是与"，杨震当之无愧。节操如磐，清风常在，英名属于廉臣，胜利属于人民！

诸葛亮

非淡泊无以明志

非宁静无以致远

诸葛亮（181—234）

字孔明，号卧龙，琅琊阳都（今山东沂南）人，蜀汉丞相，三国时期杰出的政治家、军事家。207年，刘备三顾茅庐，请其出山。辅佐刘备联孙抗曹，建立蜀汉，拜为丞相，使天下三分有其一。刘备死后，尽心托孤，辅佐幼主，南征北战，打理朝政。234年，因操劳过度，病逝于五丈原。追谥忠武侯。著有《隆中对》《出师表》等。

诸葛亮对儿甥、子弟厚爱有加，教育严格，著有《诫子书》《诫外甥书》等，言近旨远，意涵深刻，流传甚广，是不可多得的好教材。

提起诸葛亮，熟知这段历史的朋友，头脑里会很快闪现出诸多有关这位卧龙先生的生动画面。《隆中对》中，他与刘备纵论天下大势，陈说三分天下大计。正式出山后，他纵横捭阖，大展身手。舌战群儒，威震东吴；联孙抗曹，三足鼎立；复兴汉室，屡出奇招。祭东风，演八卦，唱空城，六出祁山，七擒七纵孟获等等，上演了一幕又一幕精彩大戏。多年的老对手，素以老谋深算著称的魏国都督司马懿，对其出神入化的用兵布阵由衷感叹，诸葛亮真乃"天下奇才"。

诸葛亮最为可贵的是他忠君报国。自刘备力邀其出山入幕后，先为军师，后为丞相。辅佐刘备夺荆州，得益州，定都成都。白帝城先主托孤，诸葛亮更是日理万机，竭尽股肱之力，以相父之名辅弼幼主刘禅治国理政，以安天下。在其决定北上伐魏之

诸葛亮与刘备纵论天下大势

时，一篇《出师表》以其深深的忧虑和恳切委婉的言辞，劝勉刘禅继承先主遗志，开张圣听，赏罚严明，亲贤远佞，聚力完成"兴复汉室"之大业。尤为难得的是，孔明向幼主表达自己以身许国、忠贞不贰的壮烈情怀和赤胆忠心。为此，率军

刘备托孤

南征北战，六出祁山，一度深入不毛之地讨伐叛军。此等官德人品和气节操守，真是令人敬佩。

为政清廉，严于律己，有权不任性，是诸葛亮为臣为相、声威俱高的一个显著特征。观其一生，以节俭为美德。主张并带头践行"静以修身，俭以养德"，为官员做表率。诸葛亮还劝喻民众要丰歉互补，做到"丰年不奢，凶年不俭""秋有余粮，以给不足"，达到"富国安家"之目的。诸葛亮廉洁奉公，不慕钱财，堪当楷模。他在亮家产时，告知自己"成都有桑八百株，薄田十五顷，弟子衣食，自有余饶"。据史料载，就购置这一点产业的钱还是来自刘备的赏赐。其所得钱财，要么存于官府，要么分赏给有功的部属。他向刘禅袒露心迹时说："臣死之后，不使内有余帛，外有赢财，以负陛下。"孔明谢世前交代身边近臣，死后安葬一切从简，只要求将自己葬于汉中定军山，依山势挖一棺材大的坑埋入便是。穿平时的衣服入殓，不必用其他器物殉葬。

诸葛亮向幼主刘禅上书《出师表》

繁忙的政事、军事之余，诸葛亮重视教子，精于熏陶，期待和寄望子侄成为"国之重

器"。他在《与兄瑾言子瞻书》中说，诸葛瞻"今已八岁，聪慧可爱，嫌其早成，恐不为重器耳"。短短几句话，生动反映了诸葛亮疼爱儿子的殷殷之情，以及担心他成不了国家栋梁的隐隐忧虑。

诸葛亮《诫子书》

《诫子书》是诸葛亮在临终时写给8岁儿子诸葛瞻的一封家书。全文仅86个字，却成了历代相传的修身向学、立志做人的千古名篇。

夫君子之行，静以修身，俭以养德。非淡泊无以明志，非宁静无以致远。夫学须静也，才须学也，非学无以广才，非志无以成学。淫慢则不能励精，险躁则不能治性。年与时驰，意与日去，遂成枯落，多不接世，悲守穷庐，将复何及！

诸葛亮躬耕之地——南阳卧龙岗

这封不到百字的家书，凝练了诸葛亮毕生智慧和感悟。修身养德，宁静致远；勤学不辍，励精求进；管理时间，珍惜当下，有所作为。避免空守破屋、暗自悲伤的窘境发生。舐犊之情、醇醇父爱，跃然纸上。"静以修身，俭以养德""淡泊明志，宁静致远"等经典名句，更是广为传颂，影响深远。

夫志当存高远，慕先贤，绝情欲，弃凝滞，使庶几之志，揭然有所存，恻然有所感；忍屈伸，去细碎，广咨问，除嫌吝，虽有淹留，何损于美趣，何患于不济。若志不强毅，意不慷慨，徒碌碌滞于俗，默默束于情，永窜伏于凡庸，不免于下流矣！

这是诸葛亮写给外甥庞涣的书信。意思是说，一个人应当树立远大志向，敬仰有才德的贤良，管控个人情欲，克服和防止停滞不前的思想，做一个品行高尚的人。要能经受委屈和考验，摆脱生活琐事的纠缠，多学习，少争执，沉淀自身，强大自己，善于广泛听取别人意见，排除怨恨情绪，即便在个人名誉地位受到挫折时，也不动摇自己的志向和追求。鞭辟入里，叮咛嘱咐，可谓用心良苦。庞涣后来官至郡太守，为百姓做了不少实事。

1998年中国邮政发行纪念邮票《三国演义——空城计》

诸葛亮教子既注重思想言论上的引导，又特别重视在生活实践中的淬炼摔打。养子诸葛乔，自幼勤奋好学，知识渊博，深得诸葛亮喜爱。皇上也极为器重，任命其为驸马都尉。后来，诸葛亮发现养子渐渐迷恋上宫廷奢侈豪华生活，不那么要求上进了。担心长期下去，会毁灭其前途，于是写信给诸葛乔生父、自己的兄长诸葛瑾说："各位将军的子弟都参与行军，我认为诸葛乔也应该同甘共苦。今日让他带领五六百士兵，与各位将军的子弟驻扎在山谷中。"又把养子诸葛乔找来做工作，告知道理，讲明利害，要求他离开宫廷，到成都军营当运粮官，并说服皇上接受了这一意见。诸葛乔跟随养父诸葛亮赴汉中征战，负责运送粮草等军用物资。经实际锻炼，成长很快。

诸葛亮率师北伐雕塑

诸葛亮的言传身教，对儿孙们影响很大。长子诸葛瞻、长孙诸葛尚等皆能"外不负国，内不移其志"，为保卫蜀汉江山战死沙场，流尽最后一滴血。如今诸葛后裔们继承先祖优良传统，勤学精业，人才辈出。浙江兰溪诸葛八卦村那深厚的文化、独特的风格、代际传承的优良习俗，对后世影响深远。

颜之推

整齐门内 提撕子孙

颜之推（531—约597）

字介，祖籍琅琊临沂（今山东临沂），生于建康（今江苏南京）。历经五朝，才华出众，生世坎坷。南北朝时期著名的文学家、教育家。著有《颜氏家训》《集灵记》等。

《颜氏家训》，是颜之推整齐门内，教诲子孙的经典之作，被列为"家训之祖"。全书共20篇，包含正家风、立规矩、致勉学、懂知止、教做人等内容，对后世影响深远。

受儒家学说熏陶，颜氏一族家学渊源深厚。早在春秋战国时期，孔子七十二贤中，颜门即有八席。其中，颜氏先祖颜回，可谓是孔老夫子的得意门生，被誉为"儒家五圣之一"。

颜之推乃颜回的第35世孙，历经南梁、西魏、北齐、北周和隋五朝，曾经三次被俘，多次出生入死，历经沧桑。正如其晚年感叹的那样："予一生而三化，备荼苦而蓼辛。"一路走来，屡遭磨难，真是不容易啊！

颜之推乃名门之后、沙场老将，历官几十载，可谓见多识广。工于文字、长于思考的他，到了晚年，几番沉淀，几多感悟，他以博大的家国情怀和儿孙之爱，写出了《颜氏家训》

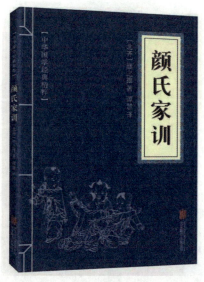

《颜氏家训》

这样的传世之作。

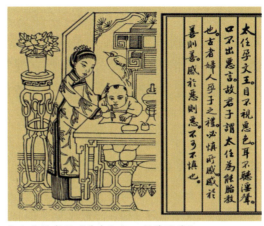

夫圣贤之书，教人诚孝，慎言检迹，立身扬名，亦已备矣。魏、晋已来，所著诸子，理重事复，递相模学，犹屋下架屋，床上施床耳。吾今所以复为此者，非敢轨物范世也，业以整齐门内，提撕子孙。

颜之推推崇的"昔在龆龀，便蒙诱诲"

这是"序致第一"的开篇之语。颜公的主旨是，教人行忠孝，言语要谨慎，行为须庄重，方可立身扬名的这些道理，古圣先贤们都有著述讲过了，大家都这么说，就有叠床架屋之嫌了。我现在来写这类书，不敢以它做世人行为的规范，只是作为整肃自家门风，警醒后辈儿孙罢了。可谓开宗明义，倒也痛快。

他继而写道："吾家风教，素为整密。昔在龆龀，便蒙诱诲。"其意是说，颜氏一族有一套注重门风家教的好传统、好方法，小孩开始换牙齿时，长辈和兄长们即注重给予其教诲与引导了。

颜之推非常赞赏和崇尚早教，尤其对小孩的启蒙教育，主张早抓、抓早，不能贻误。他在"教子第二"篇中，深情地写道：

古者，圣王有胎教之法：怀子三月，出居别宫，目不邪视，耳不妄听，音声滋味，以礼节之……凡庶纵不能尔，当及婴稚，识人颜色，知人喜怒，便加教诲，使为则为，使止则止。

借古喻今，据事述理，道出了教子育人的一条真经"早"，并引用古时一句谚语"教妇初来，教儿婴孩"作为佐证。

《礼》云："欲不可纵，志不可满。"宇宙可臻其极，情性不知其穷，唯在少欲知止，为立涯限尔。先祖靖侯戒子侄曰："汝家书生门户，世无富贵，自今仕宦不可过二千石，婚姻勿贪势家。"吾终身服膺，以为名言也。

这是"止足"中的一段话。引经据典，溯及宇宙苍穹，告知一个道理：人的欲望是无止境的，只有清心寡欲，懂得知止知足才是正道。其间颜公以讲故事的方式，列举九世祖靖侯的话教导儿孙，为人要常怀淡泊之心和安贫乐道之志。告诫儿孙你们为官不可担任俸禄超过两千石（古时郡守级待遇），婚姻不要去贪图高攀世家大族。颜公表示，我对这些话终身信奉、牢记在心，把它作为至理名言。可见，为人或做官，要知道仕途凶险，学会守拙，懂得知止，精于知足，谨防膨胀，力戒盲目攀比，不失为一大人生智慧。

颜氏先祖颜回像

在《颜氏家训》的滋养下，颜氏后裔崇德重教，家国为怀，修身力行，隋唐以来名贤辈出，精英荟萃。唐初著名的训诂学家颜师古，"安史之乱"中誓不降贼、以身殉国英杰颜杲卿，著名书法大家颜真卿等，都是颜氏一族声名显赫的人物。

历代名家学者对《颜氏家训》给予很高评价，明代袁衷赞曰："六朝颜之推，家法最正，相传最远。"清代王钺称其："篇篇药石，言言龟鉴，凡为人子弟者，当家置一册，奉为明训，不独颜氏。"近代民主革命家、思想家、著名学者章太炎更是推崇备至："若夫行已有耻，博学于文，则可以无大过，隋唐之间，其惟《颜氏家训》也！"

转瞬已过千年，颜之推作为魏晋南北朝儒家文化尤其是家训文化的一个代表，其家书家教中展现出的道德价值、人文情怀和思想光芒，对其族裔和世人仍具有强大的魅力，值得我们怀念和镜鉴。

老兵感言

整齐门内诲子孙

孔子七十二贤，颜门占有八席。注重家庭，注重家教，注重家风，颜家有着优良传统。饱经沧桑、历览沉浮的五朝元老之推公，不辞年迈力衰，苦心孤诣写家书、立家训，义无反顾地承袭先祖遗泽，扛起看家、护家、兴家、传家的责任，为的是"整齐门内，提撕子孙"。叙家风，谈早教，致勉学，讲名实，论止足，道生死，立规矩。洋洋洒洒几十篇，字字句句见真情，点点滴滴暖人心。斯人已去，道不远行。颜之推在家风塑造、家庭教育、儿孙培养等方面的真知灼见，金玉良言，值得世代品读。

杜甫

诗是吾家事

人传世上情

杜甫（712—770）

字子美，自号少陵野老，世称"杜工部""杜少陵"等。河南巩县（今河南巩义）人。唐代伟大的现实主义诗人，世人尊其为"诗圣"，其诗被誉为"诗史"。杜甫与李白合称"李杜"。杜甫忧国忧民、人格高尚。他有约1500首诗被保留下来。代表作有《登高》《春望》《三吏》《三别》《饮中八仙歌》等。

杜甫齐家有道，教子有方。以诗为载体，传情达意，寄语面命。代表作有《宗武生日》《催宗文树鸡栅》《熟食日示宗文宗武》等。

"会当凌绝顶，一览纵山小。""烽火连三月，家书抵万金。""安得广厦千万间，大庇天下寒士俱欢颜！"每当人们读到这些，都会被杜甫那壮美的诗句和博大的情怀所感动。

杜甫出生于"奉儒守官"的封建士大夫家庭，家学深厚。杜甫自幼聪明好学，七岁能作诗。"七龄思即壮，开口咏凤凰"便是其当年之写照。

因进士不第，杜甫从20岁起至30岁出头，经常出游。先后游览吴越、齐鲁、燕赵和梁宋等地，从南到北可是跑了不少地方，称得上是一段人生"壮游"。这为他后来以丰富的人文情怀吟诗作赋奠定了基础。

天宝三年（744）的初夏，杜甫

成都杜甫草堂博物馆《杜甫千诗碑》

杜甫诗作《春望》

在洛阳与大诗人李白相遇，中国文学史上最伟大的两位诗人见面了。杜甫比李白小11岁，此时李白已是大名鼎鼎，相较之下，杜甫算是小字辈。而两人却以平等身份开始交往，相约漫游，常在一起饮酒赋诗，互赠诗作。杜甫称赞李白"笔落惊风雨，诗成泣鬼神"，非常珍惜两人那"醉眠秋共被，携手日同行"的难忘日子。李白则以"飞蓬各自远，且尽手中杯""思君若汶水，浩荡寄南征"等佳句，回赠杜甫。李杜一生两次相约，三次见面，虽在一起时间不长，彼此却结下了深厚的友谊。

杜甫一生仕途坎坷。直至45岁，才在安史之乱中投奔刚即位的唐肃宗，被授为左拾遗，不久却被贬至华州（今陕西渭南）。虽然心中不快，但杜甫却是个有时代感、责任心、报国情的人。在其由华州至洛阳探亲往返途中，看到战乱给百姓带来的无穷灾难和基层民众忍辱负重参军参战的爱国行为时，深受感动。奋笔写下了不朽的史诗"三吏""三别"等传世作品。表现出其战乱之时国事为重，忧君忧民，痛恨黑暗势力的壮烈情怀和不屈斗志。

诗言志，诗传情。以诗治家教子、念舍弟，是杜甫家书的一个显著特点。

骥子好男儿，前年学语时。
问知人客姓，诵得老夫诗。
世乱怜渠小，家贫仰母慈。
鹿门携不遂，雁足系难期。
天地军麾满，山河战角悲。
傥归免相失，见日敢辞迟。

这是杜甫在次子 5 岁时所作的《遣兴》。诗中讲到小儿子宗武 3 岁时就知道问家里来客的姓名，并能背诵父亲的诗歌。称赞小家伙的聪明颖悟，感恩妻子的辛劳和付出。同时对像自己一样处于战乱之中的诸多家庭面对妻离子散，深受战争之害，表示深深的忧虑和不安。期待自己能早日回去与家人见面，实现团聚。

成都杜甫草堂

国学经典《杜甫诗集》

去凭游客寄，来为附家书。
今日知消息，他乡且旧居。
熊儿幸无恙，骥子最怜渠。
临老羁孤极，伤时会合疏。

这首《得家书》，是老杜于凤翔之作。此时他正在朝廷供职，喜得家书，特别是了解到家中儿女情况都还好，总算安了一份心。

杜甫的教子诗，有专教长子宗文的，有专示次子宗武的，还有合教二子的。

课奴杀青竹，终日憎赤帻。
蹢躅盘案翻，塞蹊使之隔。
墙东有隙地，可以树高栅。
避热时来归，问儿所为迹。
织笼曹其内，令人不得掷。
稀间可突过，觜爪还污席。
我宽蝼蚁遭，彼免狐貉厄。
应宜各长幼，自此均勍敌。
笼栅念有修，近身见损益。
明明领处分，一一当剖析。

这首《催宗文树鸡栅》，是杜甫专门写给大儿子的。此时的老杜流寓夔州（今四川奉节），已是晚年，体弱多病，诗中以父子对话的口吻，有问有答，叮咛嘱咐。让儿子从紧督促仆人修建鸡栅并加强管理。透过诗句，可看到杜甫教育儿子不仅要把栅栏围上让鸡出不来，免得到处糟蹋，还要考虑到使鸡、虫蚁、狐貉各处"本分"，不使相互侵扰危害。这是结合生活琐事，用寓言诗方式对儿子进行儒家的仁义思想灌输和教化。其用心之细密、思虑之精到，着实让人感佩。

朱德为杜甫草堂题联"草堂留后世，诗圣著千秋"

次子宗武，自幼聪明可人，老杜打心眼里喜欢。重点加以教育和培养。

小子何时见，高秋此日生。
自从都邑语，已伴老夫名。
诗是吾家事，人传世上情。
熟精文选理，休觅彩衣轻。
凋瘵筵初秩，欹斜坐不成。
流霞分片片，涓滴就徐倾。

《宗武生日》是杜甫为勉励幼子宗武写的一首诗。

觅句新知律，摊书解满床。
试吟青玉案，莫羡紫罗囊。
假日从时饮，明年共我长。
应须饱经术，已似爱文章。
十五男儿志，三千弟子行。
曾参与游夏，达者得升堂。

这首诗为《又示宗武》。

从上述两首诗中可清楚地看出老杜对二儿子期许多多，寄予厚望。教导并希望爱子光大家学，传承家风，多读道德文章，立志向，成大器。努力成为像孔门得意弟子曾参、子游、子夏那样登堂入室的"达者"，做国家栋梁。

消渴游江汉，羁栖尚甲兵。
几年逢熟食，万里逼清明。
松柏邛山路，风花白帝城。
汝曹催我老，回首泪纵横。

这首《熟食日示宗文、宗武》，是杜甫因战乱淹留他乡，遥思祖先，并告知两个儿子清明节别忘了上坟祭祖。旨在提醒并教育儿子懂得孝道，勿忘先祖。

杜甫对妻子经常一人在家辛劳抚育儿女常常念记在心，对两个女儿慈爱有加，对几个弟弟关心呵护，这些都有诗呈现。诸如"世乱怜渠小，家贫仰母慈""床前两小女，补绽才过膝"等。

老杜的诗品诗德和人格风范，深得历代文人志士称颂。唐代杰出文学家、思想家韩愈在《题杜工部坟》中写道："独有工部称全美，当日诗人无拟论。"鲁迅先生则认为："杜甫似乎不是古人，就好像今天还活在我们堆里似的。"朱德元帅一生曾5次到杜甫草堂参观和视察，并将自己精心培植的兰花分三次赠予草堂，以缅怀和纪念这位伟大诗人。

兰语芬芳思故人

河南巩义杜甫故里"诗圣"雕像

诗 坛 脊 梁

　　以笔做刀枪，以诗寄情怀。上悯国难，下忧民穷，处处见精神。揭丑恶，斥权贵，厌战乱，以诗言政，讴歌大众，难得一颗赤诚心。逝前一生困顿，死后无数赞誉。"为人性僻耽佳句，语不惊人死不休。"精品多，格调高，主旨深，意境远。或豪放洒脱，或沉郁顿挫，浑融流转。信手拈来任挥洒。不薄今人厚古人，国家不幸诗之幸。如椽大笔，诗史绝唱。引"千家注杜"，万民吟诵。祭先祖，怜娇儿，眷爱妻，念舍弟。施仁爱教育，以诗书传家。诗坛矗立起一座永不褪色的至尊形象。

范仲淹

惟俭可以助廉

惟恕可以成德

范仲淹（989—1052）

字希文，汉族。苏州吴县（今江苏苏州）人。北宋杰出的政治家、军事家、文学家。

大中祥符九年（1016）进士，历任海陵（今江苏泰州）西溪盐监、兴化县令、秘阁校理、陈州通判、苏州、邠州、杭州知州、陕西经略副使、参政知事（副宰相）等职，因秉公直言而屡遭贬斥。皇祐四年（1052），改知颍州，范仲淹扶疾上任，行至徐州与世长辞。追赠兵部尚书、楚国公，谥号"文正"，世称范文正公。

范仲淹教子有方，治家甚严。亲书《告诸子及弟侄》《家训百字铭》，亲定《六十一字族规》等，对后世子孙影响很大。

"君子不独乐，我朋来远方。""先天下之忧而忧，后天下之乐而乐。"900多年前，一代名相范仲淹的经典名句，至今仍然广为传诵，被人们津津乐道。

鲜为人知的是，生发这一情怀志向的起点，都与一个地方和一个人有关。这个地方就是泰州，这人为滕子京。

北宋天圣年间，经济文化繁荣鼎盛。其时海陵（今江苏泰州）盐税居两淮之半。范仲淹出任海陵西溪盐监，与范仲淹为同科进士的滕子京任海陵从事（州郡刺史属吏）。同为朝

范公"忧乐观"名言

江苏泰州文正广场

廷命官，又互为学友，乐文好诗，这交往一多，感情就来了。"君子不独乐"，即出自范仲淹所作《书海陵滕从事文会堂赋》。如今的文会堂坐落于泰州凤城河景区的文正广场。范公雕像正对面一方巨石上，刻有季羡林先生亲自题书的"先天下之忧而忧，后天下之乐而乐"。游人每当至此都会驻足凝望。时隔23年，滕子京为"谪守巴陵郡"重修岳阳楼，邀请好友范仲淹为之撰文以记。这就有了以"忧乐观"而著称的千古佳作《岳阳楼记》。

范公堤遗址

为"捍患御灾"，造福一方，北宋天禧年间范仲淹曾多次上书力谏，终获朝廷批准修复捍海堰。命其任兴化令并"总其役"。为此，范仲淹亲临一线，决策指挥。最多时组织筑堰人数多达四万之众。经多方努力，历经六载，终于修成一条横跨通、泰、海三州长达290千米的海堤。后人为纪念范公伟绩，将其命名为"范公堤"。

读过《渔家傲·秋思》的人都知道，这是范仲淹在镇守西北边疆时写的一首边塞词。"四面边声连角起，千嶂里，长烟落日孤城闭……羌管悠悠霜满地，人不寐，将军白发征夫泪。"抚今追昔，至今读来不禁让人感慨良多。宋仁宗时期，西夏由北方入侵中原，宋永定

赞誉范仲淹镇守西北边关碑刻

元年至庆历三年，范仲淹任陕西经略副使兼知延州（今陕西延安）。期间为了守住西北边关，范仲淹采取积极防御战略，构筑城寨，修葺城池，建构坚固防御体系。他用兵有方，指挥若定，既号令严明又爱抚士兵，并招来诸将推心接纳，深为西夏惮服。称其"胸中有数万甲兵"，最后双方签署和谈协议，保证了一方平安。毛泽东称道："中国历史上有些知识分子是文武双全，不但能够下笔千言，而且是知兵善战。范仲淹就是这样一个典型。"

经政为民，将兵戍边，文武兼备，范公乃一代明臣。清正廉洁，修身齐家，风范独居，希文更是一方高人。《范文正公尺牍》收录有范仲淹的36封家书，其中有9篇被列入《戒子通录》，甚受时人好评。

南宋以前的家训总汇《戒子通录》

京师交游，慎于高议，不同当言责之地。且温习文字，清心洁行，以自树立平生之称。当见大节，不必窃论曲直，取小名招大悔矣……门才起立，宗族未受赐，有文学称，亦未为国家所用，岂肯循常人之情，轻其身泪其志哉！

贤弟请宽心将息，虽清贫，但身安为重。家间苦淡，士之常也，省去冗口可矣。请多着功夫看道书，见寿而康者，问其所以，则有所得矣。

汝守官处小心，不得欺事，与同官和睦多礼，有事只与同官议，莫与公人商量，莫纵乡亲来部下兴贩，自家且一向清心做官，莫营私利。当看老叔自来如何，还曾营私否？自家好，家门各为好事，以光祖宗。

这是范仲淹《告诸子及弟侄》家书中的一席话，从中我们仿佛看到一位父亲、一位长者，以自己的亲身经历和感悟，与儿子、侄儿们推心置腹，娓娓道来。寄望他们为人为官务须谨言慎行，忍穷免祸，勤学精进，恪守清廉。"自家好，家门各为好事"，则"家安而后国定"。言近而旨远，真可谓用心良苦。

范仲淹对孩子的教育传承，不仅仅在书信和口头上，更注重在实际生活中严格要求自己和家人。范公一生视"廉俭"如生命。儿时苦读有"划粥断斋"之美谈。后来当了大官，从不敢放任享受。史载，范仲淹出身贫寒，终年布衣素食，生活简朴。即便来了客人，加菜招待，不准上两种肉。其意就是吃饱就行，不要奢侈浪费。他的几个儿子都很有出

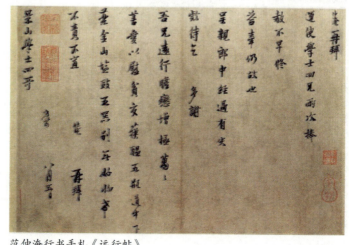

范仲淹行书手札《远行帖》

息，二儿子范纯仁后来官至宰相，三儿子范纯礼、四儿子范纯粹分别官至礼部尚书和户部侍郎，都能秉持"俭恕"家风。范仲淹要求他们要夙夜兴公，当官为民，又要谦卑自律，夹着尾巴做人，不准搞特殊。

范纯仁早年办婚事，原想父亲享有高官厚禄，自己乃名门之子，要把婚事办得体面一些。准备以绫罗绸缎布置婚房，遭到父亲范仲淹的斥责：

吾家素清俭，安能以罗绮为幔坏吾家法，若将帷幔带入家门，吾将当众焚之于庭。

用今天的话说，我们范家历来以清贫节俭而著称。这次你筹

刘墉（清）手书《临范文正公尺牍立轴》

办婚事，如果坏了祖上的规矩，敢把绸缎带回来，我就在家当众点火把它烧了。这可是够严厉的。之后，范仲淹更是语重心长地告诫儿子："钱财莫轻，勤苦得来；奢华莫学，自取贫穷。"这些对范纯仁一生影响很大。直至后来做到了宰相，纯仁不逆父教，不忘家风，秉公行事，宽厚待人，节俭一生。《宋史》评价说"纯仁位过其父，而几有父风"。

范仲淹的晚年，为族人办了一件开创性的大好事。他在杭州知府任上，将自己平生积蓄全部拿出来，在家乡苏州吴县置办千亩地产和相关教学生活设施，设立义庄。主要用于对族人扶贫济困，兴学助教。此举既可凝聚感化族人，又可引领儿孙，还可为政府分忧，可谓一举多得。

后代专家学者将其称作为中国首个运营规范的民间慈善机构。后来，在范公后代的不断捐助和努力下，范氏义庄运行800多年。这是范仲淹为官做人的又一精神标识，也是范氏家族代际相传、泽惠万家的又一见证。

江苏省苏州市范义庄

心忧天下　为国为民

问政经事每创佳绩，戍边御敌屡建奇功，著述吟咏智慧闪烁，克勤克俭精神恢宏。洞庭湖畔留下千古名句，捍海大堤矗立一座丰碑。范公文正，文韬武略，既能又廉，宁鸣而死，不默而生，犯颜直谏，颇有风骨。律己育人，家风永续，耳提面命，世代传承。"每以天下为己任"，缘于一颗赤子之心。做人做事做官，堪称极致；忧国忧民忧天下，壮心不已。"事能知足心常惬，人到无求品自高。"宁谢纷华甘淡泊，总留遗风在乾坤。一朝文正，百世莫忘；斯人情怀，风范永存！

包拯

清心为治本

直道是身谋

在中国，随着史料阅读和影视剧的热播，"包公""包青天"那刚正不阿、秉公执法、清正为民的形象，愈益深入人心。宋代名臣包拯，成了清正廉洁、好人好官的代名词。

"不持一砚归"，是一则有关包拯为官清廉的故事。说的是1042年，时任端州（现广东肇庆）知州期满三年的包拯，即将乘船离开端州。当地百姓为了表达他们对包拯秉公律己，扶危济困，清正为民的感激之情，通过其手下人送给包拯一方端砚做纪念品。船出羚羊峡，行至江中不久，包拯发现了砚台，询问原委后，对手

1.20元

中国邮政 CHINA

"不持一砚归"纪念邮票

下人这种不守规矩，自作主张收受礼品（端砚时为当地名贵雅器，每年限量生产进贡朝廷）的行为很为生气。恼怒之下，随即将这方端砚抛入江中，表示还于端州，不损名声，不留遗憾。此被后人传为佳话。

包公祠内廉泉亭

包拯出身于书香门第，父亲包令仪自幼刻苦攻读，24岁考中进士。1012年任福建惠安县知县，后任朝廷虞部员外郎，掌管冶炼、茶、盐的生产，去世后追赠刑部侍郎。在他看来，读书求功名，报国为百姓，是儿子应当为之奋斗和选择的人生道路。

良好的家风熏陶，刻苦的求学修身，使包拯不仅为官绩著，而且特别重孝道，会治家。

"百善孝为先。"包拯将这一古训演绎得淋漓尽致。28岁那年，包拯中进士甲科，朝廷委任其为建昌县（今江西永修）知县。可父母年事已高，不愿随其赴任，希望儿子留在自己身边。为此，包拯做出一惊人决定，辞官回乡，侍奉双亲，长达十年。直至双亲去世，守丧期满，才重新奏请复任。一代文豪欧阳修赞曰："少有孝行，闻于乡里。"

在治家教子方面，包拯以其特有的人生感悟和方式，表现为一种严苛冷峻和刚健之气。1062年，正在枢密院处理军政要务的包拯突然发病，卧床不起。自知来日无多的他，在生命的最后时刻给儿孙们写下一段话，作为家训要求刻在石块上，竖立在堂屋的东面墙壁旁，以告诚和警示后代子孙照此办理。

后世子孙仕宦有犯赃滥者，不得放归本家；亡殁之后，不得葬于大茔之中。不从吾志，非吾子孙。仰珙刊石，竖于堂屋东壁，以诏后世。

立于包公祖宅的《包拯家训》碑

短短51字，字字铿锵。与其说是遗嘱，是家书，不如说是家规家法，是充满辣味，满含冷峻肃杀之气的"包公令"。其要意是说，包家子孙入仕为官，如果犯有贪赃枉法之事，活着不准进包家的门，死后不准入包家的坟。不听我的话，不照我的意愿去做，就不是我的子孙后代，就要开除其"家籍"。

生性峭直的包拯是中国历史上有名的清官。"清心为治本，直道是身谋。秀干终成栋，精钢不作钩。"是其为官的真实写照。知庐州，

安徽合肥城东包公墓

包拯《书端州郡斋壁》

包拯执法不避亲党；在开封，破旧时陋习，开官府正门，使讼者得以直至堂前陈述是非曲直，杜绝奸吏，还民于公正和清白。《宋史》云："拯立朝刚毅，贵戚宦官为之敛手，闻者惮之。"在包拯25年的仕途中，三次任职监察御史，官至御史中丞。先后弹劾了宰相宋庠，宣徽使张尧佐、三司使张长平等朝廷重臣。其刚正不阿、不畏权贵、疾恶如仇之品行和风格，闻名朝野上下，深受百姓拥戴。

1045年后，包拯共有7年时间在财政系统任职，先后任户部判官、京东路转运使、户部副使等职。其间，可谓有职有权，管钱管物。但包拯从不以权谋私，中饱私囊。倒是对有关民生的苛捐杂税、百姓徭役，几次奏请朝廷予以减免。仅在户部副使任上，即奏请朝廷废除了陕西七州不合理的收费几十万贯。

包拯的清廉正直，对儿孙影响很大。包拯的儿子包绶去世时，家人整理其物品，打开它的箱子，发现除了诰命、书籍、著述和文具外，没有什么值钱的东西。孙子包永年"莅官临事，廉清不扰，而孝肃公之遗风余烈在也"。这些都说明包公后世子孙，遵循先祖遗嘱，牢记包氏家训，保持为官勤勉清廉之风，这是非常难得的。

河南开封古城墙

冷峻之中显大爱

谥号为"孝肃",朝野颂良臣。于公于私,心中铸有一把尺子;为官为臣,恪守几分规矩。处朝廷忠心耿耿,居家中反贪立规。甚至以开除"家籍",不入祖茔,画定"红线",设立"禁区",透出一股冷峻、肃杀之气,古今少见。言"孝"时,守孝道,讲孝顺,尽孝心,扬我中华之美德;施"肃"间,刚毅克就,正己摄下,法度严明,敢于较真,修身齐家之魂魄。乍一看,不近情理,小题大做;细一想,防患未然,关爱至深。古往今来,溺爱放纵,是加害儿孙的隐形杀器;立规严教,乃成就后代的养护神功。今日己不训,明日被人教。无情未必真豪杰,心忧家国惟赤诚。

司马光

众人皆以奢靡为荣

吾心独以俭素为美

司马光（1019—1086）

　　字君实，号迂叟 陕州夏县（今山西夏县）涑水乡人，世称涑水先生。北宋著名政治家、史学家。历仕仁宗、英宗、神宗、哲宗四朝，官至宰相。司马光为人忠信孝友，恭俭正直，做事勤奋刻苦，殚精竭虑。主持编纂中国历史上第一部编年体通史《资治通鉴》。卒赠太师、温国公，谥文正。著有《温国文正司马公文集》《稽古录》《涑水记闻》等。

　　司马光一生不慕钱财，生活俭朴。注重以儒家礼教和俭德思想修身齐家，教育后代。代表作有《温公家范》《涑水家仪》《训俭示康》《与侄书》《训子孙》等。

　　历朝历代的谏官很多，像司马光这样的五年间先后向皇帝上奏疏170余份，定然少见。宋仁宗嘉祐年间，司马光任职知谏院，给皇帝当参谋、提建议。谁知，这位光先生特别认真。"三言""五规"经常上。为仁宗解决继嗣问题，更是操尽了心，不断送奏折，直到赵曙被立为皇太子方才息手。

　　司马光是个典型的忠君直臣。为了国家社稷和民生疾苦，他经常不顾皇帝好恶和朝廷官员反对，犯颜直谏。宫中一度宴饮和赏赐之风盛行，司马光觉得长此以往败坏官风，伤及民风，甚至会影响到国家政权之稳固。于是，他上书《论宴饮状》《言遗赐札子》等奏疏。冀请皇上为民着想，禁止大吃大喝和相互宴请，敦请皇上瞻顾国家实际，尽量少搞厚赏群臣之事。在遭遇众多反对时，他坚持

司马光犯颜直谏雕像

不吃请，不请吃，并将自己所得赏赐交给谏院公务使用。当涉及"骨肉流离，田园荡尽"，减免税赋，以恤民生的奏疏不被采纳时，他曾以连上五状，要求降黜等激烈之举坚守正义，为民发声。

司马光著《家范》

司马光孝敬父母，友爱兄弟，远近闻名。在其 21 岁和 23 岁时，先是母丧，继又父亡。他恪守封建礼教，分别辞官回家服丧三年，以尽孝道。庆历元年（1041）12 月，在外为官的父亲司马池病死晋州，司马光和兄长夜以继日扶着父亲灵柩回到老家夏县，给予妥善安葬。父亲逝后，司马光视兄如父，予以尊敬。司马旦年近 80 时，体弱多病。司马光悉心照顾，尽其所能。陕西、洛阳一带的百姓都以他为榜样。

知恩图报讲信义，是温公的为人风范。他对父亲的生前好友庞籍，情深谊长，传为佳话。

司马光著《资治通鉴》

主持编纂《资治通鉴》，是司马光晚年对中国文化事业的一大贡献。历时 19 年，他殚精竭虑，将上起战国初期，下迄五代末年，宋太祖赵匡胤灭周以前 1360 多年的史实，尤其对重大的历史事件前因后果，与各方面的关联，都写得清清楚楚。全书共 294 卷近 400 万字，是一部卷帙浩繁的编年体通史。巨著完成后，宋神宗亲赐书名，亲为写序。对司马光降诏奖谕和赏赐，擢升司马光为资政殿学士。

司马光一生俭朴，不喜
奢华。他对钱财看得很淡。
常常节衣缩食，粗茶淡饭，从
不与人攀比。其妻死后，清
贫的司马光拿不出给妻子办
丧事的钱，只好把仅有的三
顷薄田典当出去，治棺理丧，
尽了为夫之责。

司马光教子

司马光对儿子的教育既
严又爱，更多地注重人格风范的引领和优秀传统文化之熏陶。尤其注
重崇俭戒奢、修身齐家等教育。

《训俭示康》，是司马光写给儿子司马康的一封家书，是其在教子
方面的名篇之作。

吾本寒家，世以清白相承。吾性不喜华靡，自为乳儿，长者加以金
银华美之服，辄羞赧弃去之。二十忝科名，闻喜宴独不戴花。同年曰：
"君赐不可违也。"乃簪一花。平生衣取蔽寒，食取充腹；亦不敢服垢
弊以矫俗干名，但顺吾性而已。众人皆以奢靡为荣，吾心独以俭素为
美。人皆嗤吾固陋，吾不以为病。

家书中，司马光告诉儿子我本来出身卑微之家，世世代代以清廉
的家风相互承袭。我生性不喜欢奢华浪费。从幼时起，长辈把金银饰
品和华丽的服装加在我身上，我总是感到羞愧而把它们抛弃掉。20岁
忝中科举，闻喜宴上独有我不戴花。同年中举的人说："皇帝的恩赐不
能违抗。"于是才在头上插一枝花。一辈子穿衣觉得能御寒就行了，食
物足以充饥就行了，但也不敢故意穿脏破的衣服以显示与众不同而求
得好名声，只是顺从我的本性做事罢了。一般的人都以奢侈浪费为荣，
我心里唯独以节俭朴素为美，人们都讥笑我固执鄙陋，我认为这没什

么不好。并以孔子"与其骄纵不逊，宁可简陋寒酸"和因为节约而犯过失的人很少等观点为佐证，教育和启发儿子。

对"近岁风俗尤为侈靡"，很多人讲排场，比阔气，奢侈浪费比比皆是，有权势的人却不出来禁止，感到深深忧虑和痛心。接着从正面列举以前的宰相李文靖、参政鲁公和宰相张文节三人，以他们身为朝廷要官，清廉节俭，洁身自好，严格要求自己，要求家人，讲给儿子听。尤其是张文节那"由俭入奢易，由奢入俭难"等深谋远虑的哲思和见解，传导给儿子。

御孙曰："俭，德之共也；侈，恶之大也。"共，同也；言有德者皆由俭来也。夫俭则寡欲，君子寡欲，则不役于物，可以直道而行；小人寡欲，则能谨身节用，远罪丰家。故曰："俭，德之共也。"侈则多欲。君子多欲则贪慕富贵，枉道速祸；小人多欲则多求妄用，败家丧身；是以居官必贿，居乡必盗。故曰："侈，恶之大也。"

宋神宗赐司马光《忠精粹德》碑

司马光在书信中引用鲁庄公大夫御孙在向皇上进谏时的话来教育儿子。让司马康知道"节俭，是最大的品德；奢侈，是最大的恶行"。有德行的人都是从节俭做起的。因为，如果节俭就少贪欲，有地位的人如果少贪欲就不被外物役使，可以走正直的路。没有地位的人如果少贪欲就能约束自己，节约费用，避免犯罪，使家室富裕。分析指出，做官的人如果奢侈必然贪污受贿，平民百姓如果奢侈必然盗窃别人的钱财。若不警惕，将会走上败家伤身乃至犯罪的道路。言辞恳切，说理深刻，希望儿子记住。

最后，用公叔文子、何曾等4人因不重节俭、奢靡堕落，有的逃亡在外，有的死于刑场，有的殃及子孙走向穷困等反面例子教育儿子，使其警醒。"汝非徒身当服行，当以训汝子孙，使知前辈之风俗云。"教导儿子不仅自身要厉行节俭，还应当用它来教育你的子孙，使他们保持发扬前辈崇俭防奢的优良作风。

河南光山司马光故居

近蒙圣恩除门下侍郎，举朝嫉者何可胜数？而独以愚直之性处于其间，如一黄叶在烈风中，几何不危坠也！是以受命以来，有惧而无喜。汝辈当识此意，倍须谦恭退让，不得恃我声势，作不公不法，搅扰官司，侵陵小民，使为乡人此厌苦，则我之祸皆起于汝辈，亦不如人也。

司马光隶书《王尚恭墓志》（局部）

这是司马光的《与侄书》。信中坦言：近来承蒙皇上恩典，任命我做了门下侍郎，受到朝廷很多人的嫉妒。我自己感到压力很大。教育侄儿要加倍地谦恭退让，不得依仗我的权势威望做违法不公，打扰官府，欺压百姓的事情，使故乡的人们都讨厌、痛恨你们。如果你们胡作非为，那么，我的祸患就会由你们引起，你们就更加不如人了！推心置腹，循循善诱，颇为感人。

司马光为官几十年，身为朝廷重臣，

在繁忙的公务之余，如此重视教育引导儿孙、子侄，注重家风、家教，用心良苦，非常难得。

宋代理学家、教育家程颐，对司马光打心眼里佩服。"阅人多矣！不杂者，司马、邵（邵雍）、张（张载）三人耳。"在程颐看来，他最看中的宋代三人中，司马光排在首位。

司马温公祠广场司马光雕像

忠心粹德一直臣

历经四朝，屹立不倒；为臣为相，堪称师表。修身以正，无私以直，廉以生威，俭以养德。居官不恋官，为官不怕官。知谏无媚骨，恤民有大爱。交诤友，处忘年。破旧俗，不纳妾。幼年砸缸救友，老迈《微言》相赠。恪尽孝子之道，坦陈育儿之心，曰勤曰俭，戒奢防变。以性灵精耕传承，用先贤镜鉴人生。为天地立心，为生民立命，为儿孙奠基。忠心粹德，唯知报国；一代醇儒，百世流芳。

朱熹

诗书不可不读

礼义不可不知

朱 熹（1130—1200）

字元晦，号晦庵，谥文，世称朱文公、紫阳先生。南剑州尤溪（今福建尤溪）人。南宋著名思想家、教育家、理学家，儒学集大成者，世尊朱子。曾任福建漳州知府、浙东巡抚，官拜焕章阁侍制兼宋宁宗皇帝侍讲。主要著作有《四书集注》《楚辞集注》《近思录》等。

《朱子家训》、家书《与长子受之》等是朱熹留给后世子孙的宝贵精神财富。文字简练，言辞清晰，意涵深远，是朱熹教育儿孙修身齐家、读书治学等方面的重要著述。

如果说人的生命是有限的，就朱熹而言，平生著书立说，教育儿孙，尤其是他那忠君报国的思想光辉及对后世影响，却是无限的。

集理学思想体系于一炉的《四书集注》，是朱熹呕心沥血，用一辈子时间倾力完成的一部巨著。朱熹将《四书》视为封建时代各级官员修身济世的准则。晚年的他，不顾"党禁"追杀，政治迫害，尤其是双目几近失明，去世前一天还在修改《大学章句》，对《四书集注》做最后的修订完善。《四书》为历代统治者所重视，元至明清更是成为封建科举的教科书。

创立书院，粹心教育，是朱熹的一生追求。他亲手创办了同安县学、武夷精舍、竹林精舍（又名"考亭书

朱熹《四书集注》

朱熹曾重建白鹿洞书院，并担任洞主

院"）等。淳熙六年（1179），朱熹在江西知南康军时，重建白鹿洞书院，并亲任洞主。其主持制定的《白鹿洞书院教规》，影响后世数百年，享誉海内外。白鹿洞书院成为宋朝四大著名书院之一。湖南安抚使任内，亲力推动重建岳麓书院，延聘教师，广招生徒，经常前往讲学，影响很大。这所"千年学府"，后被列为国家级文物保护单位。"惟楚有材，于斯为盛"，这一集句名联，至今还赫然悬挂在岳麓书院的正门两侧。

南宋理学一度曾出现以朱熹为主的理学派和陆九渊为主的心学派。为坚持学见，朱陆两人曾以书信往来，交锋多年。南宋淳熙二年（1175），由大学者吕祖谦邀集，在信州（今江西上饶）举行的"鹅湖之会"，则让朱陆等进行面对面的论辩。双方激辩三天，各执己见，互不相让，却对各自思想体系建构完善产生了重要影响。后来陆九渊专程到白鹿洞书院拜访朱熹，请为其兄陆九龄撰写墓志铭。朱熹则邀陆九渊为书院师生讲学，并把陆九渊的讲课提纲录刻成碑文立在白鹿院。彼此敬重仰慕，大儒间一派君子之风。

朱熹为官刚正不阿，深怀爱民之心。淳熙八年（1181）夏，浙东出现大饥荒。因朱熹在南康军救荒

鹅湖论辩

有方，宰相王淮推荐朱熹前往赈灾，改朱熹为提举浙东常平茶盐公事。为解救灾民，朱熹赴任后，单车就道，迅速采取"日钩访民隐，慕米商，蠲其征"等几项有力措施。但在推行时，遭到浙东前知州唐仲友与地方相关豪绅阻挠。朱熹连上六道奏折，意欲弹劾唐不法，且直指王淮与唐仲友上下串通勾结的事实。因王淮所嫉，朱熹浙东任职仅9个月，即离任回家。在弹劾唐仲友的过程中，朱熹表现出崇高的为官操守和气节。

在家人方面，朱熹则充满温情和关爱。长子朱塾，字受之。幼时聪颖却染上了懒散的恶习，教而不改，这让朱熹很头痛。他想到孟子"易子而教"之法，决定将受之送到自己的老朋友、浙江大儒吕祖谦那里去学习。临别前，朱熹连夜写下

朱熹《观书有感二首》其一

一封家书《与长子受之》（又名《训子从学帖》）交给朱塾。

早晚授业请益，随众例不得怠慢。日间思索有疑，用册子随手记，候见质问，不得放过。所闻诲语，归安下处，思省切要之言，逐日记。归日要看。见好文字，录取归来。

这是给受之信的开头一段。朱熹要求儿子每天听先生讲书和请教，要和其他学生一样，按常例进行，不得怠慢。有疑点要用小本子随手记录下来，等候向老师请教，不得放过。听到老师训诲，回住处后要思考其中最要紧的话，逐日记下，来家的时候要带给我看。看到好的文

章，也要抄下来带回。可谓爱子至笃，用心良苦。

《近思录集释》

交游之间，尤当审择，虽是同学，亦不可无亲疏之辨。此皆当请于先生，听其所教。大凡敦厚忠信，能言吾过者，益友也；其谄谀轻薄，傲慢亵狎，导人为恶者，损友也。推此求之，亦自合见得五七分，更问以审之，百无所失矣。但恐志趣卑凡，不能克己从善，则益者不期疏而日远，损者不期近而日亲。此需痛加检点而矫革之，不可荏苒渐习，自趋小人之域。如此虽有贤师长，亦无救拔自家处矣。

由于朱塾在家时有贪玩懒惰、交友不当等毛病，朱熹在这段家书中，专门告诫儿子在外务必慎重交友。其大意是说：与他人交往，特别应当慎重选择朋友，虽然都是同学，但也不能没有亲近疏远之分。谁亲谁远应当先向先生请教，听从先生的指导。为人敦厚、忠诚、讲信用，又能勇于改正自己错误的人，就是有益于自己的好朋友。那些谄媚奉承、轻薄放荡、粗野傲慢，教唆他人做坏事的人，则是坏朋友。这些你必须牢记于心，万不可随着时光的流逝而逐渐放松警惕，堕落进"小人"的行列，到那时候，即使有再贤良的师长，也没有办法救你了。

《朱子读书法》

汝若到彼，能奋
然勇为，力改故习，
一味勤谨，则吾犹有
望。不然，则徒劳费，
只与在家一般，他日
归来，又只是旧时伎

朱熹手书"忠孝廉节"

俩人物，不知汝将以何面目归见父母、亲戚、乡党、故旧耶？念之念
之，"夙兴夜寐，无忝尔所生。"在此一行，千万努力。

　　书信的最后一段，朱熹叮嘱儿子，你到了那里，能奋发努力，有
所作为，用心改去以前不好的习惯，一心勤奋谨慎，那么我对你还有
希望。若不是这样，则是徒劳费力，和在家里没有两样，以后回来，
又仅仅是以前那样的小人物，不知道你准备用什么样的面目来见你
的父母亲戚同乡和老朋友呢？一定要记住，每天晚上睡觉前，想想自
己今天做了什么有意义的事情，对得起自己的生命吗？这一次行程，
要千万努力呀！纸短情长，一位父亲为了儿子的学习和成长，殷殷嘱
托，苦口婆心，发人深省。后来朱塾考上进士，官至湖南总领。另两

湖南岳麓书院，朱熹曾多次到此讲学。著名的"朱张会讲"曾在此举行

个儿子都考中进
士。三儿子朱在
官至吏部侍郎。
个个争气，总算没
辜负老爹的希望。

朱熹著《朱子家训》对子孙后代影响深远

《朱子家训》
是朱熹晚年写给儿
孙的一篇名作。忠
孝仁义、尊老爱幼、戒恶从善、见贤思齐等，皆以质朴的语言和富有哲
思的话语，一一示与家人。

处世无私仇，治家无私法。勿损人而利己，勿妒贤而嫉能。勿称
忿而报横逆，勿非礼而害物命。见不义之财勿取，遇合理之事则从。
诗书不可不读，礼义不可不知。子孙不可不教，僮仆不可不恤。斯文
不可不敬，患难不可不扶。守我之分者，礼也；听我之命者，天也。人
能如是，天必相之。此乃日用常行之道，若衣服之于身体，饮食之于口
腹，不可一日无也，可不慎哉！

武夷山朱熹纪念馆一景

赏读朱子训言，静思其意，为人修身立命，持家处世等，提倡什么，注意什么，反对什么，皆一目了然。尤其是那"**诗书不可不读，礼义不可不知。子孙不可不教，僮仆不可不恤**"等，成为千古名句，影响后世无数人。《家训》虽短，却将那儒家倡导和朱子悟道凝成的忠孝仁义、兄友弟恭、敬老爱幼、妥处善恶等日常行为规范，与家庭和儿孙未来，结合得妥妥的。不愧为文公大儒。

老兵感言
★

居敬持志一大儒

播礼仪于精舍，鸣学术于书院，阐忠孝于朝野。格物致知，虚心涵泳，通达求变，穷一生著书立说，集儒学之大成。鹅湖灼真知，会讲开先河，奏章表丹心。匡君德，为民呼，纾困局。内修为政治学之道统，外击奸吏枉法之劣行。淫威恐吓，"党禁"追杀，无憾其凛然傲骨，无碍其思想奔涌和轰鸣。施深爱，致良言，家书家训寄真情。任凭岁月浮沉跌宕，朱子理学的智慧、为官的风范、育人的力量，都将显示其强大的生命力。

文天祥

人生自古谁无死
留取丹心照汗青

文天祥（1236—1283）

字宋瑞，号浮休道人、文山。江西庐陵（今江西吉安）人。南宋政治家、文学家、民族英雄。与陆秀夫、张世杰并称为"宋末三杰"。官至右丞相，封信国公。著有《过零丁洋》《文山诗集》《指南录》等。

忠义持节，以身许国，眷顾家人，以诗言情，以书寄怀。《乱离歌六首》《狱中家书》等是其代表作。

说到文天祥，《宋史》中有这样一段描述："体貌丰伟，美皙如玉，秀眉而长目，顾盼烨然。"进而评价道："宋三百余年，取士之科，莫盛于进士，进士莫盛于伦魁。自天祥死，世之好为高论者，谓科目不足以得伟人，岂其然乎！"从中可以看出，一代英雄文天祥，年轻时不仅人长得帅，而且文章写得好。20岁参加科考，一举夺得头名状元。难怪当时的皇上宋理宗爱之如宝："此天之祥，乃宋之瑞也"。

文天祥幼承父教，深受儒家忠正仁义思想熏陶，忠君爱国视为第一。他做人很实诚，为官不敷衍，不玩曲意逢迎，见风使舵那一套，敢与权贵奸贼做斗争。

开庆初年，元军发兵攻宋，宦官

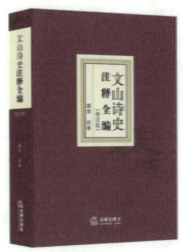

《文山诗史注释全编》

董宋臣畏敌丧魂，提议迁都自保，消极御敌。慑于其威权，竟无人吭声。时任宁海军节度判官的文天祥，果敢上书"请求斩杀董守臣，以统一人心"。因势单力薄，未被采纳，请辞回乡。复职履新后，

文天祥率军抗击元军

他对沽名钓誉、擅玩权术，人称"蟋蟀宰相"的贾似道针锋相对，起草制诰，予以参奏。几遭陷害，矢志不渝。

当元军举兵南犯，山河破碎之际，他变卖家产，倾资募兵，奋勇抗敌。筑城墙，守剑州（今福建南平），创下神话。其后，率军战于都，取太和，克吉州。1278 年，当其进驻朝阳时，于五坡岭不幸被俘。文天祥当即吞食龙脑自杀未果。面对元军将领张弘范等人威逼利诱，愤然作《过零丁洋》诗以回击，留下了"人生自古谁无死，留取丹心照汗青"的千古名句。

文天祥被押至元都大牢，朝廷多次派人诱降无果。元太祖忽必烈亲自面劝并以与妻儿团聚、享受荣华富贵等为条件施诱，均遭拒绝。直言"天祥深受宋朝的恩德，身为宰相，哪能侍奉二姓，愿赐我一死就满足了"。临刑时，面朝南方跪拜，大声说道："我的事情完结了，心中无愧了！"家人整理遗物时，从其衣带中发现了他的遗书。上面写道：

孔曰成仁，孟曰取义，为其义尽，所以仁至。读圣贤书，所学何事？而今而后，庶几无愧！

"成仁取义，无愧于心。"文天祥用热血和生命捍卫了自己的高贵与尊严，彰显其"宁为玉碎，不为瓦全"的崇高气节。

狱中三年，文天祥受尽折磨与摧残。然而他思念儿女，遥望亲人之念头一刻也未停息。辛巳年正月初一，正是万家灯火的团圆时刻，文天祥给嗣子陞儿写了一封信。在谈了家庭生世、兄弟情谊和身为宰相当随时准备以身殉国，忠孝两难全等情况后，告知陞儿自己面临丧子之痛，无后之忧，必须兼顾传统与现实而做出选择时，深情写道：

　　吾二子，长道生，次佛生。佛生失之于乱离，寻闻已矣。道生汝兄也，以病没于惠之郡治，汝所见也。呜呼，痛哉……即作家书报汝生父，以汝为吾嗣。兄弟之子曰犹子，吾子必汝，义之所出，心之所安，祖宗之所享，鬼神之所依也……吾得汝为嗣，不为无后矣。吾委身社稷，而复逭不孝之责，赖有此耳。

　　这段话的要意是说，我的两个儿子道生和佛生一个病死，一个在战乱中走失身亡，这让我非常伤心！我写信给你的生父，商量把你作为我的嗣子，你父亲非常同意。兄弟的儿子做继子，算是有后了。这既符合道义，又有人代为尽孝。如果我一旦献身于国家，又可逃避不孝的罪责，就全靠你啦。从中我们可以清楚地看出文天祥既是顶天立地的直臣，又是侠骨柔肠的父亲。

　　接着文天祥在肯定嗣子生性乐观豪爽，意志心平气和，将来定能为祖上争光，为家人争气之勉励后，不忘教子。

文天祥楷书手迹

　　吾为汝父，兀得面日训汝诲汝，汝于"六经"，其专治《春秋》，观圣人笔削褒贬、轻重内外，而得其说，以为立身行己之本。识圣人之志，则能继吾志矣。

文天祥在家书中告诫儿子，我身为你的父亲，不能每天当面训教你。你在修习"六经"时，要特别用心研究《春秋》，探究、琢磨其中的诸多事理，求得其中精粹，把它作为今后立身处世之根本。若能很好地认识到圣人志向，就能继承我的想法了。可谓用心良苦。

福建南平现存的文山城墙（部分）

人都有七情六欲、儿女情长。文天祥何尝不是？1280年被俘后，在送往京都途中，文天祥得到家人的消息，百感交集。是日，行至潭口，即将渡黄河时，他给妻妾、妹妹、女儿和自己各写了一首诗，名为《乱离歌》，即《六歌》。其中给大女儿柳娘、二女儿环娘诗中这样写道：

有女有女婉清扬，大者学帖临钟王，小者读字声琅琅。
朔风吹衣白日黄，一双白璧委道傍。
雁儿啄啄秋无梁，随母北首谁人将。
呜呼三歌兮歌愈伤，非为儿女泪淋浪。

舐犊思亲之情跃然纸上。

京都大牢之中，得知妻子和两个女儿都在宫中为奴，过着囚徒般生活，文天祥含泪给妹妹写去一封家书：

文山公园内文天祥雕塑

收柳女信，痛割肠胃。人谁无妻儿骨肉之情？但今日事到这里，于义当死，乃是命也。奈何？奈何！……可令柳女、环女做好人，爹爹管不得。泪下哽咽哽咽。

谁没有父母双亲，谁没有妻子儿女。面对元朝刽子手的屠刀，面对自己一生追求的理想，文天祥泪中泣血，哽咽唏嘘，最后毅然选择了"于义当死"忠于朝廷，绝不投降。他把为臣的"忠义"二字看得比生命更重要。

毛泽东手书《过零丁洋》

文天祥英勇就义后，赢得了历代高度评价。明朝名臣于谦称颂其"殉国亡身，舍生取义，气吞寰宇，诚感天地"。毛泽东赞誉其"以身殉志，不亦伟乎"，并挥笔写下了《过零丁洋》以寄怀。如今，江西吉安文天祥纪念馆"人生自古谁无死，留取丹心照汗青"的楹联，正是当年毛泽东之手迹。

老兵感言

浩然正气贯长虹

考场上雄文惊世犀利，官场上智斗权贵奸党，战场上为国冲锋陷阵，刑场上坦然笑对生死。人生如戏，场场非同凡响；人生如歌，处处荡气回肠。一颦一笑，一斥一责，尽显英雄气概；一诗一信，一泣一诉，倾吐万千情怀。舍生取义，忠君报国，宠辱无惧，气节如山。斯人已去，血泊中倒下。然他仰不愧天，俯不愧地，一代豪杰，永著青史，笑傲苍穹。

王阳明

致良知 尽诚爱

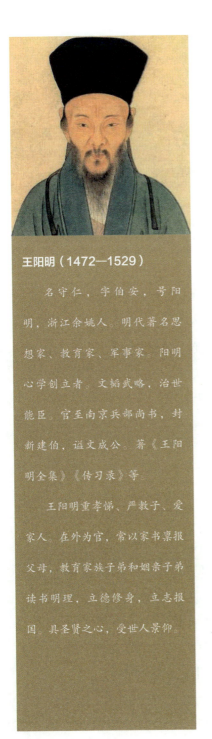

王阳明（1472—1529）

名守仁，字伯安，号阳明，浙江余姚人。明代著名思想家、教育家、军事家。阳明心学创立者。文韬武略，治世能臣。官至南京兵部尚书，封新建伯，谥文成公。著《王阳明全集》《传习录》等。

王阳明重孝悌、严教子、爱家人。在外为官，常以家书禀报父母，教育家族子弟和姻亲子弟读书明理，立德修身，立志报国。具圣贤之心，受世人景仰。

去贵州阳明洞游览过的朋友都知道，那里山清水秀，曲径通幽，景色迷人。景区有阳明先生的手植柏，有何陋轩、君子亭等知名景观。最值得缅怀和追忆的是，阳明先生的"致良知""知行合一"等重要思想就是在这里孕育形成，史称"龙场悟道"。

公元1506年，阳明先生因得罪朝中掌权太监，被贬谪为贵州龙场驿丞。身处逆境，阳明先生摒弃荣辱得失，放下生死挂碍，不断叩问"圣人处此，更有何道？"经苦苦求索，1508年的一个夜间突然大悟："圣人之道，吾性自足，向之求理于事物者误也。"原来天理不在万物中，而在我的心中。心即理，合于道，道即吾心。至此，找到了打开"圣人之道"大门的钥匙。

悟道、释道、传道。从阳明山洞、龙冈书院到阳明书院、兵营驿站等，

贵州省贵阳市修文县阳明洞

阳明先生广招弟子，讲学授徒，教化百姓，影响广泛而深远。被誉为"王门之圣书，心学之经典"的《传习录》就此应运而生。

贵州龙冈书院新貌

阳明先生是个孝子，在家族守字辈中排行老大。在其为官做学问的同时，不忘行孝悌之道，尽仁爱之心。无论在外荣辱顺逆与否，都视家庭为基础，用心经营。常以书信向父母尊长问候请安，关心弟妹和子侄们的成长。

正德六年（1511），远在京师的游子阳明先生手书禀父母并问候祖母大人"起居万福为愿"。月底又致信"父亲大人"。在谈到北部边境吃紧，要调凤阳等地驻军北上驰援等军情和公务后，深情地写道：

长孙之夭，骨肉至痛，老年怀抱，须自宽释。幸祖母康强，弟辈年富，将来之福，尚可积累。道弟近复如何？须好调摄，毋贻父母、兄弟之忧念。

王阳明著《传习录》

孝敬老者，体慰父母，关爱家人，质朴之意跃然纸上。

继在江西庐陵任职知县后，1511年10月阳明先生升为员外郎并重回京城工作。他在给妻弟诸用明回信中，对其学问进步感到高兴的同时，提出了功名不必早取，重在先磨砺心智，尤其对于几个年轻的侄子们更是如此，颇具深意。

阶、阳诸侄，闻去岁皆出投试，非不喜

《王阳明全集》

其年少有志，然私心切不以为然。不幸遂至于得志，岂不误此生耶！凡后生美质，须令晦养厚积……诸贤侄不以吾言为迂，便当有进步处矣。

意思是说，阶、阳几个侄子，听说去年都出去参加了乡试，我不是不喜欢他们年轻人有志气，只是我个人很不赞同年轻人这么早地去博取功名，一旦不幸少年得志，怎么会不耽误他们一辈子呢？凡是这些聪明伶俐的孩子，必须先磨挫他们的浮心傲气，让他们含蓄才智，充分地涵养德能再出发。随后在信中坦言，几位贤侄如果不把我这些话看作迂腐的话，那么对他们将来是大有好处的。

立志，是阳明先生训导其家族子弟、姻亲子弟的首要一条。1515年，他在家书《示弟立志说》中明确写道：

夫学，莫先于立志。志之不立，犹不种其根而徒事培拥灌溉，劳苦无成矣。世之所以因循苟且，随俗习非，而卒归于污下者，凡以志之弗立也。故程子曰："有求为圣人之志，然后可与共学。"

这封与弟书中，阳明先生明白直接地告诉胞弟守文，做学问最要紧的是先立志。志向不立起来，就像一棵没有根的树，给一棵没根的树培土浇水，辛辛苦苦一场也不会有什么收获。进而告诫弟弟，世上一些人为什么会因循守旧，得过且过，被习俗牵着鼻子走，导致平庸下流，就因为一直没有立起一

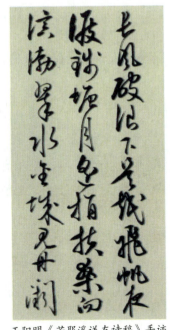

王阳明《若耶溪送友诗稿》手迹

个志向。所以程子说："有了成为圣人的志向和追求，这样的人才可以与他一起共同学习。"

阳明先生文韬武略，能征善战。1516年，朝廷委任其巡抚南赣、汀漳等处。这可是横跨江西、福建两省边陲的最高长官。阳明坐镇赣城，指挥四府。出赣南，平横水，战大庾等，于1517年荡平为患

平定宸濠之乱

数十年的盗贼匪帮，还百姓一份安宁，人称"神也"。

1519年，宁王朱宸濠反叛，阳明临危受命，于出差途中返吉安，起义兵。43天剿杀10万叛军，并生擒宁王。10年后，总督两广兼巡抚，率大军平定思、田土瑶之乱，剿灭为恶几十年的八寨封藤峡强盗集团，威震南疆。

公务缠身、戎马倥偬之际，先生不忘教子。正宪是阳明先生的继子。先生视其为己出。从蒙学到成教，耳提面命，关怀备至。《示宪儿》是阳明于赣州专门给10岁儿子写的训蒙"三字经"：

幼儿曹，听教诲：勤读书，要孝悌。学谦恭，循礼仪。节饮食，戒游戏。毋说谎，毋贪利。毋任情，毋斗气。毋责人，但自治。能下人，是有志。能容人，是大器。凡做人，在心地。心地好，是良士。心地恶，是凶类。譬树果，心是蒂。蒂若坏，果必坠。吾教汝，全在是。汝谛听，勿轻弃！

内容涉及日常生活、饮食起居、读书学习、礼义修为等，简单明了，易学好记，要求幼子能读会背，照着去做。为的是帮孩子扣好人生第一颗纽扣。

今人病痛，大段只是傲。千罪百恶，皆从傲上来……故为子而傲，必不能孝；为弟而傲，必不能悌；为臣而傲，必不能忠……汝曹为学，先要除此病根，方才有地步可进。

这是1525年阳明先生在《书正宪扇》中所写。这年正宪17岁。因为阳明先生在闽赣剿匪军功卓著，朝廷授以新建伯爵位。正宪由此有了锦衣卫副千户之身份，从五品，且当时阳明就这一个儿子，按传统是爵位唯一继承人。此时，阳明先生最担心的是儿子滋生傲气，不懂"允恭克让"徒生祸害。所以，专门写此家书，明确要求"汝曹勉之敬之"。真乃圣贤之心！

1528年，阳明先生抱病出师广西平南、田东一带剿匪。作战间隙给儿子写信。在谈及家中相关事务和对正宪拟参加科考，当自己做主等话题后，深情写道：

吾平生讲学，只是"致良知"三字。仁，人心也。良知之诚爱恻怛处便是仁，无诚爱恻怛之心，亦无良知可致矣。汝于此处，宜加猛省……余姚诸叔父昆弟皆以吾言告之。

"知行合一"石刻

先生对儿子念叨的是，我一生讲学，讲的是"致良知"三个字。仁，是人心，良知中的真诚、友爱、悲悯、同情，就是仁；如果心中没有这些，也就没有什么良心可致了。你对照这几句话，要深刻反省自己。余姚各位叔父和兄弟那里，都要把我这几句话传达给他们。

阳明先生在公务冗繁、战事不断之际，除了给家人写信，还多次给舅舅、表弟、表侄等姻亲写去家书，并给自己以"四箴"解剖、反省，寻求至臻至善。

王阳明逝世后，明穆宗朱载坖赞其"两肩正气，一代伟人"。王门七派之一的大思想家黄宗羲誉其为"自孔孟以来，未有若此深切著名者也"。蒋介石自称他"把王阳明当作导师崇拜"。日本海军元帅东乡平八郎坚称"一生伏首拜阳明"。美国哈佛大学教授杜维明预言"21世纪是王阳明的世纪"。

王阳明纪念雕像

老兵感言

致良知"三不朽"

上叩宇宙苍穹，下问江河大地。王阳明居夷处困，皓首穷经，孜孜以求，始得龙场悟道；知行合一，心物一体，集心学之大成。入道、揭道、传道，洞院留声，驿站存名，躬耕不止。人皆可为尧舜，士尽可做圣贤，吾心即上帝，贵在致良知。似晴天之惊雷，为暗室之一炬。唤醒无数沉睡心灵，点亮万千学子人生。此心光明，亦复何言？为官不媚进诤言，驭兵有神建奇功。两地书，款款情，重孝悌，勉做人，一腔热血，忠贞报国。立德、立功、立言，真正"三不朽"，世代为圣杰。

康熙

一念之微 必使俯仰无愧

康 熙（1654—1722）

爱新觉罗·玄烨，大清圣祖仁皇帝。顺治帝第三子，清朝第4位皇帝，年号"康熙"。在位61年，是中国历史上在位时间最长的皇帝。执政期间，文韬武略，刚柔并济，政绩卓著。剪除鳌拜、平定三藩、收复台湾、抗击沙俄、讨伐噶尔丹，实现中华一统。崇尚儒学，复兴礼教，编修文化典籍，为康乾盛世奠定坚实基础。

康熙身为一代明君，治家有方，教子很严。常常亲自检查督导太子和皇子们的课业及行为操守。著有《庭训格言》《圣谕十六条》，对儿孙后世影响很大。

"五花马，青锋剑，江山无限。夜一程，昼一程，星月轮转。巡南走北悠悠万事，世上善恶谁能断……"当年随着电视剧《康熙微服私访》的热播，由实力派歌手屠洪刚演唱的《江山无限》片头曲，传唱大江南北。一代帝王康熙勤政爱民、瘁心国事的形象，更是深入人心，为百姓津津乐道。

康熙8岁登基，14岁亲政，在位61年。是大清帝国12位皇帝中最有作为者之一，是中国历史上在位时间最长、建树颇多的一位帝王。

勤政，是康熙治国理政的显著特点之一。自其14岁亲政，一年四季，无论严寒酷暑，除因病、重大节日和遇有重大变故外，每天坚持御门听

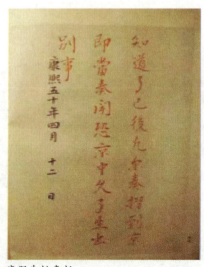

康熙朱批奏折

政。"一岁之中，昧爽视朝，无有虚日。亲断万机，披览奏章。"是其勤于政事的真实写照。即使在康熙十八年（1679）北京发生大地震，康熙照常早朝（早上8点左右），亲临听政。《康熙政要》中讲道："朕凡裁决政务，必求致当，故于部院奏章，虽小事亦未尝不尽心详酌。前此奏章，俱三日一送，自今两日一送，又便从容详览。"他深知朝中小事，乃民间大事，不可懈怠，常常自我加压并提速。一次康熙南巡驻跸沂州。这天奏章迟迟未到，于是询问内阁，并传谕"毋拘时刻，至即呈进。朕将宵兴省览。"这晚，四更之时奏章才送到。一呈上去，康熙即起床披览阅处，一直到天亮。

《康熙南巡图》（局部）

对黎民百姓，康熙施行轻徭薄赋，减免并重，与民生息。他废止"圈田令"，限制贵族特权，还地于民。规定垦荒3年内免税，之后改为6年，后又改至10年才征税，极大地调动了各地农民开荒种地的积极性，全国土地大增。康熙六十年（1721），全国垦田面积由顺治时290亿亩，增至730亿亩，增长2.5倍多。田亩多，粮食就多了，百姓日子便好过了。康熙年间，黄河连年泛滥，沿岸百姓苦不堪言。为治理黄河，康熙9次南下巡视黄河灾情，赈灾救民，修治黄河。终将"淮黄故道，次第修复"，保证了百姓耕种和必要的休养生息。电视剧《康熙微服私访》中有一镜头，深夜，宫内铁匠房里康熙赤膊与和尚法印学打铁犁头，以应农事。其情其景，令人难忘。

"乱则声讨，治则抚绥。"问政不久，康熙面对朝廷

康熙巡视黄河

重臣鳌拜的咄咄逼人和专权擅政，采取以退为进之策，在祖母的支持和帮助下，剪除鳌拜，后又废除辅政体制，收回朱批大权。使"天下大权，当统于一"。亲政后，康熙以剿抚并用之策，平定三藩之乱。后又三次亲征，打败准噶尔叛军。17世纪80年代中期抗击沙俄入侵，迫使其休兵议和，于1689年签订中俄《尼布楚条约》，使得黑龙江、乌苏里江流域包括库页岛在内的广大地区被确认为中国领土。康熙平定内乱，驱逐沙俄，收复台湾，实现统一。清朝疆域一度达到1300万平方千米，成为当时世界上幅员最为辽阔、人口众多、经济最富庶的帝国。

康熙还是个文化人、学问家。一生勤奋好学，博览群书。他5岁入书房读书，经史子集，样样精读；声律、书法、诗画，皆有研究。读四书，"必使字字成诵，从来不肯自欺"。他喜好书法，"每日写千余字，从无间断"。出巡途中，舟车之上，或居行宫，谈《周易》，看《尚书》，读《左传》，诵《诗经》，赋诗著文，几成常态。直到花甲之年，常常手不释卷。康熙非常重视史籍编纂。按其旨意，《康熙字典》编纂历经6年，收录汉字47000多个。编成后，康熙亲自作序。成为汉字研究的主要参考文献之一。其下令编绘的《皇舆全览图》，历经10年实地测绘而成，是中国第一幅绘有经纬网的全国地图，为当时世界地理学的最高成就。

康熙乃一代明君，更是大孝子。康熙8岁丧父，10岁丧母。母亲

康熙祭陵

病重时，玄烨"朝夕虔侍，亲尝汤药，目不交睫，衣不解带"。母亲病故后，玄烨又昼夜守灵，水米不进，哀哭不停。此等孝道和悲恸之心，对一个10岁的孩子来说，实属不易。

康熙教子，用心至笃。正如他对大臣们所说："朕经常想到祖先托付的重任。对皇子的教育及早抓起，不敢忽视怠慢。"他常常天未亮即起来，亲自检查督促课业，指导太子及诸皇子背诵经书。到了太阳即将落山之时，要求他们习字、习射，有时复讲至深夜。"自春开始，直至岁末，没有旷日。"亲身见闻康熙教子的法国传教士白晋在向法国皇帝路易十四的报告中写道：中国皇上以父爱的模范施以皇子教育，令人敬佩。中国的皇上特别注意对皇子们施以道德教育，努力进行与他们身份相称的各种训练。

著名的《庭训格言》，融汇了康熙的教子心声和道德遗泽。其中写道：

训曰：凡人于无事之时，常如有事而防范其未然，则自然事不生。若有事之时，却如无事，以定其虑，则其事亦自然消失矣。古人云："心欲小而胆欲大。"遇事当如此处也。

故宫博物院珍藏的《康熙帝便装写字像》

此段庭训意思是说：凡是在无事的时候，应保持一种有事在身的状态以便防范可能发生的问题，这样就不会有任何意外之事发生。如果在有事的时候，能够像没事一样泰然自若，静定自己的思虑，那么，事情就会在迎刃而解中自然消失。古人说："心要小而胆要大。"遇事都应该如此啊。告诫儿孙要从小养成居安思危，有备无患和沉着应对的品性。

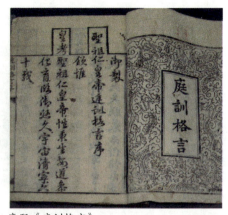

康熙《庭训格言》

训曰：凡人存善念，天必绥之福禄以善报之。今人日持珠敬佛，欲行善之故也。苟恶念不除，即持念珠，何益？

这里康熙对皇子们训导说：大凡一个人心存善念，上天一定会用福分和禄位来善报于他。现在，人们手持念珠礼拜佛祖，是发心行善的缘故。但如果恶念不除，即使是手持念珠，又有什么用呢？

训曰：人惟一心，起为念虑。念虑之正与不正，只在顷刻之间。若一念不正，顷刻而知之，即从而正之，自不至离道之远。《书》曰："惟圣罔念作狂，惟狂克念作圣。"一念之微，静以存之，动则察之，必使俯仰无愧，方是实在工夫。是故古人治心，防于念之初生、情之未起，所以用力甚微而收功甚巨也。

康熙教子书作

康熙在这段庭训中讲的大意

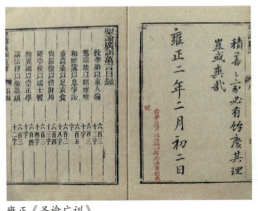

雍正《圣谕广训》

是：人就在于一颗心，心一动便成为意念与思虑，意念与思虑是否纯正，只看产生的一刹那。如果一个念头不纯正，但很快能察觉，并且随即加以纠正，自然不至于离正道很远。《尚书》上说："即便是圣明之人，若放纵欲念，也可能成为狂野之人；即便是狂野之人，如果能克制欲念，也可能变成一个圣明之人。"一念很微妙，静静地涵存于心中，兴起时就可以察觉了，起心动念随时随地都能无愧于人，这才是实实在在的真功夫。所以，古人修炼心性，防范于意念刚刚产生之时，用心于情绪尚未产生之际。这样的修心用力，看似轻微，实则功效卓著。

康熙《圣谕十六条》是康熙晚年为教育儿孙，同时教化官商百姓的一番心灵绝唱。圣谕中写道：

敦孝弟，以重人伦；笃宗族，以昭雍睦；和乡党，以息争讼；重农桑，以足衣食；尚节俭，以惜财用；隆学校，以端士习；黜异端，以崇正学；讲法律，以儆愚顽；明礼让，以厚风俗；务本业，以定民志；训子弟，以禁非为；息诬告，以全良善；诫窝逃，以免株连；完钱粮，以省催科；联保甲，以弥盗贼；解仇忿，以重身命。以上诸条，作何训迪劝导，及作何责成内外文武该管各官督率举行，尔部详察典制，定议以闻。

为了让更多的人懂得"万岁爷"的心意，更好地规范文武百官日常行为操守和品格修养，雍正期间将其逐条加以阐释，编印万余字的《圣谕广训》发至各地，并列入科考。乾隆任上，则组织专人写成白话文，让普通百姓一看就懂，使之成为朝野必读，达到教化为先，净化心灵之目的。从人文治国角度看，康乾盛世一定意义上又是文化盛世、文明盛世。

《大清万年一统地理全图》

老兵感言
★

大清一帝　俯仰无愧

久有凌云志，毕生担大任。亲政越甲子，躬逢赢盛世。经史子集，了然于胸；道统合一，儒学为本。善不欺，恶不赦，礼必举，德必彰。纵横关内外，挥斥南北方，立威朝野间。经文纬武，声震海疆，寰宇一统。一生勤政，夙夜兴公；心系民瘼，仁爱天下。处封建时代，具利民之心，成帝国大业。血液里浸蕴着强国基因，灵魂中铸就复兴梦想。养生、养心、养志；立德、立功、立言。教育儿孙，教导大臣，教化万民。格言圣谕播天下，文化昌盛礼教兴。修齐治平，俯仰无愧，大清一帝，中华之幸。

郑板桥

读书中举是小事

明理做人为第一

郑板桥（1693—1766）

原名郑燮，字克柔，号板桥，人称板桥先生，江苏兴化人。康熙秀才，雍正举人，乾隆元年（1736）进士。官山东范县、潍县县令，政绩显著。后客居扬州，以卖画为生，为"扬州八怪"重要代表人物之一。其诗书画，世称"三绝"，著有《郑板桥集》。

面对官场黑暗，郑板桥常表现为狂放不羁。他对普通百姓怀有深厚感情，为官清廉，勇于担当，深受好评。在治家教子方面颇为用心，常与家人书信不断。著有《郑板桥家书》和《重订家书十六通》。

说到郑板桥，人们常常想到的，他是"扬州八怪"之一，"诗书画三绝"。的确，郑板桥在艺术创作上不拘陈规、不落俗套。正如其书斋联所描述的那样"删繁就简三秋树，领异标新二月花"。板桥所作总能"自出手眼，自树脊骨"，有其自身独特的品位和风格。

其实，郑板桥还有"一绝"。那就是他的为官做人和治家教子。

和同时期官运亨通、"会来事"的人相比，郑板桥属于仕途不畅，出道较晚的一类。由于其愤世嫉俗，不媚权贵，熬到50岁，才获得一小县

郑板桥晚年《墨竹图》（局部）

的县令。但其一经为官，便显其治政风骨。

1742年春，郑板桥被任命为山东范县（今河南濮阳）县令兼署朝城。其时的范县为鲁西小县，荒凉贫困。诗云"小城荒邑，十万编氓"。郑板桥决志要在范县有所作为。他访民情平恶霸，除贪官杀污吏，亲断冤案，大兴农事，改善人民生活，深受民众拥戴。

郑板桥十分同情劳动人民。他在《范县署中寄舍弟墨弟书》中写道：

我想天地间第一等人，只有农夫，而士为四民之末……使天下无农夫，举世皆饿死矣。

愚兄平生最重农夫，新招佃地人，必须待之以礼。彼称我为主人，我称彼为客户，主客原是对待之义，我何贵而彼何贱乎？要体貌他，要怜悯他；有所借贷，要周全他；不能偿还，要宽让他。

灾荒年，他更是"不遑启居"，把百姓疾苦挂于心间。据《范县县志》记载："每至表夏，黄河水暴涨，郑板桥常日夜巡堤，有时甚至和百姓共住茅庵，固堤防患。"由于其勤政爱民，偏僻的范县一度呈现太平、繁荣之景象。

5年后，郑板桥调任潍县县令。"官潍七年，吏治文名，为时所重。"任中其著名的墨竹图题诗："衙斋卧听萧萧竹，疑是民间疾苦声；些小吾曹州县吏，一枝一叶总关情。"生动地反映了他心系民生疾苦

范县郑板桥纪念馆

的真实情怀。时年，潍县遭遇一场罕见大饥荒，百姓衣不蔽体，食不果腹。郑板桥看在眼里，痛在心上，毅然决定开仓放粮。按照清代律令，凡动用

官仓粮食，必须先申报，获得批准后方可行事。身边人提醒他务必慎重，否则上封会问罪查办的。郑板桥说："此何时？俟辗转申报，民无孑遗矣。有谴，我任之！"体现了郑板桥在危难时刻，宁可丢乌纱帽，也要先救百姓于苦难的为民情怀和大义担当。

郑板桥辞官回乡时，不用官轿，不肯扰民，仅用三头毛驴驮着书籍、行李等，便悄然离开。人们得知后，深情相送，依依不舍。出现了"百姓遮道挽留"，走后"家家画像以祀"之壮景。这是潍城百姓对郑板桥为官做人、担当尽责、清正廉洁、惠政安民的一种真情表达和最高褒赏。

郑板桥《兰花图》

在治家教子方面，郑板桥以其丰富的人生、独有的智慧和深刻见解，同样给后人留下一笔宝贵的精神财富。

"老兄似有才，苦不受绳尺；贤弟才似短，循循受谦益……起家望贤弟，老兄太浮夸。"郑板桥没有同胞兄弟，只有郑墨这个堂弟。从小一块玩，一起长大，感情很深。郑墨是一位憨厚勤谨的读书人，生性善良，办事有板有眼，板桥对他寄予兴家的厚望。因此，在外读书、谋职和远离乡土为官期间，经常和墨弟以书信往来谈修身、治学、持家、教子等事宜。郑墨总能按照兄长吩咐及要求，一一办好。郑板桥在《范县署中寄舒弟墨》中写道：

汝持俸钱南归，可挨家比户，逐一散给……无父无母孤儿，村中人最能欺负，宜访求而慰问之……旧时同学，日夕相征逐者也，今皆落落未遇，亦当分俸以敦夙好……敦宗族，睦亲姻，念故交！大数既得，其余邻里乡党，相赒相恤，汝自为之，务在金尽而止。

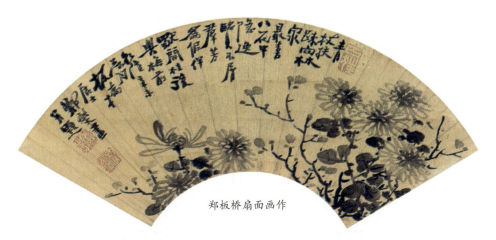

郑板桥扇面画作

　　这封信为郑板桥写在范县任上。字里行间，敦亲睦邻，体恤孤儿，包括对幼时一起玩的发小等等，都一一放在心上，交代弟弟"挨家比户，逐一散给"。其朴实情怀、仁爱之心、厚德之举，跃然纸上。这与人们通常所知晓的"狂傲""怪人"板桥相比，仿佛判若两人。

　　郑板桥教子可谓深爱有道，独具匠心。或书信吩咐弟弟和妻子怎么教，或自选自编诗歌让儿子唱和读，或在临终时以情景剧形式出题给儿子做等。为的是让儿女"明理做个好人"。他在信中写道：

　　余五十二岁始得一子，岂有不爱之理！然爱之必以其道，虽嬉戏玩耍，务令忠厚悱恻，毋为刻急也。

　　平生最不喜笼中养鸟，我图娱悦，彼在囚牢，何情何理，而必屈物之性以适吾性乎！

　　我不在家，儿子便是你管束。要须长其忠厚之情，驱其残忍之性，不得以为犹子而姑纵惜也。家人儿女，总是天地间一般人，当一般爱惜，不可使吾儿凌虐他！

　　夫读书中举中进士作官，此是小事，第一要明理作个好人。可将此书读与郭嫂、饶嫂听，使二妇人知爱子之道在此不在彼也。

　　这是郑板桥在潍县知县任上，写给弟弟郑墨信中的一部分。信中主要谈及家长教育子女，当"爱之有道"。幼时的孩子应当让他（她）嬉戏玩耍，释放天性，使之快乐。但要注重培养其忠诚厚道而不是刻薄躁进的品性；对仆人家的孩子要一样爱惜，不能欺侮人家；教育孩子最重要的不是让他读书做官，而是教他明理做人。这样的教子之道，现今看来仍然是深刻而富有见地的。

郑板桥曾选编唐宋和南北朝时期具有蒙学意味的五言绝句四首，让儿子坐在门槛上且读且唱。唐代诗人李绅的"锄禾日当午，汗滴禾下土。谁知盘中餐，粒粒皆辛苦"，便是其荐儿读唱作品之一。

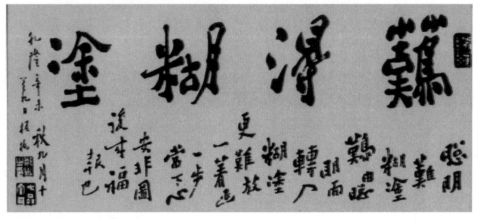

郑板桥潍县县令任上书作

感人至深的是郑板桥临终时仍不忘教子。1766年1月，郑板桥弥留之际，儿子郑麟守在床前，问父亲有何教诲？板桥曰："欲尝亲蒸之馍。"读书习字之人，什么时候蒸过馍。可父命难违，一阵手忙脚乱并请教之后，馍总算蒸成。待到端至父亲床前时，他老人家已离开人世。悲恸之余，儿子发现床边留下一纸，上书：

淌自己的汗，吃自己的饭，自己事情自己干。靠天靠地靠祖宗，不算是好汉！

原来，这是郑板桥的临终遗嘱。意在教导儿子在今后的生活中，一定要克服依赖，勇于担当，勤于动手，自立自强！

郑板桥对女儿也非常关心和疼爱，在他的影响和熏陶下，女儿在诗画方面也达到了相当高的水平。女儿成婚时，他一反婚事大操大办之旧习，亲自将女儿送至男方家中，让男方做了几个小菜，以示庆贺。为了表示自己对女儿婚事的祝福，郑板桥特意作画一幅，作为嫁妆相送。并在画上题诗一首："罢官囊空两袖寒，聊凭卖画佐朝餐。最惭吴隐查钱薄，赠尔春风几笔兰。"如此父爱，让女儿终身受用。

纪晓岚

勿恃傲慢 勿尚奢华

纪 昀（1724—1805）

字晓岚，号石云，观弈道人。清直隶献县（今河北沧县）人。政治家、文学家。官至礼部尚书、协办大学士、太子少保。谥"文达"。一生学宗汉儒，博览群书，工于诗词歌赋，长于考证训诂。为一代文学宗师，《四库全书》总纂官。著《纪文达公遗集》《阅微草堂笔记》等。

纪昀修身齐家有道。在外为官期间，常以家书与妻子交流嘱托，对儿辈训导教化。著有《纪晓岚家书》。

许多朋友一定都还记得2000年热播的一部贺岁剧吧？那就是由刘家成导演，张国立、王刚和张铁林主演的"非常喜剧"《铁齿铜牙纪晓岚》。剧中张国立扮演的纪晓岚，以其老道睿智、能言善辩、风趣诙谐，常常让他的老对手和珅左支右绌，洋相百出。一代明君乾隆帝看着他们斗，大多不管不问，倒落得个开心快活。乾隆深知，能臣爱将之间掐得越厉害，他的作用越大，宝座越稳固。由于都是"老戏骨"，演技精，加上剧情壮阔，男欢女爱，笑点特多，一时红遍大江南北及海外。史上本就有名的"纪大烟袋"，一夜之间更是家喻户晓。

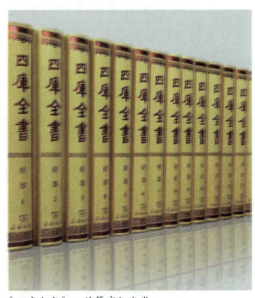

《四库全书》，总纂官纪晓岚

倘说电视剧中有诸多戏说成分，那么史实中的纪晓岚可真的是位大才子，皇上身边的"大红人"。《四库全书》总纂官，乾隆6次南巡，纪昀伴驾一次未落。

纪晓岚家书

1792年夏，京畿一代发大水，饥民拥入京师要饭吃，纪公紧急上疏陈情，恳请圣上向灾区拨官粮施粥赈灾，皇上准奏。

忠君报国，为朝廷效力的同时，纪晓岚注重"整齐门类"，齐家教子。乾隆十九年（1754）春，纪昀高中进士，授翰林院庶吉士，自此开始京都为官生涯。想到家中两儿一女，一封以《寄内》教子为主题的家书写给身在河北老家的妻子马氏。开头便道：

父母同负教育子女责任。今我寄旅京华，义方之教，责在尔躬。而妇女心性，偏爱者多。殊不知爱之不以其道，反足以害之焉。

此时长子纪汝佸、次子纪汝传分别为11岁和7岁。家书中纪昀告诉妻子，我们做父母的有共同教育子女之责，但我为官在外，你就要多辛苦了。但不能偏爱、溺爱，要遵循教子之道，否则就会害了他们。

其道维何？约言之有"四戒四宜"：一戒晏起；二戒懒惰；三戒奢华；四戒骄傲。既守"四戒"，又须规以"四宜"：一宜勤读；二宜敬师；三宜爱众；四宜慎食。以上八则，为教子之金科玉律，尔宜铭诸肺腑，时时以之教诲三子。虽仅十六字，浑括无穷，尔宜细细领会，后辈之成功立业，尽在其中焉。

这封信中，纪昀提出了"四戒四宜"的教子理念，旨在通过妻子对幼儿从小抓起，为之立规矩，教做人。反对什么，提倡什么，注意什么，一目了然。

纪昀的家书常常根据家中的具体情况写就。1765年，长子乡试第一，即将走上仕途。为父的既高兴又担心，写信给纪汝佶，示其交友要慎。尤其对那些"岸然道貌"的伪君子要格外小心，谨防上当受骗，误入歧途。

三儿年稍长，在早婚之家，固当及时订婚，而古礼以三十为男子成婚之期，则相差尚有十四年，尽可暂作缓图……惟三儿值此成年之初，尔宜郑重管束，不正当之小说，莫许其寓目；解人事之婢女，莫令其伺应；出门务遣老仆跟随。

这封信写自乾隆三十六年（1771），此时的纪晓岚因在两淮盐引案中私自泄露消息，惹乾隆震怒，被罚往新疆戍边赎罪。当接到贤妻的千字长文，得知家中一切时，感到很开心，很宽慰。同时对已是16岁的三儿纪汝似想恋爱结婚的想法，觉得不妥，时机不对，明确要求等等再说。深知正值青春期的孩子难教难管，希望妻子要格外留心。特别叮嘱鬼神类小说不许他看（此前家中已有教训），了解男女风情的婢女，不要让她们伺候照料，即便小家伙出门

北京市珠市口纪晓岚故居

北京阅微草堂旧址

办事也要派稳健的老仆跟着。

二儿早经娶妻生子，阅历稍深，堪为雁行之导，宜嘱其加意防范，勿使其误交损友，引作狭邪游……苟有不规则举动，以言规劝，不从，则禀白堂上，尔可施以严责也。

纪晓岚给妻子这封信中提出了教子的一个重要思想，即发挥好二儿"娶妻生子，阅历稍深"，又为同胞兄弟的优势，各方面为弟弟做好带头引导作用，使母子形成合力。告诫二儿和弟弟在一起时，严防他交损友，更不能带他逛妓院。如果发现他有越轨行为，教育不听，则要"严责"。为了孩子的成长，老纪真是操碎了心。

尝见世禄之家，其盛焉位高势重，生杀予夺，率意妄行，固一世之雄也。及其衰焉，其子若孙，始则任赌滥嫖，终则卧草乞丐。乃父之尊荣安在哉……勿持傲慢，勿尚奢华。遇贫苦者宜赒恤之。并宜服劳……可知农居四民之首，士为四民之末。农夫披星戴月，竭全力以养天下之人。世无农夫，人皆饿死，乌可贱视之乎！戒之戒之。

这封《训诸子》的家书，堪称教子名篇。精研历史，通晓古今的纪晓岚，此时官至礼部尚书。"官阶日益进，心忧日益深。"因为他知道历史上"位高势重"的官宦之家，由于对自己，对家人肆意放纵，无度挥霍，最后结局都很惨。老纪认为，倘若你们这帮孩子也这样，让我的尊荣面子往哪里搁啊？他训导孩子们对外交往处事，不得仗势欺人，傲慢无礼，不准追求奢华，贪图享受。

《纪文达公遗集》

对老弱病残要有周恤救助之心，要积极参加劳动，学习种田，将来做一个安分的农民。他特别提出了"农居四民之首，士为四民之末"重要思想，其虑之深，识之远，可见一斑。

临终时，纪晓岚明确交代，丧事节俭，不得铺张。当作一众儿孙面，留下了著名的"四莫"遗言：

贫莫断书香，富莫入盐行；
贱莫做奴役，贵莫贪贿赃。

这是纪昀为官的经验总结，也是他对儿孙的人生至嘱。

嘉庆十年（1805），纪晓岚因病去世，嘉庆帝派重臣前往悼念，拨款治丧，亲作祭文和碑文。赞其"敏而好学可为文，授之以政无不达"，赠谥号"文达"。可谓备极哀荣。

为了纪念纪晓岚的功德，河北沧州、北京等地修缮保存有纪公故居，其家乡建有纪晓岚文化园，供世人参观游览。

纪晓岚文化园中的"大烟袋"雕塑

丝丝家语见精神

文宗大儒纪晓岚，对皇上忠心耿耿，履公职夙兴夜寐。总纂《四库全书》，留下文化瑰宝，堪当青史留名。同样值得钦羡的是，文达公在外为官时，不忘齐家教子。他以一种平实谨严，关顾巨细，完全有别于官场做派的秉性和风格呈现于世人面前。《寄内》教子，他叮嘱妻子坚持"四戒四宜"理念，训导教化家中儿女。临终时留下"四莫"遗言，叮嘱丧事从简。如此生动教化，看似家人私语，点滴间投射的是纪公教子做人的精神与风范。

林则徐

海纳百川有容乃大

壁立千仞无欲则刚

林则徐（1785—1850）

字元抚，又字少穆，晚号俟村老人。福建侯官（今福建福州）人。晚清政治家、思想家和诗人。历任江苏巡抚、两广总督、湖广总督、陕甘总督和云贵总督，两次受命为钦差大臣。主张严禁鸦片，抵抗西方侵略，维护国家主权和民族利益，被誉为"伟大的民族英雄""世界禁毒先驱"，近代中国"开眼看世界第一人"。深受国人的敬仰和尊崇。著有《林文忠公政书》等。

林则徐精研儒家学说，深谙修身齐家之道。其家书谈为官，教做人，道择业，叙天伦，充满智慧和温情。著有《林则徐家书》。

在中国，提到民族英雄林则徐，可谓家喻户晓。在国外，说起林则徐禁毒抗英，当是颇有影响。

1999年4月28日，美国纽约市议会以全票通过一项议案：吁请政府在纽约市东百老汇大街设立"林则徐广场"。5月8日，时任纽约市市长朱利安尼正式签署生效。该广场于2000年7月全面竣工。广场中矗立的林则徐铜像，昂首挺胸，眺望远方，尽显其浩然正气和我中华民族之泱泱雄风。广场铜像，让过往者驻足，供不同肤色、不同语言、不同文化信仰的人们瞻仰和缅怀。

在一个欲以其自身价值理念引

纽约林则徐纪念广场

天安门广场人民英雄纪念碑《虎门销烟》浮雕

领世人的异国他乡，在纽约市区这样一个寸土寸金的繁华之地，为一个逝去100多年的中国晚清大臣，专辟广场，铸放铜像，耐人寻味，值得深思。马克思高度评价林则徐为"焚烟禁毒"作出的突出贡献。毛泽东将他誉为"伟大的民族英雄""中国民主革命的先驱"。就连林公曾经的悍敌英国人包令，也不得不承认林则徐是"近代中国政治家中最卓越的人物"。

　　用正确的理念和行为操守齐家教子，是林公受人尊敬、影响后世的又一闪光之处。在林则徐看来，齐家教子不是个人私事，事关国家和人民。公务繁忙之余，他常常思念家人，关顾"后院"。上达尊长爱妻，下至儿孙姻亲，书信便成了他治家的重要手段之一。

　　1839年，林则徐以钦差大臣身份赴广东及沿海一带查禁鸦片。刚到津江码头，即给爱妻郑淑卿写去一封信：

　　一路沿海道至省，甚为平安，唯晕船稍苦耳。犹幸身体素强，饮食小心，一抵津江，即豁然如无事，堪以告慰。因眷念夫人甚切，故船一抵埠，百事未办，先发函回家，使夫人可以放心。

　　做官不易，做大官更不易。人以吾奉命使粤，方纷纷庆贺。然实则地位益高，生命益危……务嘱次儿须千万谨慎，切勿恃有乃父之势，与官府妄相来往，更不可干预地方事务。大儿在京，尚谨慎小心，吾可放怀。次儿在家，实赖夫人教诲。

思妻念子，诚慎防骄，殷殷之情，可见一斑。

林则徐的长子林汝舟在京为官，涉世未深，对官场险恶缺少历练，林公不时予以关切与提醒。

……因思世途险，不亚风涛，入世者苟非先胸有成竹，立定脚根，必不免为所席卷以去。近朱者赤，近墨者黑，此择友之道应尔也。若于世事，则应息息谨慎，步步为营……此为父五十年阅历有得之谈，用以切嘱吾儿者也。

林则徐夫妇画像（郑希林作）

由天津乘船去广东，沿途历经 50 余天，一路风涛险恶，林公以静心待之。抵达广州后，他便给儿子去信，教以为官和交友之道，帮助爱子在京师"立定脚跟"。具体细节上也是关顾有加，他教导儿子：

批阅公牍，更宜仔细，切不可假手他人。对于长官，尤应恭顺小心，即同僚之间，亦应虚心和气。为父做官三十年，未尝以疾言遽色加人，儿随父久，当亦目睹之也。闲是闲非，不特少管，更应少听，一有差池，不但殃及汝身，即为父亦有不测也。慎之慎之！

处理文电，务必用心；闲事少管，闲言少听；洁身自好，谨慎为之。真是苦口婆心。

1844 年，林则徐再次给大儿去信："吾儿年方三十，不过君恩高厚，邀幸成名，何德何才，而能居此！……唯有一言嘱汝者，服官时应时时做归计，勿贪利禄，勿恋权位；而一旦归家，则又应时时作用世计，勿儿女情长，勿荒弃学业，须磨砺自修，以为一旦之用。"叮咛嘱托，敲打提醒，可怜为父一片心。

林则徐有两个女婿，精忠报国，均为朝廷重臣。大女婿刘齐衔、二女婿沈葆桢。林公常常与之书信往来。既谈公干，也谈私事，叙说儿女情长。

1850年9月15日，林则徐在给"幼丹"（沈葆桢）信中写道："七月初一函谅已先到……述甥朝考虽届，然此途得失无足介怀，仍以乡、会场直上为贵也。"从信中看出，他对这个外甥又是女婿关切疼爱，对沈葆桢此时正在翰林院任职编修，朝考失利，予以安慰和勉励。9月25日，林则徐在福州给大女婿刘齐衔去信：

冰如贤婿如晤：七月初二日交督差陈连泰带去一函，谅此时已可入览矣。七月杪由梁孝廉带回杏仁、蘑菇各一匣收到，感感。

愚因病未即进京，经徐抚军夹片代奏，奉朱批："知道了。"钦此。即无催促，藉得从容调理，感幸实深。惟里中住居刻无暇晷，会客与回拜两事即已朝夕忙碌，其写字之纸与托题、托序之件堆积如山，不能应付，甚为着急。此外俗事为难之处更不胜言矣。

林则徐"十无益"手迹

存心不善风水无益
不孝父母奉神无益
兄弟不和交友无益
行止不端读书无益
心高气傲博学无益
作事乖张聪明无益
不惜元气服药无益
时运不通妄求无益
妄取人财布施无益
淫恶肆欲阴骘无益

道光庚戌春日林则徐敬书

在叙述了经奏准可安心在家

养病，但忙于各种托请、处理俗事，让他有点不胜其力等情况后，老爷子话锋一转，亲切地写道："据三儿言及外孙学慰人品气宇俱佳，又甚聪悟，伊本甚为注爱，而尊意亦欲三儿之女二官结姻，亲上加亲，自是极好。"儿女后辈表兄妹间相互爱慕联姻，"亲上加亲"，做爷爷、当外公的林则徐能不高兴嘛！

鸦片战争战败后，林公代人受过，被发配新疆伊犁。途中，他在"字谕聪彝儿"的信中写道：

> 尔兄在京供职，余又远戍塞外。唯尔奉母与弟妹居家，责任甚重，所当谨守者五：一须勤读敬师，二须孝顺奉母，三须友予爱弟，四须和睦亲戚，五须爱惜光阴。……三子中，惟尔资质最钝，余固不望尔成名，但望尔成一拘谨笃实子弟。尔若堪弃文学稼，是余所最欣喜者。

林则徐虎门销烟纪念币

聪彝是林则徐的二儿子，在教导他居家谨守"五要素"，并鼓励他从实际出发"弃文学稼"后，林则徐深情地说：

> 盖农居四民之首，为世间第一等最高贵之人。所以余在江苏时，即嘱尔母购置北郭隙地，建筑别墅，并收买四围粮田四十亩，自行雇工耕种，即为尔与拱儿预为学稼之谋。尔今已为秀才矣，就此抛弃诗文，常居别墅，随工人以学习耕作。黎明即起，终日勤动而不知倦，便是田园之好弟子。

宜文则文，宜官则官，宜农则农，尤将农民誉为"四民之首""世间第一等最高贵之人"。示儿学耕作，做"田园弟子"。作为朝廷重臣，林则徐的教子理念和深远思考非常难得，是其教子的又一大高明之处。

力微任重久神疲，再竭衰庸定不支。
苟利国家生死以，岂因祸福避趋之！
谪居正是君恩厚，养拙刚于戍卒宜。
戏与山妻谈故事，试吟断送老头皮。

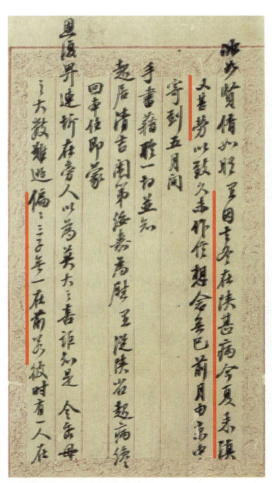

林则徐给女婿刘齐衔家书手迹

这是林则徐在甘肃大病初愈继续西行前，以《赴戍登程口占示家人》，写与爱妻和家人的一首七律诗。逆境中，慨然写下"苟利国家生死以，岂因祸福避趋之"的豪迈诗句，其情之壮美，其胸之博大，气度之宏阔，给后人留下无尽的追思。

林则徐在伊犁属于流放之人、戴罪之臣。他以德报怨，在当地办水利、抓造林、防外患，为百姓做了很多好事实事。伊犁人民为了纪念他，在1994年兴建了伊犁林则徐纪念馆，该馆成了当地知名的爱国主义教育基地和对外开放、文化交流的重要窗口。18集电视连续剧《林则徐》于 1997 年 4 月在京首映，继而在全国热播，随后在中国香港、中国台湾以及欧美多国播出。该片荣获 1997 年全国精神文明建设"五个一工程"奖。

新疆伊犁林则徐纪念馆

民族之英　禁毒先驱

鸦片似瘟疫，毒品猛于虎。林则徐临危受命，奔赴一线。抓毒枭，剿毒贩，禁毒品。虎门一炬，似晴天一声霹雳，慰我国人，壮我河山，震惊世界。马克思为之点赞，共和国为其立碑，浩渺太空中有一颗星为之命名。英雄遭谪戍，抱憾赴边疆。顶得住"压力测试"，扛得起使命担当，抛却那恩怨情仇，一门心思报国为民，谈笑间彰显豁达与豪迈。面对北部边陲虎狼环伺，与民问计，与将切磋，湘江夜话，悉心相托，成为千古绝唱。在清正中挺立，在粹德中为民，历官 14 省，统兵 40 万，披肝沥胆，屡有建树。家国本同构，一颗菩萨心。脱下朝服，面对亲人，家书温暖，可敬可爱。正所谓"名业在霄壤，心期照古今"。千秋景仰，万代流芳！

曾国藩

盖士人读书

要有志有识有恒

曾国藩（1811—1872）

字伯涵，号涤生，又名曾文正。湖南长沙府湘乡县（今属湖南湘潭）人。晚清政治家、战略家、理学家，湘军创立者和统帅。官至两江总督、直隶总督、武英殿大学士。封一等毅勇侯，谥号"文正"。著有《曾文正公全集》等。

精修儒家学说，注重家风家教。通过家书对诸弟、子侄和家中女子教以"孝友""慎独""主敬""习劳"等一系列修身齐家思想，既承袭祖训，又自有建树，颇具特色，对后世影响很大。著《曾国藩家书》。

近代历史人物中，曾国藩是个很有故事的人。仅就从史上对他的评价看，就足以让人玩味再三。誉者，赞其为古今圣贤，"一代完人"；贬者，斥之为"曾剃头""卖国贼"。"天津教案"让他一夜之间灰头土脸，名声扫地。著名革命家章太炎先生评价时，称曾氏"誉之则为圣相，谳之则为元凶。"是当时最为客观且颇具代表性的一种说法。

年少时，曾国藩烟瘾大，生性好玩，比较懒惰，天资也较为一般。进士考了三次，直至28岁才算过关。

曾氏族人家风家训教育之地——八本堂

经过"自新改造"，一介书生从湖南组织团练，到后来创立湘军，虽有屡败屡战之说，终将太平军打败。在其声望极高，有人拥他坐大之时，突然宣布裁撤湘军，取守拙之策，一解朝廷之忧，

曾氏富厚堂藏书楼

彰显大智慧。曾氏幕府及周围经他招募提拔和荐贤重用的不下几百人。有的成为朝廷重臣，左宗棠、李鸿章等就是其中的杰出代表。为官30多年，每天"日课"，修身养性，励志达人。存世家书1400多封，日记150多万字，如此巨量之作，实属罕见。《曾国藩家书》和日记，成为众多仁人志士的"生活宝鉴"、案头必备。曾经叱咤风云的大才子梁启超对曾国藩推崇备至；青年毛泽东在与友人通信中直言"吾于近人，独服曾文正"。

　　曾公出生于湖南湘乡一偏僻山村的地主家庭。兄弟五人中他排行老大，另有一姐三妹。为官在外，他念念不忘为兄之责。常以家书与家人互传音讯，交流激励。

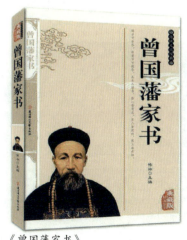

《曾国藩家书》

　　余自十月初一立志自新以来，虽懒惰如故，而每日楷书写日记，每日读史十页，每日记茶余偶谈二则，此三事者，未尝一日间断。十月二十一日立誓永戒吃水烟，洎今已两月不吃烟，已习惯成自然矣……诸弟每日自立课程，必须有日日不断之功，虽行船走路，俱须带在身边……而此三事者，将终身以之。

这是清道光年间曾国藩于湖南长沙写给"诸位贤弟足下"家书中的一段。从中可以看出，他"立志自新"以来，不仅把过去爱好抽烟的毛病改了，而且每天坚持楷书练字，读经典史籍和写日记，且从未间断。勉励几个弟弟根据自身课程和学习情况，也要坚持做"日课"，使之成为生活中的一部分。

　　盖士人读书，第一要有志，第二要有识，第三要有恒。有志则不甘为下流；有识则知学问无尽，不能以一得自足；有恒则断无不成之事。此三者缺一不可……时时属望惟诸弟而已。

　　这封信是曾国藩在"身体甚弱，不能苦思，不耐久坐"的情况下写成的，与诸弟谈读书学习，做"三有"之人，领为士之风。有志有识有恒，在其后来给诸弟或某弟的信中多次提及。

　　天下古今之庸人，皆以一惰字致败；天下古今之才人，皆以一傲字致败。吾因军事而推之，莫不皆然，愿与诸弟交勉之。

　　曾国藩在率军攻打安庆时给胞弟曾国荃家书中写下这段话。两天后，曾国藩再次写信给曾国荃和曾季洪两位老弟，劝勉提醒他们要力戒"惰傲"二字，这样才能真正做到带兵打胜仗。

　　曾国藩非常注重修身齐家，用家风家训引导和教化家人。在军情紧急、危险迭现，随时准备"以身许

曾国藩小女儿曾纪芬九十大寿时家人合影

国"之时，犹能谆谆嘱咐家中子侄谨守家训。

曾国藩手书"天道酬勤"

家中兄弟子侄，惟当记祖父之八个字，曰："考、宝、早、扫、书、蔬、鱼、猪。"又谨记祖父之三不信，曰："不信地仙，不信药医，不信僧巫。"余日记册中又有八本之说……弟亦当教诸子侄谨记之。无论世之治乱，家之贫富，但能守星冈公之八字与余之八本，总不失为上等人家。

为了让兄弟子侄们都能理解和谨守家训，曾国藩将其编成一首押韵的歌诀，让大家学读时朗朗上口。并根据自己多年的阅历体察，结合曾门实际，研究提出"居家以不晏起为本，居官以不要钱为本，行军以不扰民为本"等"八本三致祥"之说，并带头立说立行。

仅就一个"早"字，曾国藩不仅用于律己，而且用于治军。他统帅湘军时，规定天没亮就得起床吃早饭，然后有仗打仗，无仗练兵。他本人也是这样，每日早起，与幕僚们一起早餐，边吃边议军务。吃完后大家各自干活去。

曾国藩有两个儿子，即长子曾纪泽、次子曾纪鸿。为了教育熏陶爱子，曾国藩常常耳提面命，下足功夫。

余近年默省之勤、俭、刚、明、忠、恕、谦、浑八德，二儿就中能体会一二字，便有日进之象。泽儿天资聪颖，但嫌过于玲珑剔透，宜从浑字上用功夫，鸿儿则从勤字上用些工夫。用功不要拘泥于刻苦，要探讨些意趣出来。

此时，曾国藩正带兵在山东一带追剿捻军。这是他在济宁州给两个儿子写的信。将自己多年为官做人的心得，用最简洁的语言，传授、告诫爱子要在"八德"上修炼和提升自己，以求"日进之象"。并有针对性地指出泽儿要在乖巧伶俐的基础上，多一些浑朴敦厚，加强磨砺；鸿儿则要在勤奋刻苦方面多努力。特别强调践行"八德"，不仅要铭记于心，更要在悟与行上下功夫。

曾国藩雕像

富澳修理旧屋，何以花钱至七千串之多？即新造一屋，亦不应费钱许多。余生平以大官之家买田起屋为可愧之事，不料我家竟尔行之。澄叔诸事皆能体我之心，独用财太奢与我意大不相合。凡居官不可有清名，若名清而实不清，尤为造物所怒……余将来不积银钱留与儿孙，惟书籍尚思买耳。

这封"字谕纪泽儿"的家书，是曾国藩由徐州乘船回金陵途中写成的。家中修房子花了不少钱，曾公对此很有看法。由此他谈到为官的一定要有个清廉的名声，如果不能做到这一点，将会"尤为造物所怒"，即老天爷都会讨厌和愤怒的。明确表明他将来不攒金银留给儿孙，倒是各类书籍可以多买些。这是曾国藩清廉为官，勤俭持家的一个重要佐证。

清同治年间，多年的南征北战，此时的曾国藩已是"衰年多病，目疾日深，万难挽回"仍不忘"修己治家"。他在金陵节署中，用日记方式给诸子侄以"慎独、主敬、求仁、习劳"为题写了四条。阐释中，他谈古论今，析事明理，堪为独家之心得，晚年之绝唱，传家之宝篋。一方面，让老年时的自己不忘时时警惕和反省，以弥补以前之过失；另一方面，他要求两个儿子"各自勖勉"，每到晚上以此四条相对照。同时"寄诸侄共守"，为了曾氏这个大家庭光宗耀祖，报效国家，涤生老爷子真是煞费苦心。

老兵感言

自立立人　自达达人

曾子曰："吾日三省吾身。"作为饱读诗书，历练丰富，深受儒家思想熏陶的曾国藩，对此深有所悟。他对自己要求甚严，励"自新"，做"日课"，求"慎独"，行"坚韧"。即便于岳州、湖口等地战事失败，遭遇重大挫折之时，"打脱牙和血吞"，仍能咬定牙根，徐图自强，成就一番大业。于国，他以其识人、用人、荐贤之智，创造了"天下督抚，半出曾幕"之神话。于家，他谨守祖训，传承家风，习劳守拙，为官清廉，持盈保泰，成就了胞弟曾国荃为一代名将，儿子曾纪泽为著名外交家，影响并创下了曾氏家族持续十代兴旺不衰的奇迹。其修身齐家、律己达人、忠君报国之情怀，值得敬重！

左宗棠

耕读为业 务本为怀

左宗棠（1812—1885）

汉族，字季高，号湘上农人。湖南湘阴人。晚清政治家、军事家、湘军名将，洋务派代表人物之一。幕府出生，乙科入阁。历任闽浙总督、陕甘总督、两江总督、钦差大臣。官至东阁大学士、军机大臣。去世后，追赠太傅，谥号"文襄"。著《左文襄公全集》。

左公为人性格刚烈，富有血性，为晚晴衰颓之时的一员虎将和直臣。齐家教子，重偏守道，家风严正。公务繁忙之际，写就家书百余封，彰显其朴质、浓烈的家国情怀。著《左宗棠家书》。

在中国近代史上，湖南籍历史名人众多，影响深远。想当年，年仅17岁的毛泽东以一首"孩儿立志出乡关，学不成名誓不还"的七言诗，夹在父亲每天必看的账簿里，辞别远行。从此开始了其为中国革命、为共产主义事业奋斗的一生。无独有偶，向前追溯约80年，同样少有大志，决心干出一番事业的湖湘才俊，新婚之日在自家门上贴出一副对联，上联：**身无半亩心忧天下**；下联：**读破万卷神交古人**。他就是时年20岁，后来的湘军名将、晚清脊梁左宗棠。

左宗棠与民族英雄林则徐有过一段"神交"，那就是著名的"湘江夜话"。1849年冬，林则徐由新疆返乡经过长沙并做短暂停留。他是为了与相闻已久，却未曾谋面的左宗棠见面。这一年林公65岁、季高37岁，是地道的两代人。前者求贤若渴，有要事相托；后者久仰先生大名，正要

《湘江夜话》雕像

当面请教。心忧天下，志同道合的"爷儿俩"掏心掏肺，促膝长谈。他们谈得最多的是西域边政，俄国恐将成为边疆大患，日后需要有将才、帅才担当戍疆兴边之大任。临别前，林则徐手捧流放新疆时整理的治疆资料和地图，深情地对左宗棠说："吾老矣，空有御俄之志，终无成就之日。数年来留心人才，欲将此重任托付……以吾

左宗棠抬棺西征

数年心血，献给足下，或许将来治疆用得着。"离别时郑重相托："西定新疆，舍君莫属。将来完成吾之大志，唯有靠你了。"林公临终时奏禀皇上，称左宗棠为当今"绝世奇才""非凡之才"，国之栋梁，堪当大任。20多年后，左宗棠力排众议，力主保疆安民。后以钦差大臣、督办新疆军务之身，抬棺西征，壮烈出行，一举收复新疆。屯田垦荒，兴修水利，奏请建省，将林公生前夙愿一一实现。

作为一代能臣，左宗棠御兵有方，治政有略，强悍霸气，颇有风骨。与此同时，左公在修身齐家、教子育人方面也有独到之处。

咸丰年间，太平军先是围攻长沙，继又攻打湘北，左宗棠先后出任湖南巡抚张亮基和骆秉章之幕僚。左公"昼夜调军食，治文书，全盘策划"，退敌保湘，赢得了很高声誉。此时一些亲戚族人

左宗棠西征军旧影

托关系找门子，请左宗棠为之寻官办事情，均遭拒绝。为此，左宗棠在给夫人周诒端的信中明确写道：

　　唯吾现居抚幕，一切皆系乎为布置，却自誓不用乡里族戚私人。任其缺望，骂我我亦受之。所望夫人将吾此意婉告乡人，勿妄干求以为发财之路，须知此路不通也。

《左宗棠家书》

　　其意是说我在抚台大人手下做幕僚，深得信任，握有实权。但我不会让自己的亲戚乡邻来办理事务，我要对得起长官的这份信任。亲友们会失望，甚至骂我恨我。希望夫人将我的意思转告他们，不要想到我这里来寻求升官发财之路，"此路不通"！言辞真切肯定，态度坚决。及至后来左宗棠多地担任封疆大吏，权倾一时，在对己、对家人、对亲友方面，均严格要求，十分自律，引领官场清风，殊为难得。

　　曾侯之丧，吾甚悲之。不但时局可虑，且交游情谊，亦难超然也。已致赙四百金，并挽之云："知人之明，谋国之忠，自愧不如元辅；同心若金，攻错若石，相期毋负平生。"君臣朋友之间，居心宜直，用情宜厚。从前彼此争论，每拜疏后，即录稿咨送，可谓鉏去陵谷，绝无城府。

　　这是同治十二年（1873），得知曾国藩在两江总督任上去世，左宗棠给大儿子孝威写的一封信。从中可以看出，左宗棠与曾公之间感情很深，对自己这位老长官非常不舍。不仅拿出四百两白银作为治丧礼金，还特地写了一副挽联表达敬重和缅怀之情。特别提到，我和曾公以前常因国事有些争论，但我每向朝廷上报奏章时都会先送给他看，不瞒不欺。可以说，我们争也好，吵也罢，都是为了国之大事。彼此间不玩城府，不使小心眼。真情告白，令人生敬。

丧过湘干时，尔宜赴吊，以敬父执；牲醴肴馔，自不可少；更能作诔哀之，申吾不尽之意，尤是道理。吾与侯有争者国势兵略，非争权竟势比。

介绍曾左相处之作

时值沙俄侵占新疆伊犁，左宗棠在陕甘总督任上，正面临内忧外患双重压力。虽是老友去世，却脱不开身前去悼念。故特别交代大儿子代为前往吊丧。特别指示儿子吊丧时，祭品一定要丰富，按规矩一样也不能少。还要做一篇祭文，表达敬佩哀伤之情，将我在挽联中未能充分表达的深意讲出来。再次强调：我和曾侯平日发生的争执都是关于如何治政和用兵的公事，根本不是为了个人的争权夺势。正所谓堂堂正正，有公怨但无私仇。

吾积世寒素，近乃称巨室。虽屡申儆，不可沾染仕宦积习，而家用日增，已有不能撙节之势。我廉金不以肥家，有余辄随手散去，尔辈宜早自为谋。

这篇家书写自光绪六年（1880），是给孝宽、孝勋、孝同三个儿子

左宗棠纪念馆名联

（当时长子孝威已去世）的。此时左宗棠因收复北疆，被封为二等侯。沙俄帝国贼心不死，伺机反扑，陈兵伊犁欲垂死挣扎。此时的左宗棠年近70岁，冒着炎热，抬棺出征。誓言以身许国，拿下伊犁，将顽敌彻底赶出新疆。戎马倥偬之际，写的这封家书，教育诸子记住祖辈本是出身寒微，这些年父亲当上高官，封了侯。你们几个千万不可翘尾巴，耍大牌，花钱大手大脚。现已出现不可遏制的势头，这样下去很危险。为此，左公不仅对几个儿子批评教育敲警钟，而且提前打预防针，从源头上加以控制。明确告诉他们，我享受的朝廷俸禄不是专门用于养你们，供你们挥霍的。我还有好多事要做，今后你们的日子要靠自己努力才行，这一点你们几个要早做准备。

吾平生志在务本，耕读而外别无所尚……子孙能学吾之耕读为业，务本为怀，吾心慰矣……或且以科名为门户计，为利禄计，则并耕读务本之素志而忘之，是谓不肖矣！

信中左公结合自身成长奋斗经历，给孩子们讲道理，施教育。告诫几个儿子，你们要理解和读懂老爸，像我一样自觉坚持以耕读为业，务本为怀。如果你们成天想着功名利禄，把耕读为本，这个我们家的传家宝弄丢了，玩忘了，那你们就是"不肖子孙"了。其写在《与癸叟侄》信中，同样强调这方面意思。要求侄儿"多朴拙之风，少华縻佻达之习"

左宗棠文化园雕像

"力戒贵游气习"。用心之良苦，可见一斑。

左宗棠去世后，为了纪念他，北京市将左公故居确定为市级文物保护单位，新疆乌鲁木齐兴建了"一炮成功"纪念馆，家乡湖南湘阴设立了左宗棠文化园。

老兵感言

可敬可爱的"左骡子"

晚清历史上，作为"中兴四大名臣"之一的左宗棠，是个很有个性，有故事的人。在事关国家民族大业问题上，他耿直、刚正、坚定、霸气。面对强敌，他毫不畏惧，勇毅担当，一派虎狮雄风，肝胆血性。在家中，英雄也有夫妻恩爱，儿女情长。时而窃窃私语，时而训诫教化，终老时叮嘱儿孙不忘出身寒微，务以耕读为本，尤须自立自强。

有趣的是，他性子烈，脾气大，爱骂人，甚至爆粗口，动拳脚。不时来点儿小自负，自比诸葛，谓之"亮"。然其甘洒热血，忠君报国之壮志情怀，堪称一绝。属于那种大节无恙，小节微瑕之人。唯其不那么完美，方显其真性情和可爱之一面。

李鸿章

有志为官者

不可仗势欺人

李鸿章（1823—1901）

本名章铜，号少荃，安徽合肥人。晚清政治家、外交家、军事将领。淮军和北洋水师的创始人，洋务运动主要领导人之一。历任两广总督、两湖总督、直隶总督，北洋通商大臣。官至文华殿大学士，人称"李中堂"，为"中兴四大名臣"之一。著《李文忠公全集》。

幼承家学，秉持祖训，师从曾国藩，深谙经世治用之学。家书具家国情怀，颇为受读。著《李鸿章家书》。

人因地生，地因人贵，此话不虚。合肥磨店这个原本寂寂无闻的小村庄，自从有了出将入相的李鸿章，一时间光宗耀祖，名扬海内外。于是，有人借地名戏称"宰相合肥天下瘦，司农常熟世间荒"。简单两句，不仅巧妙地点了当年名噪一时的李鸿章、翁同龢两人的名，还帮安徽合肥、江苏常熟做了一个大广告，引来很多游客纷纷去打卡。

"劝子读书，文章经国"是李家祖训，影响了一代又一代人。本就天资聪慧，又加上良好蒙学教育，李鸿章从小反应敏捷，幼而不凡。儿时的他，一次在河中洗澡，适逢私塾老师也来了。只见师者脱挂衣服时来了句"千年古树为衣架"，一旁年幼的李鸿章随口就是"万里长江作浴池"。这一合缝斗榫的对句，老师听了很开心，此后更喜欢这个学生了。

良好的家学渊源，少荃能诗善文，富有志向。1842年赴京途中，目睹大好河山，悠思古今豪杰，少荃踌躇满志，畅想未来，不禁诗兴大发。他在《二十自述》组诗第一首中写道："胸中自命真千古，世外浮沉只一鸥。久愧蓬莱仙岛客，簪花多在少年头。"字里行间可以一窥他寄望少年成名、不甘寂寞的进取心态。随后，李鸿章在庐州府学被选为国子监学习的优贡生，又得在京为官的父亲安排其去京备考顺天府乡试，李鸿章浮想联翩，在《入都》诗中直抒胸

李鸿章创建的淮军在进行操炮训练

臆："一万年来谁著史，三千里外欲封侯。"那种旷古达今，成就功名，意气风发，决心干一番大事业的豪迈气概，尽显其间。

李鸿章深具家国情怀。他孝敬父母，关爱兄弟，眷顾姻亲，无论在外带兵打仗，还是尔后主政一方，常以家书相往，别有一番情趣。

李鸿章1847年考中进士。1850年，授武英殿编修、国史馆协修，正式成为朝廷命官。他在《禀父母》信中写道：

月之初八日接诵手谕，命儿为官清正，毋作贪想，临事尤宜谨慎等，敢不遵命。当儿来此接篆之时，一般谋缺者纷来道贺，户为之穿，彼等有愿以巨金为儿寿，儿弗论财物，却而璧之。盖不义之财，不取为是也。

"为官清正，毋作贪想"，面对父母的叮咛训谕，少荃悉听遵命，明确表态"不义之财不取"，决心以清正之形象走好入仕第一步。

三弟李鹤章，敏而好学、好问，作为哥哥李鸿章常毫无保留地与之交流。

《朱子家训》内，有子孙虽愚，经书

《李鸿章家族》

不可不读……读经有一耐字诀,一句不通,不看下句;今日不通,明日再读;今年不精,明年再读。此所谓耐也。弟亦不妨照此行之,经学之道,不患不精焉。

重复是学习之母。李鸿章在这封信中向弟弟传授心得,核心就是读经书最讲究恒心、毅力和耐性。对于经典句章,要反复诵读,用心精读,有耐心,不浮躁,长期坚持,必有好处。其后他在回复三弟关于小学之道时,再次支招,明确写道:

……小学约分三大宗,言字形者以《说文》为宗,言训诂者以《尔雅》为宗,言音韵者以《唐韵》为宗。

信的最后进一步引导鼓励:"弟欲小学,钻研古义,则三宗如顾、江、段、邵、郝、王六家之书,均不可不涉猎而探讨之,则小学自可入门焉。"重点突出,兼顾全面,循循善诱,推心置腹,颇有乃兄之风。

鹤章后来官至知府,兵备道,勤学不辍,著述颇丰。与早期在二哥帮助下练就的"童子功"有很大关系。

李鸿章对儿子的教育抓得很紧。为文、为官、做人等一一教诲。一次在给爱子谈写作时传授道:

文儿来禀询文学,今为汝告。文字为思想之代表,思想为文字之基础,故二者之研练,相为表里者也。

北洋水师使用的军舰和岸炮

信中具体指导儿子"读文宜先读记叙文字,作文亦宜先作记叙文字",平时更要注意多观察,"随时留心事物",增加生活积累。其后,他进一步教导道:"读文之法,可择爱熟诵之,每季必以能背诵者若干篇为目的,则字句之如何联合,篇段之如何布置,行思坐想,便可取象于收视反听之间。精神之研习既深,行文自

李鸿章与家人在一起

极熟而流利,故高声朗诵与俯察沉吟种种功夫,万不可少也。"多看、多读、多思、多练,厚积薄发,皆为写作入门和提升之必须。

吾儿少蓄为官之志,颇好!惟行事尚未就于正轨,业师足为吾儿模范,惟友朋辈尚嫌未足耳。师长常具畏惧之心,未敢朝亲夕近,虽有良师教训,难于转移学生性情。

……吾儿不可因恃父兄显贵而仗势欺人,尔知汝祖父穷乏之时,为人所凌暴,敢怒而不敢言,尔当念祖父之被困,而生反感焉。

想当官是好事。但要当好官颇有讲究,要从点滴做起,谨慎行事严要求。一句为官不可仗势欺人,道出了父亲的深爱和智慧。

期间,李鸿章还就诸弟、侄儿和姑母家的表弟妹为学、求学、作文等事宜,分别去信释疑解惑,指点迷津,为这个大家庭后继有人,他拼尽全力。

弟建议防守黄、运两河,蹙捻海东,而郭松林等屡破捻匪于吴桥等处,运河之防始固。弟以为前东捻在黄河之南,故蹙之河北、运西

李鸿章禀母书手迹

以麾之于海，今西捻在河北，非扼张秋，不能合围。张秋至临清运河二百四十馀里，为黄河倒灌，积淤成平陆，故非引黄入运，则运河无水。因令官弁挑浚淤沙，引黄入运。及捻窜运系，遂力主防运。旋捻南下至沧州，亦防运之功。

这是同治七年（1868），时任钦差大臣的李鸿章写给同在前线参与追剿捻军的瀚章、鹤章兄弟书信中的一段话。分析形势谈对策，引黄入运滞顽敌。历三年之功，东征西讨终于将在河北、天津一带流窜作恶的捻军扫除荡平，还百姓一方平安。

在《禀母亲》信中，就天津教堂案之爆发和朝廷命曾夫子火速前往处理，"命男驰赴近畿一带驻扎，以防法人蠢动"等情形，报知老母，使其安心。不久，李鸿章新任直隶总督，哥哥李瀚章为湖广总督。少荃都以书信向母亲报告。

李鸿章家书，家事国事天下事都有涉猎。正所谓家国一体。

1872年3月20日，恩师曾国藩因积劳成疾辞世。李鸿章得知后悲痛万分。他在给胞弟李鹤章信中写道：

曾涤生师自九江劳师，旋回南昌，遽以病入膏肓，扁、卢束手，而于十二月十六日寿终，予谥文正。呜呼，吾师讲义理学，宗尚考据，治古文辞，谋国之忠，知人之明，昭如日月。生平公牍私函，无一欺饰语，治军行政，务求蹈实……凡规划天下事，鲜不效者。端在元老，一朝仙去，不复归来。为公为私，肝肠寸裂。日来心绪稍宁，作联以哭之云：

李鸿章与恩师曾国藩

师事近三十年，薪尽火传，筑宣恭为门生长；威名震九万里，内安外攘，旷代难逢天下才。

在对恩师至情至性、感念缅怀之后，信中还交代："吾弟居家无事，可以涤生夫子之平生事迹，为我代草一篇，以尽阿兄师生之谊。"

从中可以清楚地看出李鸿章与曾涤生师生情、战友情、生死情非同一般，他对恩师是从心底里钦佩的。

光绪二十六年（1900），"庚子事变"爆发，李鸿章不顾身边人多次反对，临危受命，北上与入侵联军谈判议和。尽管他使尽浑身解数，据理力争，捍卫主权，无奈晚清大势已去，亦无回天之力，泣血与洋人签订了丧权辱国的《辛丑条约》。临终时，李鸿章在深度昏迷醒来时留下最后一首诗："劳劳车马未离鞍，临事方知一死难。三百年来伤国步，八千里外吊民残。秋风宝剑孤臣泪，落日旌旗大将坛。海外尘氛犹未息，诸君莫作等闲看。"

操劳一生，临死前心系社稷，忧国忧民，殊堪敬佩。在他最后留下遗折中系念"多难兴邦，殷忧启圣"，呼吁朝廷"举行新政，力图自强"。正可谓人之将死，其言也善。他看到了大清唯有彻底变革而无他途。

李鸿章与外国人谈判

李鸿章去世后，慈禧太后连降两诏，褒奖其功德贡献，称其为"再造玄黄之人"。美国前总统格兰特，将少荃列为"当今世界四大伟人之首"，德国海军大臣称李鸿章为"东方俾斯麦"。诚然，是非功过得由人民和历史评说。

李鸿章灵位入祀北京贤良祠

披肝沥胆一中堂

少有大志，师出名门，文韬武略，满腹经纶。办团练，创淮军，智斗洪秀全，剿杀太平军，钦差统兵战捻军。中流击楫，在血与火、灵与肉的战场上导演出一幕幕波澜壮阔的生动活剧。笔杆子硬，枪杆子狠，嘴巴子又来事。南征北讨，扛鼎担当，与军与政与外交，李鸿章所到之处，皆有建树，成为晚清极为倚重的一大能臣。对朝廷忠，对家人爱，呕心沥血，经世济用，将家与国演绎得多姿多彩。垂暮之年，终因时势难逆，与俄英德法等11国签订丧权辱国的《辛丑条约》，遭国人唾骂，一时成为"背锅侠"。看似少荃之不幸，实乃朝廷腐败、制度腐朽，大清之不幸！

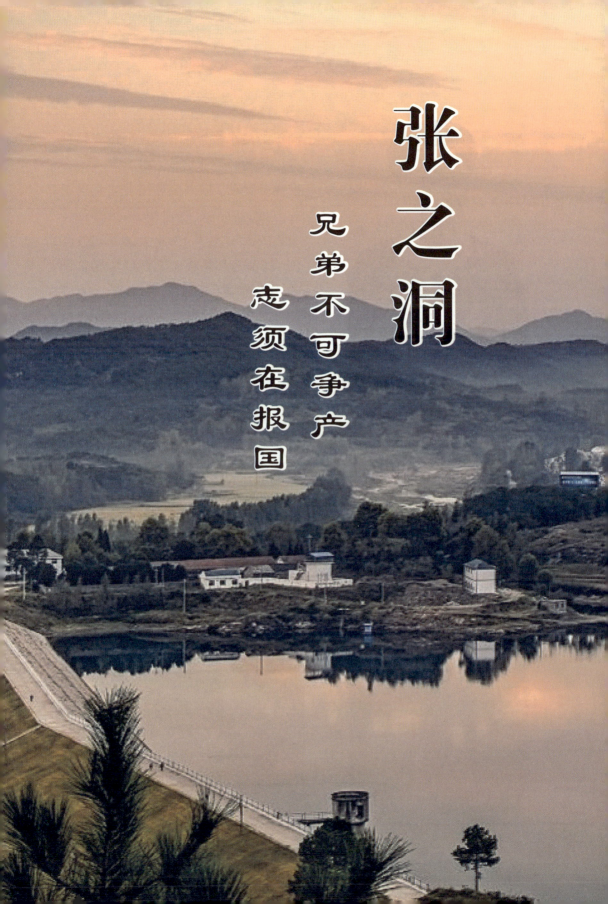

张之洞

兄弟不可争产

志须在报国

张之洞（1837—1909）

字孝达，号香涛，名"张香帅"，直隶南皮（今河北南皮）人。晚晴重臣，洋务派首领。重教兴学办实业，屡有建树。历任两广总督、湖广总督、两江总督、军机大臣等职，官至体仁阁大学士。著有《张文襄公全集》等。

香帅一生忠君报国，通经世用，修身齐家。在外为官期间，注重以家书对父母表达孝敬，对儿女施以教诲。其家书饱含深情，子孙大多优秀，为国争光。

晚清"中兴四大名臣"中，张之洞年龄最小，也是唯一一个没有领兵打过仗的。但张之洞在兴教办学，力推洋务运动，振兴民族工业尤其重工业方面，却是颇有建树，贡献突出。今天的武汉大学、南京大学等知名高校，其前身都是在张之洞任地区总督时一手推动创建的。张之洞任湖广总督时，干成了两件大事：倡导并组织修建了横贯中国南北的芦汉铁路（今京汉铁路）；创办了当时中国最大的联合钢铁厂——汉阳铁厂，使之成为中国近代最早的官办钢铁企业。

张之洞从小受到良好教育和家风熏陶，使他对忠孝仁义等儒家思想有着很深理解。其24岁在《续辈诗》中写下的"仁厚遵家法，忠良报国恩。通经为世用，明道守儒珍"即是其心志的写照。

由于多年在外为官，他常常借书

芦汉铁路通车

信传情，表达对父母双亲的孝，对国家的忠，对儿孙后辈的爱。

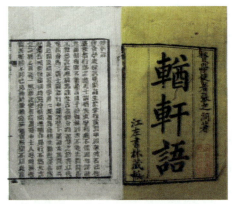

张之洞著《輶轩语》

大人前次训谕，谓操守宜廉洁，办事宜谨慎，待人宜宽和，此真大人金玉良言，儿虽不肖，敢不永矢勿谖。

儿幸赖祖宗盛德，大人督教，得有今日，然衡文批卷之际，常凛凛自惧，恐有不足，上负朝廷，下负大人。

这是清同治年间，张之洞在《致双亲书》中的一席话。1864 年，香涛考中进士，授翰林院编修。继而先后任浙江、四川乡试副考官，负责当地科举的阅卷、审卷，为朝廷选拔人才。任湖北、四川学政时，负责一方文化教育事业。从信中可知，张之洞在问候双亲同时，更主要的是向父亲大人汇报自己在外履责尽职情况。将父亲教诲的为人处事"三宜"之说视作"金玉良言"，时刻牢记。在"衡文批卷"之时，十分谨慎认真。特别是对年轻学子的试卷，在评判得分时更是慎之又慎，"不敢轻易放过一丝一毫"。

张仁侃是张之洞的三儿子。从小贪玩好动，在学校读书时，除体育成绩较好外，其他科目成绩不尽如意。为了助子成长成才，张之洞下决心送他到日本士官学校进修。儿行千里母担忧，

汉阳铁厂博物馆

《张之洞劝学篇》

子出国门父更愁。这不，"汝出门去国，已半月余矣。为父未尝一日忘汝""兴居不节，号令无时"，习惯下午睡觉，夜里工作的张之洞，给远行的小儿子写了一封长信，在表达思念、牵挂之情后，特别写道：

> 方今国事扰攘，外寇纷来，边境屡失，腹地亦危。振兴之道，第一即在治国。治国之道不一，而练兵实为首端。汝自幼即好弄，在书房中，一遇先生外出，即跳掷嬉笑，无所不为……然世事多艰，飞武亦佳，因送汝东渡，入日本士官学校肄业，不与汝之性情相违。

信中告知儿子，现在国事纷乱，外敌入侵，边境失守，内地腹部也多有危险，急需尚武之人，你也拥有这般爱好。可以说是"因材施教"。

《张文襄公全集》

> 汝今既入此，应努力上进，尽得其奥。勿惮劳，勿恃贵，勇猛刚毅，务必养成一军人资格。汝之前途，正亦未有限量，国家正在用武之秋，汝只患不能自立，勿患人之不己知。志之志之，勿忘勿忘！

张之洞告诫儿子你现在既已入学，就要努力上进，把军事上的一些技战术学到手，将来回国效力。但不要畏惧辛劳，不要自恃高贵，要勇猛、刚强、坚毅，切实养成优秀军人之禀赋。不要怕别人不了解你，关键你要学会自立自强。这样，将来你的前程不可限量。嘱子无论如何要记住父亲的这些教诲。

三江师范学堂礼堂（位于今东南大学校园内）

自强学堂（今武汉大学）校园

余五旬外之人也，服官一品，名满天下，然犹兢兢也，常自恐惧，不敢放恣。汝随余久，当必亲炙之，勿自以为贵介子弟，而漫不经心，此则非余之所望于尔也，汝其慎之。

张之洞对儿子现身说法。告诫爱子我已年过半百，官至一品，在外名声很高，但我还是担心自己做错事，处处小心谨慎，不敢放纵。你跟我这么长时间，可要自己好好努力，不要自以为是尊贵的公子，就随随便便，全不在意。这方面可要多注意哟。信的最后，以"至嘱，至嘱！"极诚恳的态度敲打并提醒儿子。

1909年10月4日，张之洞病入膏肓，自知来日无多。弥留之际，将几个儿子叫到床前留下遗嘱：

兄弟间不可争产，志须在报国，勤学立品；君子小人，要看得清楚，不可自居下流。

张之洞雕像

为纪念张之洞督鄂期间的治政伟业，湖北省武汉市兴建了张之洞与汉阳铁厂博物馆，该馆被武汉市委、市政府命名为"爱国主义教育基地"。

老兵感言

公忠体国一能臣

为官45载，督抚30年，入阁出相，虽未统兵，人称"张帅"。进谏为诤臣，治域乃良臣，俭朴做廉臣。通权达变，通经治世，实学育人，实业强国，力推洋务，忠君报国，为晚清写就浓墨重彩一笔。恪守儒道，修身齐家，殷殷训导，张之洞为教子苦心孤诣，亦喜亦忧。虽有遗憾，却无碍其《輶轩语》《治学篇》等心力之作折射出的思想及人性光辉。

林纾

汝能爱国爱民
即属行孝于我

林纾（1852—1924）

字琴南，号畏庐，别署冷红生。福建闽县（今福建福州）人。近代著名文学家、翻译家，桐城派代表人物。诗画皆工。著有《畏庐文集》等。以文言译介欧美多国小说百余部。译作《巴黎茶花女遗事》，曾轰动全国。

畏庐先生尚古贤，重孝道，严教子。因情而动，因材施教，或家书传情，或遗作诫子，或诗文寄怀，展现博大父爱。著《林纾家书》。

20 世纪初的五四运动中，一位年近古稀老人为了捍卫文言文的传统地位，恪守他那"古文万无灭亡之理"的精神追求，奋然挺身而出，对一些年轻人把古文及古文家视为"选学妖孽""桐城谬种"，主张新文学革命，用白话文替代古文的主张奋起反击。在文坛引发一场声势浩大的"文白之争"。这位老人就是晚清桐城派代表人物之一林纾。林纾在新文化运动中卓然凛立，率性发声，誓死捍卫古文地位，令人生敬。

如果说林纾作为一资深古文达人、著名译作家在文坛上有一种"傲骨"，那么他在修身齐家、教子做人方面，却表现出一种开明、豁达和谦

林纾著名译作《巴黎茶花女遗事》

卑、谨慎的态度。以爱为怀，以文述理，以孝教子即是其特征之一。

光绪三十四年（1908），大儿子林珪时任顺天府大城县知县。教子心系民众，体恤下情，关心疾苦，有所作为，

林纾夫妇与林璐（右二）林璯（右三）在一起

是为父"然所念念者"。林纾在《示儿书》中告诫儿子林珪为官时，不可"自恃吏才，遇事以盛满之气出之"，要学会"平盛气，先近情"，进而教导林珪：

近情者，洞民情也……惟耆民之纯厚者，终身不见官府。尔下乡时，择其谨愿者，加以礼意，与之作家常语，或能倾吐俗之良楛，人之正邪。且乡老有涉讼应质之事，尔可令之坐语，不俾长跽，足使村氓悉敬长之道……批阅卷宗，在人不经意处留心。

林纾指点儿子下乡时要善于放下身段，体察民情。特别是对那些生性敦厚淳朴的老人，对他们要尊重有礼貌，与他们聊家常，从闲谈中了解风俗民情，新思新想，获悉"人之正邪"。说到打官司、诉讼、质询等情况时，让人家坐下来说，不要长时间跪着；办理公文卷宗时，要注意在细节上严加审查，防止造成冤假错案。

汝能心心爱国，心心爱民，即属行孝于我……此书可装池，悬之书室，用为格言。

爱国爱民即为孝，可见林纾之格局。一天，得知珪儿以"洋酒宴"唱成一出"空城计"，智退攻城贼寇，保住了全城百姓。林纾十分高兴，赋诗《寄示珪子》：

　　……汝能止豪暴，临难生权谋。县中出洋酒，境外传歌讴。此语闻若翁，喜极翻泪流。果能为民劳，或不贻我羞。寄汝《春陵行》，守官庶无尤。

　　是啊，珪儿身为一方"父母官"，临难之时，沉着冷静，巧施计谋，不废一枪一弹，退敌保民。在老爷子看来，这是一种大智、大孝，他能不高兴吗？寄望珪子像唐代《春陵行》中所说的那样，当官就要为民着想，为民解忧。

　　林璐是林纾与第二任夫人杨道郁生的第一个儿子，夫妇对他宠爱有加，璐儿自少年起先后被送至天津、青岛读书，接受"洋师"辅导。林纾经常与爱子通信，给予教育和叮咛。1913年2月中旬，林纾在给璐儿信中写道：

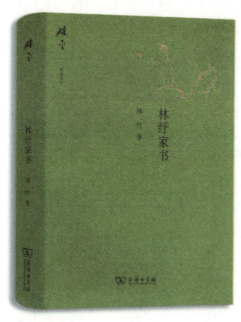

《林纾家书》

　　汝新离家，汝母亲太不放心，汝须刻刻念及父母挂心。凡为人子，要体贴亲心，先要保养身体，次则勤力学问，此便是孝。

　　同年11月7日，在《家至爱之详儿知之》家书中，林纾毫无掩饰地告知林璐，近20天未收其信，以为生病，家人都很担心。后得知林璐没生病，并很快给家中来信，"合家大喜"时，林纾深情地写道：

> 汝之行孝，但有两事：一保重身体（慎风寒，慎饮食，用力勿过量），一学问有恒（不必过度，但逐日功课照常，自有进步），余便放心矣。

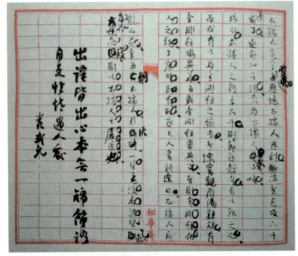

林纾批改林琮古文习作的手迹稿

对林璐这样的打小调皮、体格较为虚弱的孩子，林纾需要的孝，是儿子注意身体和按时完成每日功课。

> 愿汝为学生时，循学生规矩，求"学生之问"；到长大时，做一辈子好人。不要把汝父名誉坏了，此便是孝子。

这是1915年8月下旬，林璐由青岛转入天津德华学堂时父信中的嘱托。守规矩，求学问，做好人即为孝。1916年，因林璐花钱大手大脚，书信少，"不晓世故"，林纾专门去信教育并提要求：

> 一钱来处均不易，父老而力疲，须从俭为是，亦以体贴老父，即为孝子……每月作家书二封，或回家一次。

一生刚正并有"傲骨"的林纾，在浪子面前有时却显得可爱又可叹。1918年，他在一封《详儿知之》信中写道：

> 老父之心全系汝兄弟……特乞儿不熬夜，不游荡，使我一方心稳

睡，亦不能耶……清晓至尔玻璃门外内窥，见尔安眠，吾心略释；一见空床，即心惊肉跳。老父如此困苦之状，惜尔不曾一见耳。

为了挽救林璐，林纾决定专门聘请一位英文老师教习其英语，为父的拟亲自上阵辅导儿子《呻吟语》和作诗。其信中写道："商之吾儿，汝义云何？尔父如此哀肯，想尔孝心，必当允我矣。"以"哀肯"换"孝心"，求懂事，励勤学，林纾作为父亲做到这般田地，可谓用心之至。

在林纾看来，三儿子林琮品行端正，文风可靠，不负前辈，是传承乃父古文遗风，帮带弟弟成人成才，可依靠托付之人。林纾在《示琮儿》信中深情写道：

林纾晚年画作

> 余老矣，若兄（指林璐）又不解事，懒而乖忤，似朽木难雕。余所盼望者，惟汝及八弟、九弟……汝为之兄，能自立，为之模范，则父兄之一教也。今两弟之学问，惟汝任之矣。

在多角度、多层次教导儿孙们注重孝道的同时，林纾本人一生知孝、尽孝。他在《畏庐七十寿辰自寿诗》中深情追忆和怀念先母大人。正所谓"柴门临水白蘋开，月下听书老母来。病犹作健衣亲制，儿亦能厨笋自煨"。林纾母亲生前有一大爱好，最喜欢听林纾翻译的小说，常常听到夜里三更才睡觉。竹笋是中国传统佳肴，味香质脆，母亲喜爱吃。当母亲胃口不佳尤其是生病时，林纾就挑选上好的鲜嫩竹笋，亲

自加工制作，煨成高汤给母亲吃。当慈母病危时，林纾借助夜雨面向越王山祈祷上苍保佑。"五更空祷越王台"便是当时的真实写照。

林纾先生雕像

傲骨柔情两相宜

一介布衣，一代译匠，一身正气，文章道义，儿孙情长，为世所重。思想交锋时，林纾不服老，不示弱，不妥协，为坚守自己心中的文化信仰和学术精神冲锋陷阵，呐喊厮杀，文坛上留下不一样的声音。持家护犊时，林纾谨守孝道，诠释孝义，对儿辈训诫以严，呵护以宽，教子立品做人，难得苦心孤诣。即便像林璐那样的"懒而乖忤，朽木难雕"之浪子，林纾在垂暮之年，仍能甚热似火，不抛弃，不放弃，篇篇家书饱含赤诚、坚忍、博大和至爱。文坛上的刚与傲，家庭里的柔与暖，交织共生。林纾当是一位值得敬重之人。

孙中山

精诚无间同忧乐

笃爱有缘共死生

孙中山（1866—1925）

名文，谱名德明，号逸仙，常以中山为名。广东省香山县（今广东中山）人。中国近代民主主义革命的开拓者、中国民主革命伟大先行者、中华民国和中国国民党缔造者。高举反帝大旗，创立民主共和，功勋卓著，名垂青史。著有《建国方略》《建国大纲》《三民主义》等。

孙中山一生瘁心国事，修身律己，关爱妻儿，严格要求家人。书信往来，经费接济、题联勉励，用心至诚。临终时口授并签署《家事遗嘱》，托付后事，激励儿女继承遗志，不负所望。展现其平凡而又伟大的一面。

孙中山先生代表了一个时代，是一位杰出的爱国主义者、民族英雄和中国民主革命的先行者，他在我国各族人民和爱国人士中享有崇高威望。毛泽东在《纪念孙中山先生》一文中评价孙中山是"中国革命民主派的旗帜"，称颂"他全心全意地为改造中国而耗费了毕生的精力，真是鞠躬尽瘁，死而后已。"列宁称赞孙中山"是充满着崇高精神和英雄气概的革命的民主主义者"。

孙中山先生出生于广东省香山县（今广东中山）翠亨村的一个普通农民家庭。其早年在家乡的村塾读书，接受传统教育。同时对太平天国洪秀全起兵反清等故事很感兴趣。后在哥哥孙眉的资助下，赴美国檀香山接受西式教育，学到了知识，开阔了眼界。

1892年，孙中山从香港西医书

邓小平为孙中山铜像题词"伟大的革命先行者　孙中山先生永垂不朽"

院毕业，随后一面在澳门、广州等地行医，一面结纳反清秘密会社，准备创立革命团体。1894年11月，孙中山从上海去夏威夷，组织成立了中国第一个资产阶级革命团体——兴中会。后来又推动建立香港兴中会，密谋发动广州起义，事

孙中山手书"三民主义"

泄失败，被迫亡命海外。经过对欧美各国经济、政治状况考察和对各种流派政治学说研究，经与欧美进步人士接触，初步形成了具有自身特色的三民主义思想。

1905年8月，孙中山与黄兴等人，以兴中会、华兴会等革命团体为基础，在日本东京创建全国性的资产阶级革命党中国同盟会，孙中山被推举为总理。他提出的"驱除鞑虏，恢复中华，创立民国，平均地权"的政治主张，被列为同盟会纲领。孙中山还首次提出民族、民权、民生三大主义，对指导和推动全国革命运动的开展，发挥了重要作用。

在研究中国国情、创建革命理论的同时，孙中山积极发展组织，宣传革命，募集经费，策动起义。1907年12月镇南关（今广西友谊关）起义时，亲临前线指挥战斗。他亲自发射炮弹并击中清军目标，给起义部队以很大鼓舞。1911年10月，武昌起义成功后，孙中山被17省代表推举为中华民国临时大总统。并于1912年1月1日在南京宣布就职，成立中华民国临时政府。1912年2月12日，清朝最后一位皇帝爱新觉罗·溥仪颁布退位诏书，自此宣告了长达2000多年的封建君主专制制度的结束。

为了救国救民，孙中山先后发

孙中山在上海著《建国方略》

镇南关起义中孙中山指挥炮战

起讨袁斗争、护法运动、北伐战争，改组建立中国国民党，重新阐释三民主义，创办黄埔军校，宣布实行联俄、联共、扶助农工三大政策，推动实现第一次国共合作。

在忙于国事的同时，孙中山十分注重修身齐家。他经常告诫自己，革命者要立志做大事，不要立志做大官，主张"内审中国之情势，外察世界之潮流，兼收众长，益以创新"。为了救国，他生活艰辛，经常颠沛流离，寝食无安，革命意志却从未动摇，倒是愈挫愈奋。1915年10月，其流亡日本期间，从美国学成回来的宋庆龄，正是基于对孙中山先生人格操守和远大志向的仰慕，不顾家人反对，毅然决定与孙中山结婚，全力支持先生的革命事业。

1922年6月，陈炯明策动羊城兵变。于6月16日凌晨派兵围攻总统府，夜袭越秀楼。在情势极端危急的情况下，孙中山提出要与宋庆龄一起走。宋庆龄考虑到那样对先生的安全威胁会更大，于是断然提出"中国革命没有我宋庆龄可以，但是不能没有孙中山，你快走！"于是孙中山便在宋庆龄和50名卫兵的掩护下成功脱险。危急时刻，宋庆龄的果敢沉着和舍生忘死，让孙中山非常感动。事后，他饱含深情写下"精诚无间同忧乐，笃爱有缘共死生"两句话赠予爱妻宋庆龄。

正是那次蒙难突围，宋庆龄因惊恐疲惫交加而导致流产，以致终生未有儿女。但她更加坚信对中山

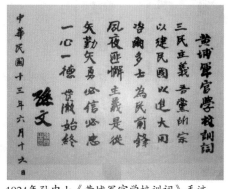

1924年孙中山《黄埔军官学校训词》手迹

先生的追随和钟爱是正确的。

孙中山从年少出国求学到献身革命，成就伟业，其背后有一位无怨无悔并倾力资助他的人，这就是他的哥哥孙眉。孙眉17岁随乡人赴美国檀香山做苦力。经几年拼搏，垦牧取得巨大成功，成为地方首富，从物质和精神上对孙中山的革命事业给予了大力支持和帮助。后来孙眉又经常奔走于夏威夷、广州、香港等地，进行反清活动。孙中山任临时大总统后，有人举荐孙眉出任粤都督时，遭到孙中山拒绝，并致电哥哥：

1915年，孙中山与宋庆龄在东京结婚时的合影

为大局计，兄宜专就所长，专任一事，如安置民军，办理实业之类，而不必就此大任。

孙眉欣然接受。两人既为同胞兄弟，又是革命知音。

孙中山献身革命，终年在外奔波。书信成了他关心妻儿、眷顾家人的重要方式之一。

爱女娫、婉收看。父今晚已行到第四个埠。即苏伊士运河。再六日便到步奂。可告两母亲知之也。

父今欲汝两姊妹同去影一相。影好寄三四张去松山阿哥处。叫他转寄给我可也。

另外寄来第二第三两埠之风影画片数十幅。包为一札。找金庆光转交。余事再示。

精诚无间同忧乐
笃爱有缘共死生
庆龄贤妻鉴　孙文

孙中山手书诗句赠宋庆龄

并问候你两母亲及各人平安。

这是 1910 年 12 月 20 日，去欧洲途中孙中山以"父字"写给女儿孙娫、孙婉的信，读来倍感亲切。

孙中山只身在外革命，离不开家人的理解和支持。1916 年 12 月 16 日，中山先生以"科父"之名给原配夫人卢慕贞的信中写道：

孙中山与卢慕贞、子女孙科、孙娫、孙婉及宋霭龄合影

科母鉴，十二月一日来函已得收到。你欲做永安公司股份，自可由你定夺便是。家费由阳历明年正月计起，当每月寄一二百元或半年寄一次也。我现下身体更佳，诸病悉除，可勿为念。此到并问各人大安。

1917 年 6 月，孙中山以谱名"德明"给卢夫人去信，关心桑梓，关怀家人，情意满满。

卢夫人鉴，来信收悉。乡中学堂今年之费，并所开列接济穷亲之费，每年自当如数寄回，所应赒恤之人由夫人酌量便是。兹汇来沪银三千元、申港银三千余元，照单察收可也。阿科建屋所借孙智兴先生之二千元，不必由此归还。待阿科一两月后收得朱卓文先生之款，然后还之也。予近日甚康健，幸勿为念。乡中各亲戚统此问好！

中国邮政发行辛亥革命100周年纪念邮票

这是 1916 年 3 月和 1917 年 6 月孙中山先生给原配夫人卢慕贞的信。知心体贴，关怀有加。

1915 年，孙中山与宋庆龄相爱。同年 9 月 1 日，孙中山邀卢慕贞从澳门抵东京商谈离婚之事。当时同盟会部分元老反对此事。卢夫人则表示："孙先生为革命奔走海外，到处流浪，身心为之交瘁。既然现有人愿意照料他的生活，我愿意成全其美，与先生离婚。"孙宋结合后，卢慕贞与宋庆龄相知相敬，彼此以姐妹相称。使得原本反对的一些人无话可说。

家是小国，国是大家。1925 年 2 月 24 日，孙中山知道自己病已不治，预立三份遗嘱。分别为《国事遗嘱》《家事遗嘱》和《致苏俄遗书》。前两份由孙中山口授，汪精卫记录。第三份孙中山以英文口授，其苏联顾问鲍罗庭等笔录。宋子文、孙科、孔祥熙、何香凝等现场见证并在遗嘱上签字。在《家事遗嘱》中，孙中山口授道：

余因尽瘁国事，不治家产，其所遗衣物书籍住宅等，一切均付吾妻宋庆龄，以为纪念。余之儿女，已成长，能自立，望各自爱，以继余志。此嘱。

宋庆龄对践行先生遗嘱颇为用心。1946 年，为追回被日军劫掠的孙中山文物，宋庆龄专门写信请时任南京市市长马超俊帮助追查。经各方努力，终于将孙中山原著《建国大纲》以及阵太刀 1 把、指挥刀 1 把、中华民国军政府大元帅证书 1 枚等 22 件珍贵文物全部追回。了却了先生

1924年9月20日，孙中山于韶关誓师北伐

的一份心愿。

孙中山去世后，国民政府于1929年在南京中山陵举行奉安大典。1941年3月21日，国民党中常会第143次会议决议："尊称本党总理为中华民国国父，以表尊崇。"

南京中山陵举行奉安大典

时代伟人

　　虽颠沛流离，历经坎坷，然行有灯塔；纵数度流亡，几起几落，却初心如磐。从容于江湖之上，沉潜于仁义之中。天下为公，世界大同，博爱为怀，功垂千秋。四十年披肝沥胆，四十载峥嵘岁月。一心求真理，一意救中国，一生为大众。孙中山先生用信念铸就灵魂，用丹心擘画未来，用奉献书写时代，用牺牲点燃中华。建国方略，三民主义，实业计划，一件件宏伟蓝图亲手描绘；推翻帝制，建立共和，统一中国，一桩桩惊天伟业倾力打造。高擎联俄、联共、扶助农工之大旗，与军阀角逐，同列强抗争，向旧制度宣战，褓褓中催生亚洲第一个民主共和国的诞生。家人敬重，国人景仰，友邦认同，世界赞誉。不愧为一代伟人！

梁启超

莫问收获　但问耕耘

梁启超（1873—1929）

字卓如，号任公，又号饮冰室主人。广东新会（今广东江门）人。中国近代思想家、政治家、教育家。维新派代表人物，戊戌变法领袖之一。辛亥革命后，先后在袁世凯政府、段祺瑞政府任司法总长、财政总长等职，著《饮冰室合集》等。

梁启超学贯中西，持家有道，教子有方。在与儿女聚少离多情况下，通过家书与孩子们频密交流，赢得儿女尊重，助力孩子成长。创造了"一门三院士，九子皆才俊"的传奇和佳话。著有《梁启超家书》。

"少年智则国智，少年富则国富，少年强则国强……"100多年前，梁启超先生的一篇《少年中国说》道出了亿万人的心声，激荡了无数人的斗志，影响深远。

梁启超重视和垂爱青少年，不仅文笔大气磅礴，而且在戊戌变法和护国讨袁等重大事件中，真真切切地展现出了一派豪情壮志，给世人留下了诸多光辉身影。与此同时，他对家人尤其孩子们十分眷顾，挚爱有加。在时势动荡的年代，与儿女天各一方，家书成了他和孩子之间交流的友好使者与桥梁。

梁启超有两任夫人，九个子女。梁思顺在姐妹中排行老大，是爹爹眼中的大宝贝。思顺生性恬静端庄、孝

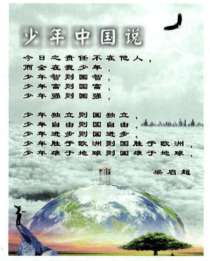

梁启超《少年中国说》（部分）

梁启超与儿女在一起

顺能干，是父母的好帮手，弟妹的好榜样。梁启超视其为最贴心的"小棉袄"。常以"致顺儿""示娴儿""我的宝贝"与之书信往来。或勉励其自立自强；或督导其"学业切宜勿荒"；或逗她玩，寻开心。

1912年12月5日，《致思顺书》中，梁启超在叙述了有关家事和个人游览山东曲阜等地感受，关心女儿学习时写道：

津村先生肯则诲汝中央银行制度，大善大善，惟吾必欲汝稍学宪法行政法，知其大意（宪法所讲比较尤妙），经济学亦必须毕业，而各课皆须于三月前完了。试以商津村何如？

知道思顺喜爱诗词，这封《示娴儿》信的最后特别写道：

韩集本欲留读，因濒行曾许汝，故复以赉汝。吾又得一明刻本《李杜全集》字大寸许极可爱，姑以告汝，却不许撒娇来索。思成若解文学则吾他日赏之。

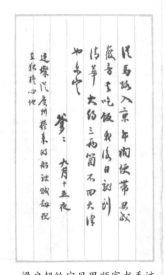

梁启超给宝贝思顺家书手迹

这前一段是对思顺跟着津村先生学习

梁启超与思永、思达留影

的有关建议和要求，后一段说《韩昌黎集》是本来我自己要留着读的，因临走时答应过你，所以回去赏给你读。但是我又得到一本明代刻本《李杜全集》，而且是大字号的，装帧精美。只是顺便告诉你一下，你可不许撒娇来要啊。思成如果想了解文学方面知识，那我改日赏给他看！任公信中显然是在借助唐宋八大家之首的昌黎先生和李杜两位诗坛大神与女儿调侃，逗她玩，等着爱女到时追着他撒娇要书。

时值1916年3月中旬，任公一封发自越南帽溪的信，对思顺来说是一份重托。

寄去《从军日记》一篇，共九页，读此当详知吾近状……此记无副本，宜宝存之，将来以示诸弟，此汝曹最有力之精神教育也。

原来为策应蔡锷等护国讨袁，形成文武呼应之势，梁启超决志从军赴广西。为避免袁军追杀，他先从上海至香港，再经越南入广西。辗转期间，每日记述数千言，当为重要文献。交给自己最信任的大女儿，要她妥为保管，将来给思成等"诸弟看"，以了解父亲舍身救国之壮举。

梁启超对孩子的教育既严又慈。严格时会交代具体，要求明确并做检查。1923年5月的一天，对因车祸造成左腿骨折正在住院的大儿子梁思成在信中写道：

梁启超参与蔡锷组织的护国讨袁运动

吾欲汝以在院两月中取《论语》《孟子》温习谙诵，务能略举其辞，尤于其中有益修身之文句，细加玩味。次则将《左传》《战国策》全部浏览一遍，可益神智，且助文采也。更有余日读《荀子》则益善。各书可向二叔处求取。

圈点书目，推荐阅读。梁启超希望儿子思成住院期间在配合医疗康复的同时，也要认真读点国学方面的经典著作，怡情益智，丰富学养，不能虚度光阴。

1925年12月底，从报上得知好友、亲家林长民为奉系军阀所害，在深感意外和震惊的同时，更担心远在美国的儿子梁思成和未过门的儿媳林徽因经受不了这样的打击，于是专门给儿子去信。在告诫思成"你要自己十分镇静，不可因刺激太剧，致伤身体"的同时，特别写道：

《饮冰室文集》

徽音遭此惨痛，唯一的伴侣，唯一的安慰，就只靠你。你要自己镇静着，才能安慰他……万一不幸，消息若确，我也无法用别的话解劝他，但你可以传我的话告诉他：我和林叔的关系，他是知道的，林叔的女儿，就是我的女儿，何况更加以你们两个的关系。我从今以后，把他和思庄一样地看待。

在梁启超的具体关心帮助下，思成、徽因留美期间不仅扛住了失去亲人的打击，完成了既定学业，并于1928年3月在加拿大中国领事馆成功举办了婚礼。同年8月，这对新婚伉俪顺利回国。梁启超在《给孩子们书》中兴奋地写道：

新人到家以来，全家真是喜气洋溢……新娘子非常大方，又非常亲热，不做作，没有从前旧家庭虚伪的神容，又没有新时髦的讨厌习气，和我们家的孩子像同一个模型铸出来。全家人的高兴，就同庄庄回来一般，连老白鼻（4岁的思礼）也是一天挨着二嫂不肯离去。

可见，任公对这个新过门儿媳的到来，很是满意和高兴。

在军阀混战、民不聊生的时代，梁启超致力于教育和文化救国，旨在唤起千千万万青年学子学成报国。对于自家孩子，他更是呕心沥血。时而点对点，时而一拖二、一拖三地写信。1925年7月10日，在《给孩子们书》中，聊了收到宝贝们信之高兴心情等情况后，特别提到"求学问不是求文凭"，总要把墙基筑得越厚越好。进而写道：

> 思成前次给思顺的信说："感觉着做错多少事，便受多少惩罚，非受完了不会转过来。"这是宇宙间唯一真理，佛教说的"业"和"报"就是这个真理。凡自己造过的"业"，无论为善为恶，自己总要受"报"……并非有个什么上帝做主宰，全是"自业自得"，又并不是像耶教说的"到世界末日算总账"，全是"随作随受"。

梁思成、林徽因结婚照

告诫孩子们，无论身处何地，要懂得"常造善业"，要确立"利他"思想。并称"我的宗教观、人生观的根本在此，这些话都是我切实受用的所在"。

近来多在学校演说，多接见学生，也是如此——虽然你娘娘为我的身子天天唠叨我，我还是要这样干。中国病太深了，症候天天变，每变一症，病深一度，将来能否在我们手上救活转来，真不敢说。但国家生命、民族生命总是永久的（比个人长的），我们总是做我们责任内的事，成效如何，自己能否看见，都不必管。

这封给孩子们的信，写于1927年1月27日。从中可清晰地看到梁启超忧国忧民的格局情怀。随后2月中旬的信中以真情道白的方式告诫思成及在外的孩子们：

我生平最服膺曾文正两句话："莫问收获，但问耕耘。"……我一生学问得力专在此一点，我盼望你们都能应用我这点精神。

梁启超与梁思庄、林徽因外出留影

在梁启超的优良家风家教熏陶下，梁家呈现出"一门三院士，九子皆成才"的盛景。其中长子梁思成为我国著名建筑学家，次子梁思永为著名考古学家，小儿子梁思礼为著名火箭控制系统专家，之后当选为中国科学

梁启超给孩子们书信手迹

院院士。1994 年，梁思礼还光荣当选为国际宇航联合会副主席。

梁启超作为一位百科全书式的政治家、教育家，在国内外享有广泛声誉。其生活和工作过的广东新会、北京以及天津分别建有梁启超故居或纪念馆。

天津梁启超纪念馆

老兵感言

"梁"师益友

不因黑暗沉默，不为腐朽颓唐。拨云驱雾，横扫阴霾，振聋发聩。一部《少年中国说》激荡无数青年才俊和国人的心。公车上书，戊戌变法，护国讨袁，梁启超是少壮中的精英，文人中的战士；家书传情，知寒问暖，三观指导，任公是儿女之良师，家教之楷模。鉴古知今，著书立说，面向未来。梁启超将救亡图存和修身齐家两大责任，扛在肩上。"莫问收获，但问耕耘"；悉心教子，报国担当。梁启超是孩子们心中的好爹爹，国人眼中的真英雄。

王国维

最是人间留不住

朱颜辞镜花辞树

王国维（1877—1927）

字静安，号观堂，谥忠悫。浙江海宁人。早年追求新学，接受资产阶级改良主义思想的影响，把西方哲学、美学思想与中国古典哲学、美学相融合。潜心研究，著书立说，在教育、哲学、文学、戏曲、美学、史学、古文学等方面均有很深造诣。清华国学研究院"五大导师"之一，中国近代享有国际声誉的著名学者、国学大师。著《观堂集林》《人间词话》等。

王国维的家书，或诗情画意，或朴质暖心，或甘之如饴，值得品读。

说到王国维，不得不说海宁的两大景观。

首先是海宁的自然景观，"潮文化"堪称海宁一大盛景。海宁潮，潮高、多变、凶猛、惊险、壮观。尤其是那丁桥的"碰头潮"，盐官的"一线潮"，盐仓的"回头潮"，可谓名闻天下，享誉海内外。李白、苏轼等文人骚客留下数以千计的诗词咏赞；乾隆帝曾四次到海宁观潮；孙中山、毛泽东等伟人也都先后去海宁打卡，感受那"海洪宁静"的壮美奇观。

再就是海宁的人文景观。海宁是良渚文化的发祥地之一。这里人杰地灵，群星璀璨。仅就近现代代表人物中，就有国学大师王国维，诗人徐志摩、穆旦，著名作家金庸、军事理论家蒋百里等。早在1892年，静安15岁时，就与陈守谦、叶宜春、褚嘉猷被誉为"海宁四才子"。民国

天下奇观——海宁潮

初年，王国维便入职北大研究所担任国学门导师，后转赴清华大学国学研究院，与梁启超、陈寅恪、赵元任、李济号称"五星聚奎"，成为国研院的五大导师之一。

梁启超　王国维　陈寅恪　赵元任　李济

清华大学国学研究院五大导师

静安先生不仅学富五车，才高八斗，在教书育人、治学深耕方面颇有建树，其在修身齐家、爱妻教子方面也是可圈可点。

光绪三十一年，在外奔波、赴日留学五年多的王国维，回到海宁家中，见到了朝思暮想的结发之妻莫氏。原本就体弱多病，又只身拖着三个孩子操劳过度的妻子，一眼看去，显得很憔悴，这让深深爱着妻子的王国维，感到非常心痛。在此情绪驱使下，一首以暮春为景，以花为由，表达对夫人怜悯、不舍和愧疚的词诞生了。王国维在《蝶恋花·阅尽天涯离别苦》这首词中写道：

阅尽天涯离别苦，不道归来，零落花如许。花底相看无一语，绿窗春与天俱莫。

待把相思灯下诉，一缕新欢，旧恨千千缕。最是人间留不住，朱颜辞镜花辞树。

本以为离别是痛苦的，没想到相见之后更加痛苦。足见王国维作词时的悲悯和复杂心情。尤其是那"最是人间留不住，朱颜辞镜花辞树"的生动描述，让人心动。面对苍老憔悴、青春不在的妻子，不禁悲上心头，感慨万千，借景抒怀，借词示爱。不难看出，静安先生学识上是高人，生活中还是个地道的"暖男"。

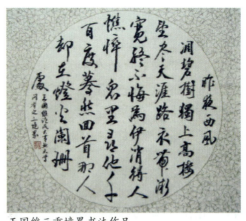

王国维三重境界书法作品

王潜明是王国维的长子。先生非常疼爱这个儿子。一封写给大儿子的书信中，充盈着父亲的责任与慈爱：

潜儿入目：前自津归，宝宅有喜事，虽往应酬，未能将汝事谈及……汝移京与否，想下月必能定。此数日中令嘉想早全好。

此时的王潜明居住上海，在海关工作。父子分居，牵肠挂肚，多有不舍。王国维想通过京城好友孙慕韩，让儿子回北京工作，家人共襄团聚。同时还特地询问了孙女令嘉的身体恢复情况。父子情、爷孙爱，信内信外，都是暖暖的。

中年是人生的一大关口。1925年，王国维两个可爱的孙女先后夭折，1926年8月大儿子王潜明因患绝症，撒手人寰。此时的王国维面临人生中最大的悲痛和打击。屋漏偏逢连阴雨。儿媳和王国维的继室潘氏不和，婆媳间互生芥蒂，致儿媳罗孝纯气走娘家，且直接导致了多年的挚友亲家罗振玉翻脸。这让王国维处于非常尴尬的境地。毕竟是一家人，冤家宜解不宜结。为大局计，王国维就劝导儿媳领受儿子潜明海关恤金事，于1926年9月先后三次给亲家公写信，请他出面做女儿工作，接受这份恤金，日后好好生活。9

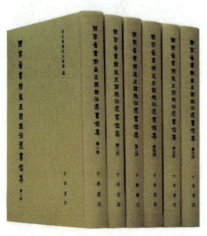

《国家图书馆藏王国维往还书信集》

月 19 日给罗振玉的第二封信中这样写道:

　　昨函甫发,而冯友回京,交到手书,敬悉一切。令嫒声明不用一钱,此实无理,试问亡男之款不归令嫒,又当归谁?仍请公以正理谕之。我辈皆老,而令嫒来日方长,正须储此款以作预备,此即海关发此款之本意。此中外古今人心所同,恐质之路人无不以此为然者也。

　　几天后,接到亲家回信,获知儿媳对接收恤金一事,仍态度固执,拒而不受。王国维动之以情,晓之以理,以极大的耐心再次给亲家写信,说服沟通。

王国维与罗振玉在一起

　　……此款在道理法律当然是令嫒之物,不容有他种议论。亡儿与令嫒结婚已逾八年,其间恩义未尝不笃,即令不满于舅姑,当无不满于其所夫之理,何以于其遗款如此拒绝。若云退让,则正让所不当让,以当受者不受,又何以处不当受者,是蔑视他人人格也,蔑视他人人格,于自己人格亦复有损。总之,此事于情于理皆说不过去,求公再以大义喻之。

　　一周之内,连续三信,自处失子丢孙巨大悲痛之中的王国维,用笔却委婉恳切,入情入理,殊堪难得。经双亲之间做工作,罗孝纯终于同意收下丈夫的抚恤金及存款。这其中王国维作为父亲和公公,可真是煞费苦心。从另一个侧面,可看到他的平凡和伟大。

平日里,王国维不仅对家人好,对同道也很用心。他在清华园的几位挚友中,朱自清算是一位。两人既为紧邻,又是国学系同事,都研究古典文学。朱自清对学长王国维十分敬重,且经常给孩子们讲故事。王国维则器重朱自清的人品学识,乐与这位才华初露的年轻人相处。一次两人对饮小酌,相谈甚欢。应朱自清请求,王国维破例以大号字为其书赠《蓼园二绝句》条幅,寄怀互勉。诗中写道:

酒为春寒激滟斟,昔年宾客昔园林。
马行镫火寻常事,触忤东坡感旧心。

王国维《蓼园二绝句》手迹

《人间词话全译释评》

清欢一夕付东流,投老谁能遣百忧。
记得前年披画读,风镫过眼雪盈头。

落款是"王国维"朱文钤印俱全。对于这份深情厚谊,朱自清很珍惜。在其后来的著名散文《荷塘月色》中,朱自清以"这几天心里颇不宁静",含蓄而又委婉地表达了一段时间以来,对静安先生这位大师级的学长不幸去世的隐痛和不舍。

1927年6月2日,这天对于王家,对于文化界、教育界来说是个令人悲痛的日子。早餐后，王国维先是到办公室给研究生阅卷评定，后雇了一辆人力车去颐和园自沉于昆明湖鱼藻轩。临死前写好遗书存放于内衣口袋。后来人们发现，遗书开头便是：

五十之年，只欠一死，经此世变，义无再辱。

短短十六字，述说着他为何去死，也给后人留下几多猜测。继而写道：

王国维故居半身铜像

我死后，当草草棺殓，即行槁葬于清华茔地，汝等不能南归，亦可暂于城内居住。汝兄亦不必奔丧，因道路不通，渠又曾出门故也。书籍可托陈、吴二先生处理。家人自有人料理，必不至不能南归。我虽无财产分文遗汝等，然苟谨慎勤俭，亦必不至饿死也。五月初二日父字。

这是王国维写给其三子王贞明的，也是留给世人的。了却自己，交代后事，点拨儿孙，至情至性，从容而去，令人泪目。

王国维去世后，各方面给予其高度评价。梁启超称其"不独为中国所有而为世界之所有之学人"。同为清华国学研究院导师，身前过从甚密的陈寅恪，在为静安先生撰写纪念碑铭时写道："……惟此独立之精神，自由之思想，历千万祀，与天壤而同久，共三光而永光。"在王国维的葬礼上，陈寅恪更是带领师生们行"跪拜"礼，以表达对

清华大学校园内王国维纪念碑

这位学术大师之人格和文化精神的敬重。

为了纪念这位国学大师，浙江海宁王国维故居经修缮正式对外开放，现为全国重点文物保护单位。清华园内立有"海宁王静安先生纪念碑"，供人们瞻仰。王国维经典之作《人间词话》，被一版再版，这当是王国维的精神和价值之所在。

老兵感言

纵身一跃著风流

　　文化当有文化的尊严，战士自有战士的情操，文人述说文人的风骨。行走南书房，蜚声海内外；名利淡如水，文节重于山。静安先生以其卓尔不凡的治学精神，东西兼容，博古通今，著书立说，影响世人。倔傲骨，不同俗，毋苟且，著风流。为了独立之精神，自由之思想，不惜用生命表达对中华文化的敬畏，捍卫其尊严。悲壮中涤荡灵魂，从容时彰显智慧，成仁处义无再辱。用另一种存在唤醒无数人。眷顾爱妻家人，善待亲友同道，至情至性一君子。此乃王者风范，活出了境界。王国维的名字将如同他的《人间词话》一样，世代生辉，永相传颂。

鲁迅

十年携手共艰危

以沫相濡亦可哀

鲁 迅（1881—1936）

　　原名周樟寿，又名周树人，笔名鲁迅。伟大的无产阶级文学家、思想家、革命家，被誉之为"民族魂"。代表作品有《坟》《呐喊》《彷徨》《朝花夕拾》《中国小说史略》等，有《祝福》《阿Q正传》等多部小说被改编成电影。鲁迅是新文化运动的领导人，是中国无产阶级文学的奠基人。世界十大文豪之一。

　　鲁迅非常重视家庭建设。善用书信方式，与老母、妻儿和亲友联络交流、传递关爱。1925年至1936年与家人、好友往来书信尤为频繁。浓浓的家国情跃然其间。著有《两地书》。

　　曾有不少年轻人感慨：鲁迅先生对我们这代人的影响太大了。他不仅是写作文时引用的无数"某某名人说"的最佳代言人，也是承包了我们90后全部青春的"三周之一"：背着周树人的课文，听着周杰伦的歌曲，看着周星驰的电影。

　　的确，鲁迅的一生是光辉的一生，战斗的一生。他生前死后，备受瞩目，享有殊荣。

　　在共同领导中国民权保障同盟上海分会，反对白色恐怖，抗议德国法西斯暴行，营救关押政治犯和被捕学生等共同经历中，鲁迅和宋庆龄先生交谊颇深。1936年6月，在鲁迅病况最为严重的一段时期，因阑尾炎手术正在住院治疗的宋庆龄，专门给鲁迅写信，力劝其赶快住院

1956年，宋庆龄等参加鲁迅的移柩仪式

治疗。信中写道："我恳求你立刻入医院医治！因为你延迟一天，便是给生命增加一天的危险。你的生命，并不是你个人的，而是属于中国和中国革命的！！！"

晚年鲁迅

言词之恳切，语气之急迫，友情之真挚，令人感动。信写好后，没有邮寄，而是派专人直接送达。

10月19日凌晨，宋庆龄得知鲁迅病逝的消息后，十分悲痛。立即赶赴鲁迅家中，和蔡元培、冯雪峰等人组成治丧委员会，并亲任治丧委员会主席。她在鲁迅的葬仪上讲道："鲁迅是革命的战士，我们要承继他战士的精神，继续他革命的任务！"送葬时，宋庆龄全程参与和组织。巴金、茅盾等知识界、文化界重量级人士抬棺，近十万民众从各地赶来为先生送行，一度造成交通严重阻塞。根据毛泽东的提议，中共中央和中华苏维埃共和国政府联名发表了《为追悼鲁迅先生告全国同胞和全世界人士书》《致许广平女士的唁电》等。

周恩来题写馆名的上海鲁迅纪念馆

毛泽东对鲁迅高度评价，称颂"鲁迅是中国文化革命的主将，他不但是伟大的文学家，而且是伟大的思想家和伟大的革命家。鲁迅的骨头是最硬的，他没有丝毫的奴颜和媚骨，这是殖民地半殖民地人民最可宝贵的性格。鲁迅是在文化战线上，代表全民族的大多数，向着敌人冲锋陷阵的最正确、最勇敢、最坚决、最忠实、最热忱的空前的民族英雄。鲁迅的方向，

鲁迅儿时读书处——浙江绍兴三味书屋

就是中华民族新文化的方向"。

在评价鲁迅的短短几句话中，毛泽东使用了3个"伟大"、7个"最"和1个"空前"等形容词和副词。在毛泽东对古今中外人物的评价中，还没有第二个受到过如此高的评价。

在鲁迅曾经学习、生活、工作过的绍兴、南京、北京、上海、广州、厦门等地分别建有鲁迅纪念（博物）馆。作为人物纪念馆，上海、北京馆均为国家一级文物保护单位，周恩来总理亲自为上海鲁迅纪念馆题写馆名。这在全国都是很少见的。

鲁迅的一生是劳作的一生，战斗的一生，多姿多彩，波澜壮阔。其《自嘲》诗中"横眉冷对千夫指，俯首甘为孺子牛"的著名诗句，至今深入人心。

鲁迅的另一面很可爱。属于那种典型的"望之俨然，即之也温"的亦师亦友式人物。对于学生、好友、志同道合之人，他常常关爱有加，有时甚至柔情似水，妙趣横生。他与自己的学生，后来的伴侣、爱妻"广平兄""小刺猬"感情笃厚，经常书信不断。最盛时一月寄送11封之多。

在青年，须是有不平而不悲观，常抗战而亦自卫，倘荆棘非践不可，固然不得不践，但若无须必践，即不必随便去践，这就是我所以

主张"壕堑战"的原因，其实也无非想多留下几个战士，以得更多的战绩。

这是 1925 年 3 月 18 日，给学生许广平信中的一段话。当时，广平属于进步青年，有战斗热情，但缺乏经验和历练。鲁迅信中既善意提醒激励，不要悲观，同时又教她斗争方式和策略。

在 4 月中上旬的两封信中，明确提出"我想先对旧习惯加以攻击""小鬼年轻，有锐气，不妨试它一试"。师长般地指出"小鬼"的苦闷是因"性急"，治疗只有一法"韧"，即"锲而不舍"。他在 9 月 28 日深夜给"广平兄"的信中写道：

廿七日寄上一信，到了没有？今天是我在等你的信了，据我想，你于廿一二大约该有一封信发出，昨天或今天要到的，然而竟还没有到。所以我等着。

……从昨天起，已开手编中国文学史讲义，今天编好了第一章；眠食都好，饭两浅碗，睡觉是可以有八或九小时。

鲁迅《两地书》

时隔两天，鲁迅于夜间又修书一封给许广平。其中写道：

听讲的学生倒多起来了，大概有许多是别科的。女生共五人。我决定目不邪视，而且将来永远如此，直到离开厦门，和 H.M 相见。

落款人为"迅"。这期间鲁迅应邀到厦门大学讲课。随着他和许广平的感情不断加深，常见鲁迅在信中表达出亲昵

和调侃。如9月28日信的落款
鲁迅故意借用了许广平绰号"害
马"的汉语拼音缩写"H.M"。后
有多封致广平信落款与此相同。
对女生"目不邪视，而且将来永
远如此"，鲁迅的风趣幽默，俏
皮可爱。

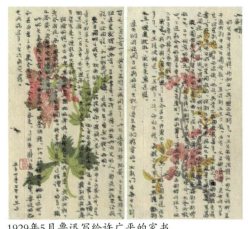
1929年5月鲁迅写给许广平的家书

乖姑！小刺猬！

 ……此刻是十二点，却很
静，和上海大不相同。我不知乖姑睡了没有？我觉得她一定还未睡着，
以为我正在大谈三年来的经历了。其实并未大谈，我现在只望乖姑要
乖，保养自己，我也当平心和气，度过预定的时光，不使小刺猬忧虑。

小白象
一九二九年五月十五夜

  这封信写于鲁迅与许广平到上海定居后第一次分别时，当时鲁迅
正乘车去北平探望母亲。此时的许广平已有身孕，鲁迅快要当爸爸了，

鲁迅与进步青年在一起

心情特别好。从信中可
看出他对广平的那份体
贴、疼爱与亲热。自己
落款仅用了一只小象（鲁
迅戏称自己为"小白
象"）。后面几次书信用
"你的小白象"落款。这
一头一尾，趣味多多。
鲁迅曾以感激的心情歌
颂他与许广平的情谊。

"十年携手共艰危，以沫相濡亦可哀。聊借画图怡倦眼，此中甘苦两相知。"又是一个深夜，在给"哥姑"的信中他这样写道：

写了以上的几行信以后，又写了几封给人的回信，天也亮起来了，还有一篇讲演稿要改，此刻大约不能睡了，再来写几句。

……小米（小刺猬吃的），棒子面（指玉米面），果脯等，昨天都已买齐了。

作为名人、忙人，在北京的鲁迅，心中时刻装着心上人。逗她开心，办理所需。家庭"暖男"当得还是蛮不错的。

鲁迅夫妇与儿子周海婴

鲁迅是个大孝子。老家修祖坟，钱全由他出。在京的老母亲，他经常探望。老人家一旦有病，更是陪侍身边，悉心照料。不在一起时，常给母亲大人写信，关心问候，报告家人和她那小孙子海婴的欢乐、调皮与成长。因爱开玩笑，常口头或信中称海婴为"小狗屁"，曾受到母亲批评教育，责其不要这样叫孩子。

在个人和家庭的重大问题上，鲁迅则非常严肃认真，严谨扎实，无半点含糊。1936年9月5日，鲁迅自感身体病况越发严重，恐来日无多，留下遗嘱。其中写道："不要做任何关于纪念的事情；忘记我，管自己生活；孩子长大，倘无才能，可寻点小事情过活，万不可去做空头文学家或美术家。"并表示"我的怨敌可谓多矣，让他们怨恨去，我一个都不宽恕"。

病重期间，鲁迅仍念念不忘工作，做文章、翻译、印行书籍，有各种"要赶快做"的想头。1936年10月22日，许广平给自己的师友和亲爱的丈夫致敬词中写道："你曾对我说，我好像一只牛，吃的是草，挤出的是奶、血！"这就是鲁迅！

浙江绍兴鲁迅故居"民族脊梁"纪念墙

老兵感言

战士魂魄　民族脊梁

　　"真的猛士，敢于直面惨淡的人生，敢于正视淋漓的鲜血。"面对暗流涌动，险象环生，危机四起，家国沦亡的一幕幕惨象，一桩桩闹剧，你在沉默中爆发，救难那沉默中的灭亡。以笔墨做武器，以正气做刀枪，心战、笔战、"壕堑战"，面对面的搏击，哪样管用，哪种适合，你就操弄哪一种。时而跃起，时而匍匐；时而战斗，时而隐藏；周旋于"青纱帐"，拼杀于激流中，慨然呐喊，止于彷徨，拯救时局于危难中。树人以战士的机智、勇毅和文化旗手的敏锐与犀利，伺隙乘虚用奇招，击碎敌人一个个谎言，扒下其一道道面具，扛起反击大旗，吹响阵阵号角，引领"壕友"尤其青年们冲锋陷阵，"嬉笑怒骂，皆成文章。"鲁迅用独有的"孺子牛"精神，引领文化，呼唤革命；关爱青年，忧思国家；孝敬双亲，疼爱妻儿。大爱大恨，铁骨铮铮，英雄本色，风范已然！

谢觉哉（1884—1971）

字焕南，别号觉斋，湖南宁乡人。中国共产党的优秀党员、"延安五老"之一。中华人民共和国成立后，历任内务部部长，最高人民法院院长等职，著名的法学家，中国司法制度的奠基者之一。著《谢觉哉文集》等。

王定国（1913—2020）

四川营山人，谢觉哉夫人，老红军。1933年参加革命工作，1936年加入中国共产党。中国人民政治协商会议第五届、六届、七届全国委员会委员，中国文物学会名誉会长，中国长城学会创始人之一、名誉会长。

谢觉哉、王定国夫妇，相濡以沫，恩爱一生，对儿女、亲友既关心呵护又严格要求，与儿孙们常以书信往来，夫妇间琴瑟和鸣，相得益彰，颇为感人。

在老一辈革命家中，有一对寿星级的恩爱夫妻，令人敬重。这就是谢觉哉、王定国。

谢觉哉是清末秀才，"延安五老"之一。参加革命后，铁心跟党，瘁心事业，成为中国司法制度的奠基人。王定国是谢老的第二任夫人。相夫教子干革命。王老于2020年6月去世，享年108岁，为最高龄老红军。

王定国一生有两大爱好，即练书法、打麻将。据称，这位"九趾红军"，一上桌便精神超爽，"大杀四方"。她麻将的启蒙老师是周恩来。周恩来认为，作为谢老的夫人，将会跟国民党的那些高官的太太们打交道。有一项技能，便于开展工作。果不其然，后来王定国通过打麻将，把时任国民党甘肃省主席贺耀祖和他的夫人倪裴君"打"成了共产党，贺耀祖在中华人民共和国成立后任中南军政委

1937年，谢觉哉(前排左四)与王定国(前排左二)在兰州

员会委员兼交通部部长、全国政协委员等职，为国家和人民做了不少好事。

谢觉哉回宁乡与儿女们合影

1937年，经组织批准，谢觉哉、王定国在甘肃兰州结婚。无论时势和生活格局如何变化，俩人彼此恩爱，相敬如宾，演绎了前辈们"先结婚后恋爱"的传奇和佳话。写信送诗互道祝福是其一大特色。

原本不识字的王定国，和谢觉哉共同生活后，谢老以一句"不要怕，我教你"，没过几年便摘去文盲帽子，后来还在老公的帮助带动之下，学会写诗，表达情感。

谢老，自从我们在一起，不觉已近二十年，互相勉励共患难，喜今共享胜利年，今逢你七旬大寿，我无限的欢欣，正当可爱的春天，正值祖国的建设年，花长好，月长圆。为建设共产主义社会，祝你万寿无疆，祝你青春长远。

这是1953年5月15日以"定国"落款的一段诗文。此时，王定国40岁，谢觉哉69岁，开始奔七了。令人感动的是，这首诗请人书写后，定国将手迹绣成画幅送给谢老，后一直挂在住宅的厅堂里，足见夫妻彼此珍惜，笃爱情深。

能文善诗的谢觉哉，以诗言怀，以诗寄情，是他与妻儿交流的强项。1963年1月24日（农历除夕），这天恰好是王定国生日。谢老想到婚后这么多年老伴生儿育女，里外操劳，很不容易，便以《寿定国同志五十周岁》为题，特地为老伴书写了一首贺寿诗。

暑往寒来五十年，
鬓华犹衬腊花鲜。

几经桑海人犹健，
俯视风云我亦仙。

后乐先忧斯世事，
朝锄暮饲此中天。

三女五男皆似玉，
纷纷舞彩在庭前。

谢觉哉诗贺夫人王定国五十周岁

贺寿诗字里行间洋溢着对夫人的敬和爱。尤其是那"后乐先忧斯世事，朝锄暮饲此中天"，道出了这对革命伴侣志同道合、心心相印的家国情怀和质朴之爱。

谢觉哉早年在湖南宁乡，由父母做主有过一段婚姻。谢老对第一任夫人何敦秀感情很深，双方育有四男三女。后因长期在外革命，又有了第二段婚姻。何夫人操劳持家，抚养儿女，为家庭做出了很大贡献。1939年9月8日，谢觉哉从延安饱含深情地给何夫人写去一封信。其中说道：

四十一年前的秋天，我和你结婚了……四十一年当中，我在外的日子占多半，特别是最近十几年，天南地北，热海冰山，一个信没有也不能有。最近可以通信了，但回家的机会，还得等待。如果是平凡女子的话，不免会悔不该嫁个读书郎，更悔不该嫁个革命者。

在谈到妻子这些年独自一人在家，上有老下有小，还不时应对匪兵袭扰，

何敦秀夫人与儿子儿媳等在长沙

扛起整个家庭等情况时，谢觉哉不无感慨地称赞道："你是个不平凡的女子……假如你不是生在这样的社会，读了书，不包脚，那你的本事，会比我强！"最后动情地写道："待到革命成功，国安家泰，我能够告老还乡，重温夫妻旧梦。等着罢，这不是空想，而是可能达到的。"

直到 1951 年 9 月，考虑到"在外又有了家"，新社会"一夫一妻"婚姻制度这一特定情况，谢觉哉在给何夫人的亲笔信中用理智、平和的方式提出"不来北京为好"，并得到何敦秀及家人的理解。

谢觉哉与徐特立在湖南调研考察

正家风，当"焦官"（湖南方言，指不挣钱的官），秉持公仆心，教子严要求，谢觉哉经常给儿女写信，教育引导，寄托期望。1953 年 7 月 9 日，谢老在给老家学校当校长的儿子谢子谷写信时说道：

子谷：我现在很忙，想以仅存的精力替人民做点事，尽管做的不能令人民满意……你有意把学校搞好，不在困难面前屈服是对的，但要我们打电话给郭专员关顾，就不对……至于你那学校的情况，在于自己说明，说过了分，不对，说的不足，也不对。

事情总慢慢会好的，只要总的方针是对的……你校开始和农会不对劲，现不是打成一片且帮你忙吗？

信的最后以"盼你努力"给予勉励。

1961 年 2 月，定居北京的王定国身边有 10 个孩子（其中既有谢老与王定国的五男二女，也有王定国弟弟、妹妹家的孩子），如何对这么多孩子进行教育，使他们尽早懂事，当好小帮手，需要耐心与智慧。身在福建的谢老在给"定定、飘飘、瑷瑷、云云、列列、七七、亚霞、培新、莉莉、星明"的信中，开头便道：

名字一大堆，信也是一堆，我总的回你们几句话。

定定，桂芳，飞飞信说这一向"妈妈够累了"，能认识这一点是进步，但应更进一步，怎样使你妈妈不这样累？

你妈妈累的事，很多你们都能帮助做或代替做，不要等人叫你做才做。而是人不要你做也争着做，这样做才有趣味，才能学到知识。

谢觉哉夫妇与孩子们在北京合影

我几岁的时候，见你祖母蒸饭、切菜、炒菜、洗衣，总要去动手，有时你祖母要我们走开，我还是站在旁边，等到她一歇手，我又动手了。我知一点做饭菜的知识是那时学的……我的珠算是那时学的，打珠算能眼睛不看也不会大错。我没做过庄稼，但也知道一点，是小时候跟农民在一起学的。

在结合自身实际，启发教育孩子们对家庭事务不会就学，主动去做等情况后，谢觉哉进一步写道："你们可以替妈妈做些事，有些要问妈妈，教示你们怎样做才去做，有些不要问就自动去做：如打扫房屋，洗衣服，帮助做饭菜，春天到了，还要种菜等。做些针线活——尤其是女孩子。还有大孩子照顾小孩子，替小的孩子收拾衣服，书籍，洗洗等。

还有收拾书报等，我曾经写一张字贴在柜子上，不知你们还记得不？这样，你妈妈不就会不大累了吗？对你们自己也有好处。"

好家伙，这个爸爸为了这个家，为了这帮孩子，更为了他那"眼睛一睁，忙到熄灯"的定国夫人，连针头线脑都想到了，真够操心费力的。

随后，谢老话题一转开始谈"政治"："定定、飘飘、桂芳、飞飞都想争取入党，使我听了高兴。入党不止是组织上批准

谢觉哉给侄儿家书手迹

你入党，而是要你自己总想行动像个具有共产主义品质的人……望你们依照你们自己定的志愿好好去做。"

为了让这封"群发"的信使每个孩子都看到，谢老在信的最后交代道："此信定定等看后可转寄飘飘，定定给桂芳信可抄记或摘抄一些给他。"在后来的一封信中，谢觉哉教育孩子们要学会"脏了就洗，坏了就补"，养成勤俭过日子的好习惯。

都说家家有本难念的经，即便像谢觉哉这样的官员家中又何尝不是。1963 年 5 月，谢觉哉得知宁乡家中儿媳和孙儿媳为了修缮故居，未经许可在自留山内滥伐树木。大队向谢老反映了这一情况，谢觉哉随即复信批评了自己亲属的错误。并给在家当小学老师的孙子谢金圃去信："你们要在社员代表大会和社员大会上做检讨，而且不只一次，要直到大家不要你们检讨了为止。"进而严肃地指出："这次，你们偷砍树木，一面是违反了国家政策法令，一面是只顾自己，不顾别人的剥削阶级思想在作祟。"

对于一贯倡导植树造林、绿化祖国的谢觉哉来说，曾明确表示"爱小树如爱小孩，爱大树如爱老人"。如今，自家"后院"失火，非常生气。信中对孙子和老家的人说，我以后不想回宁乡了，尤其到南馥冲，你们也不要来。"除非你们变成了建设社会主义发展生产的积极分子，变成了育林、护林的模范或先进分子，到那时你们再来，也就不觉得惭愧了"。

谢觉哉、王定国关心每个儿女和孙辈们的成长。书信是他们日常教育、引导孩子的重要手段之一。1963年5月，谢老突患中风，右手不能写字。有时想孩子，就由谢老讲，夫人王定国录寄。1965年5月10日，一首《谢瑗存念》的诗，就是由谢老夫妇合作完成的。

> 爸爸病得太久，应该被人忘记。
> 鸿雁即能稍书，它也无法投寄。
> 女儿书忽飞到，并不借助鸿翼。
> 短短几行新诗，载着深情厚意。
> 我的病已不多，只是软弱无力。
> 延安如能重游，期在明年五一。

落款是"父题 母录寄"。这让我们进一步看到了在家教方面，两位革命的老同志，真是心心相印，配合默契，不愧为模范夫妻。

谢觉哉题王定国录寄的《谢瑗存念》诗

1971年6月，谢老病逝后，王定国夫人继续坚持家风传承，家书育人。并在其后的6年多时间里，先后整理、撰写、出版大量的谢觉哉文献，文字达500万字。凝聚了她对革命伴侣、至爱战友的敬重和爱戴。秉持公益为民情怀，王定国还先后参与筹建中国关工委、老龄委，成为国家文物学会、长城学会创始人之一。2016 年 12 月，王定国入选"感动中国"2016 年度人物候选人。

老兵感言
★

后乐先忧写春秋

　　一对老革命，两位老红军。他从晚清中走来，你从童养媳里冲出。投身革命跟党走，披肝沥胆做奉献。以初心赴使命，以大爱为人民，以家风示儿孙。不准搞特殊，时刻防娇惰，克勤克俭便是本，粗茶淡饭最养人。后乐先忧，壮志萦怀，甘做革命的"老黄牛"，孩子成长的"好园丁"。啥叫过日子，何为秀恩爱，怎个夕阳红，谢王二老用公仆之心、质朴之美、齐家之道为我们做出了示范，更是用一生诠释了新时代长征精神和人生意义。

林觉民

以天下人为念

吾牺牲百死而不辞

林觉民（1887—1911）

字意洞，号抟飞，福建闽县（今福建福州）人。中国民主革命的先驱。早年接受民主革命思想，推崇自由平等，主张反帝反封建。留日期间，加入中国同盟会。1911年春回国参加广州起义，转战途中受伤力尽被俘，坚贞不屈，从容就义。史称"黄花岗七十二烈士"之一。

林觉民牺牲前，饱含深情写下的《禀父书》和《与妻书》，感人至深，催人泪下，影响深远。

八闽大地，襟江达海，人杰地灵。林氏一族可谓群星璀璨。禁毒先驱、民族英雄林则徐，民主革命先驱林觉民、林长民，才女林徽因等，无不令人生敬。

说到林觉民，堪称得上"奇伟男""硬汉子"。他不慕科举，淡漠功名，崇尚自由平等，一心救国，为天下人谋幸福。1907年，他告别爱妻和家人赴日本，加入中国同盟会，结识黄兴等人，受到深刻影响。已然把革命当作事业，愿随时为之献身。1911年4月9日，林觉民带领第一批先锋队员（实为敢死队志士）从马尾登船取道香港转赴广州。4月25日在从香港赴广州举行起义的船上，他对身边同志慷慨而又悲壮地说道："此举若败，死者必多，当可感动同胞……吾辈虽死之日，犹生之年也，宁有憾哉！宁有憾

1911年黄花岗起义雕像

哉！"字字铿锵，视死如归，一位铁血男儿的形象跃然其间。

林觉民是位大孝子，好丈夫。在家中他孝老爱亲，夫妻间琴瑟和鸣，伉俪情深。广州起义前夕，1911年4月24日，在深夜香港滨江楼上，林觉民奋笔疾书，给父亲林孝凯和妻子陈意映各写了一封信，这就是广为流传的《禀父书》和《与妻书》。

给父亲的家书虽是寥寥数语，写得简单，却饱含深情：

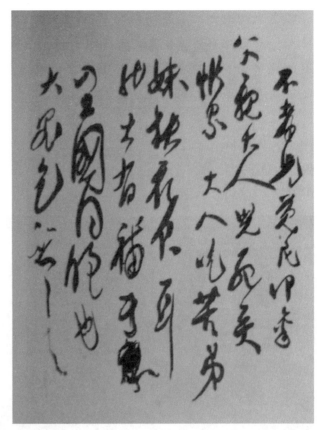

林觉民《禀父书》手迹

不孝儿觉民叩禀：父亲大人，儿死矣，惟累大人吃苦，弟妹缺衣食耳。然大有补于全国同胞也。大罪乞恕之。

即将赴死，牵挂父亲，惦记弟妹，彰显雄心大义，不能于身边尽孝，恳求父亲理解宽恕。情长纸短，一片诚心。

另一封诀别书，是写给妻子陈意映的。文字剖肝沥胆，情如杜鹃泣血。从中我们可以窥见"少年不望万户侯"的铁血男儿的豪迈气概和与爱妻生离死别，相敬至深，相爱如初的侠骨柔肠。堪为旷世推崇的诀别情书。

意映卿卿如晤，吾今以此书与汝永别矣！吾作此书时，尚是世中一人；汝看此书时，吾已成为阴间一鬼。吾作此书，泪珠和笔墨齐下，不能竟书而欲搁笔，又恐汝不察吾衷，谓吾忍舍汝而死，谓吾不知汝之不欲吾死也，故遂忍悲为汝言之。

人鬼之际，念及心上人，泪墨俱下，欲书不能，欲言又止。其情其景，令人动容。

林觉民与爱妻陈意映

吾至爱汝，即此爱汝一念，使吾勇于就死也。吾自遇汝以来，常愿天下有情人都成眷属；然遍地腥云，满街狼犬，称心快意，几家能彀？司马青衫，吾不能学太上之忘情也。语云：仁者"老吾老，以及人之老；幼吾幼，以及人之幼"。吾充吾爱汝之心，助天下人爱其所爱，所以敢先汝而死，不顾汝也。汝体吾此心，于啼泣之余，亦以天下人为念，当亦乐牺牲吾身与汝身之福利，为天下人谋永福也。汝其勿悲！

我爱你，但我也爱天下人。少有大志，怀揣的既有夫妻小爱，更有国家民族之大爱，彰显其高尚和博大之情怀。

回忆后街之屋，入门穿廊，过前后厅，又三四折，有小厅，厅旁一室，为吾与汝双栖之所。初婚三四个月，适冬之望日前后，窗外疏梅筛月影，依稀掩映；吾与并肩携手，低低切切，何事不语？何情不诉？

新婚宴尔，曾经的温馨、美好、甜蜜与浪漫，桩桩件件，件件桩桩，止不住呈现眼前，留下诸多美好回忆。"铁血丈夫"对自己和娇妻那段爱、那份情倍加珍惜和不舍。"及今思之，空余泪痕。"给人以无尽的遐想。

"吾诚愿与汝相守而死。"此时林觉民掏心掏肺地对自己的心上人说，我确实愿意和你相依为命直到老死，但根据现在的局势来看，天灾可以使人死亡，盗贼可以使人死亡，列强瓜分中国可以使人死亡，就连贪官污吏虐待百姓等都可以使人死亡，我们这辈人生在今天的中国，无时无地都可以使人死亡。在这样昏聩无能的制度下，我俩即使能不死，但彼此不能相见，两地望眼欲穿，尸骨化为石头，试想这种离散比死还要痛苦啊！林觉民和爱妻在分析形势，表达了心中这番无奈后决然写道：

天下人不当死而死与不愿离而离者，不可数计，钟情如我辈者，能忍之乎？此吾所以敢率性就死不顾汝也。吾今死无余憾，国事成不成自有同志者在。依新已五岁，转眼成人，汝其善抚之，使之肖我。汝腹中之物，吾疑其女也，女必像汝，吾心甚慰。或又是男，则亦教其以父志为志，则吾死后尚有二意洞在也。幸甚，幸甚！吾家后日当甚贫，贫无所苦，清静过日而已。

林觉民夫妇与家人在一起

林觉民写在方巾上的《与妻书》

为了天下人，我只能以死相拼就顾不上你了。如今我死而无憾，国事成与不成，其他同志都将前仆后继。家中有你还有我们两个可爱的孩子。五岁的依新很快就会长大成人了，请将他好好培养，让他孝顺我。你腹中的胎儿，我猜她是个女孩，女孩一定像你。如果是男孩，就叫他将来像我一样爱国爱家。想到我们还有两个可爱的小意洞，虽死犹荣，内心感到非常欣慰。林觉民这位年轻革命者，心胸极其敞亮、达观和超然，殊堪敬佩。

吾牺牲百死而不辞，而使汝担忧，的的非吾所忍。吾爱汝至，所以为汝谋者惟恐未尽。

林觉民在表达自己不惧生死，特别深爱妻子，生怕替她打算还有不周全地方等情感后，信末动情地写道："巾短情长，所未尽者，尚有万千。"希望妻子意映不能忘记他，梦中也要时时梦到他。"一恸！"写到这里太悲痛了！落款是"辛未三月廿六夜四鼓，意洞手书"。

这封情真意切、悲壮缠绵的家书，每每读来无不令人感慨万千。《与妻书》既是一封窃窃私语、酣畅淋漓的爱情书，又是一封生离死别、壮志萦怀，与旧制度决裂的宣言书。其志其情，弥足珍贵。

林觉民等仁人志士在广州起义中英勇就义后，孙中山给予高度评价。称"黄花岗七十二烈士轰轰烈烈概已震动全球""斯役之价值，直可惊天地，泣鬼神，与武昌革命之役并寿"。1980 年以来，为了缅怀纪念林觉民等革命先烈，先后有《碧血黄花》《百年情书》《卿卿如晤》等多部影视片和剧目亮相荧屏与戏剧舞台，引发观众热捧。

广州黄花岗七十二烈士墓

碧血黄花慰忠魂

有志不在年高，英雄原出少年。书本里探求民主，乱世中读出专制，血液里憎恨腐朽。为了救国救民，林觉民走出闽江，负笈东瀛，追寻革命志士，在同盟会中寻找知音和领袖。推翻旧制度，建立新共和，从此为之奋斗，矢志不移。危难时刻冲在前，敢死队里当先锋，尽显铁血男儿风采。牺牲前，思亲人，念幼子，想未来，泪墨泼洒，家书诀别，如泣如诉，一恸惊天。以壮别爱妻，以死谢国人，唤醒无数仁人志士沿着他们的血迹前进，用青春和生命诠释了何为家国情怀，铁骨柔肠。时空为之定格，人民世代景仰，历史永远铭记。觉民走好，黄花永随！

梅兰芳

决不当亡国奴

做堂堂正正中国人

梅兰芳（1894—1961）

名澜，字畹华，别署缀玉轩主人。祖籍江苏泰州，生于北京。著名京剧艺术家，享誉世界的戏剧大师。历任中国戏剧研究院院长、中国京剧研究院院长等职。8岁学戏，10岁登台，14岁成名。在京剧唱腔、念白、舞蹈、音乐、服装等方面注重传承和创新，自成体系，世称"梅派"，列京剧"四大名旦"之首。其主演的《宇宙锋》《霸王别姬》《贵妃醉酒》《穆桂英挂帅》等深受海内外观众喜爱。著有《梅兰芳文集》《舞台生活四十年》等。德艺双馨，具有崇高民族气节。

梅兰芳家学渊源深厚，家风淳朴，教子有方。幼子梅葆玖为梅派传承人，其他子孙皆学有所成，几有祖风。

提起梅兰芳，爱好戏曲的朋友，可谓无人不知，无人不晓。论表演，梅先生唱做念打，样样精湛；论做人，中正平和，源自内心。梅兰芳表演体系是世界艺苑三大表演体系之一，"梅派艺术"被视为中国京剧发展史上的"里程碑"。他那蓄须明志，八年罢演，让日伪汉奸无可奈何的高尚爱国情怀，更是让人肃然起敬。毛泽东多次观看其演出，两次接见梅兰芳。周恩来请他到中南海家中做客。陈毅称赞"梅兰芳真是一代完人"！

梅兰芳出生梨园世家，自幼受到艺术熏陶。祖父梅巧玲为京剧名旦，"同光十三绝"之一。父亲梅竹芬为京昆旦角演员，母亲杨长玉系著名武生杨隆寿之女。伯父梅雨田是京剧界的著名琴师。梅兰芳父母去世早，自幼由伯父抚养成人。

梅兰芳8岁开始学戏，10岁登

梅兰芳与京剧名旦程砚秋、尚小云、荀慧生在一起

梅兰芳与祖母合影

台演出。1913年，应上海方面邀请，与著名老生王凤卿搭档演出《武家坡》，两人珠联璧合，大获赞誉。后又担当大轴（最后一出戏）演出《穆柯寨》，名声大振。连演45天，场场爆满，引起轰动。

父母去世早，祖母教诲多。俭德、精艺、律己、助人等祖风，常有熏陶。梅兰芳自幼对祖母极为尊敬和孝顺，1913年，梅兰芳首次随团赴上海演出，因产生轰动效应，主办方请求将演期再延长半个月。梅兰芳及时写信向祖母报告，以免老人担心和挂念。信中写道：

祖母大人万福　敬禀者奉

谕敬悉，福体康健，以下平安为祝。

孙等在沪均如常，安好告慰远念耳。孙本于初六满期，不应接续，极欲遵守慈谕，不敢有误。嗣因此间许老板再三挽留，不让即回，孙等亦不允其请。实因各处说情者太多，并见此间馆中，观客尚多，声名甚佳，又为将来扬名起见，不得不少为变通。只允其续演十日，包银已加，唱完后准即回京，决不再续。孙等在外亦常悬念家中，诸多不贯，归心如箭。诸祈放心，约本月廿日左右定可回京。专此敬请

福安！

孙兰芳上言

初七日

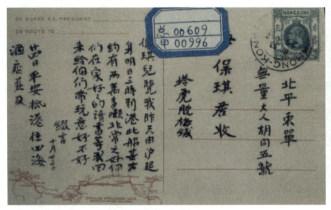

梅兰芳抵港后给儿子梅葆琪寄发的明信片

其对祖母的体慰孝顺之心，可见一斑。

关爱后辈，呵护儿女，是梅兰芳的一贯风格。他作风民主，教导有方。常常以理服人，以情感人，春风化雨，别有一番滋味。

保琪儿览。我昨天由沪起身，明日三时到港。此船甚大，约有两万多吨，非常之好。你们在家好好的读书，等我回来给你们带玩意好不好。

缀言

十月廿三日

廿四日平安抵港，住四海酒店并及

梅兰芳夫妇与孩子们（前排右二为儿时梅葆玖）

明信片的两面，一面思儿短语，一面大型客轮。你们在家好好读书，回来时父亲给你们带好玩意儿。面对九岁的儿子葆琪，寥寥数语，怜子之心，生动之情，跃然纸上。

梅葆玖，梅兰芳最小的儿子。

10 岁那年，被梅兰芳确定为梅派传人。经多年锤炼，终成一代大师。20 世纪 50 年代随父在中南海怀仁堂给毛泽东等中央领导汇报演出。后与父亲和姐姐梅葆玥三人同台演出《穆桂英挂帅》，盛况空前，一票难求。1956 年 3 月，梅兰芳携夫人福芝芳和梅葆玖回乡祭祖。家乡泰州呈现"万人空巷看梅郎"的景况。泰州百姓为了过把戏瘾，一睹大师风采，有人连夜卷着铺盖排队买票，这让梅兰芳很感动。后几次加演，以慰故里的父老乡亲。

梅兰芳传道授艺，弟子很多。程砚秋是其爱徒之一，梅兰芳曾动情地说："极喜欢他。"

吾弟来电来信，我都早已收到，闻登台后上座甚好，我非常高兴……我与弟交情同亲兄弟一般，无论如何，外人都不能离间的，这种心理想弟也是一样的。我本来早就要写信给弟，因为真无工夫，又无地方来写，所以迟到今天，真叫我难过了……罗先生有信安慰我，请弟替我谢谢……

从信中可看出，梅兰芳和程砚秋这对师徒情同手足，至真至诚，颇为感人。

梨园界，梅兰芳好友众多，戏曲理论家齐如山是其中之一。1916 年及其后的 20 多年时间里，齐如山为梅兰芳编创的时装戏、古装戏及改编的传统戏有 20 多出。梅兰芳的几次出国演出，齐如山参与策划，并随同前往美国和日本。梅齐二人情深谊长。既为好友，更似家人。

梅兰芳给弟子程砚秋书信手迹

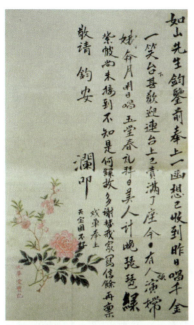

梅兰芳给友人齐如山书信手迹

如山先生钧鉴：

前奉上一函，想已收到。昨日唱《千金一笑》，台下甚欢迎，连台上已卖满了座。今有人烦演《嫦娥奔月》，明日唱《玉堂春》，礼拜日《美人计》，晚《琵琶缘》，紫帔尚未接到，不知是何缘故。多谢替我家写信。余再禀。

敬请钧安！

澜叩

戏单奉上，《天宝图》不好。

这是 1916 年 10 月 20 日，梅兰芳在外演出期间写给齐如山的一封信。信文很短，信息量很大。同时可看出梅先生对齐如山的尊重以及两人间的友谊与信任。

京剧为国粹，深受海内外观众喜欢。为了让更多人了解中华优秀戏曲文化，在不同文化间播种友谊，梅兰芳不仅在国内各地倾情献演，而且先后应邀赴美、赴苏联访问演出。中华人民共和国成立后，中日恢复邦交正常化。周恩来总理提议以文化交流和贸易互惠为前导，派出了以梅兰芳为团长的阵容强大的中国访日京剧代表团。近两个月的时间里，代表团遍访东京、大阪、奈良等十多个城市，轰动日

梅兰芳在美国与卓别林合影

梅兰芳赴朝鲜慰问演出

本，增进了中国与日本人民的了解和友谊。

梅兰芳的家学渊源深厚，家教严格，家风淳朴。其祖训"国重于家，德先于艺"，梅兰芳牢记心中。在那山河破碎、国家危难的年代里，他给儿女们讲得最多的话就是"孩子，我们不能当亡国奴，不能忘记自己是中国人"。为报效祖国，服务人民，梅兰芳常率团深入农村、厂矿、学校等处巡演。为支援抗美援朝，他先后在河北、北京等地组织募捐义演，率团赴朝为朝鲜人民军和中国人民志愿军慰问演出。期间，梅兰芳专门奔赴作战第一线最前沿堑壕，为坚守阵地的我国志愿军战士做清唱表演，极大地鼓舞了士气。其晚年最后一次演出，献给中科院的科学家们。

1961 年 8 月 8 日凌晨，梅兰芳因心脏病在北京家中辞世。梅兰芳治丧委员会由周恩来等 61 人组成，陈毅任主任委员并主持追悼会。著名戏曲作家、中华人民共和国国歌《义勇军进行曲》词作者田汉，以七绝 25 首刊发于《人民日报》，深情缅怀和悼念梅兰芳，称其为"一代巨匠，是中国人民的好儿子！"其中一首写道：

梅兰芳蓄须明志拒为日伪演出

"葆住青春五十年，最纵横处最精研。人生有限艺无限，长把光芒照后贤。"梅兰芳去世后，夫人福芝芳及梅先生后人将其3万多件、价值4亿多元的文物与藏品，都捐献给国家和家乡政府。

陈毅主持梅兰芳追悼会，北京各界沉痛悼念梅兰芳

一代巨匠　兰贵芬芳

胸中有国粹，心间有民众；一生求大道，不当亡国奴。梅兰芳血液里浸透着一颗高洁的灵魂。蓄须明志彰显民族气节，威逼利诱无改英雄本色，城乡奔波闪耀忙碌身影，前线献艺送去真情暖怀。文戏武唱，唱出旦角虎虎生威，唱出青衣浩然正气。一生勤奋，融合京昆，取益诸家，铸就梅派丰碑；一腔热血，献身戏曲，回馈社会，扬我中华美名。唱时代所需，做人民所盼，念除旧布新，打邪恶贼寇。出淤泥而不染，濯清涟而不妖。艺人、艺品、艺德，傲然挺立。戏里戏外都是骨，难得一颗中国心！

朱光潜

做出有朝气的事业

造就有朝气的乾坤

朱光潜（1897—1986）

字孟实，安徽桐城县（今安徽枞阳）人。现当代著名美学家、教育家、翻译家。香港大学文学院毕业，后赴英、法留学。1933年回国后，历任四川大学、武汉大学、北京大学教授。全国美学学会会长。著有《西方美学史》《谈美书简》等，译著有《歌德谈话录》、黑格尔的《美学》等。

朱光潜对青年学生十分关爱，与之谈心交心，视为家人。在其留英法及回国任教期间，常以学兄、学长之身份与青年人尤其中学生谈读书治学，谈理想人生，对后辈影响很大。著《给青年的十二封信》。

朱光潜先生是位大学者、美学家。可他有时又是位天真可爱的"老顽童"。北大燕南园中，许多同学都曾见过这样一位老人：他身材矮小，常常独自静静地坐在青石板上，望着来来往往的学生，满脸写满可爱与童真。有时，他会绕到一段残垣断壁或是溪间道旁，摘一朵小花，悄悄地递给过往的青年学生，看着你飘然而去。

朱光潜与青年学生尤其是中学生走得很近。早年留学英国期间，他曾以《给一个中学生的十二封信》（后改名《给青年的十二封信》），与之谈读书，说宁静，叙升学，话人生，和他们交朋友。

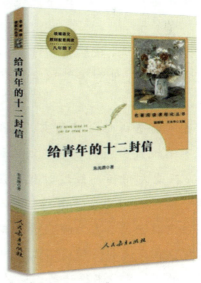

《给青年的十二封信》

中学课程很多，你自然没有许多时间去读课外书。但是你试着抚心自问：你每天真抽不出一点钟或半点钟的功夫吗？……你能否在课外读书，不是你有没有时间的问题，是你有没有决心的问题。

朱光潜（左）在英国爱丁堡大学

这是光潜先生给"朋友"去的第一封信开头的一番话。继而他劝慰青年朋友要注重培养读书习惯，滋养一种兴趣：

人类学问逐天进步不止，你不努力跟着跑，便落伍退后，这固不消说。尤其要紧的是养成读书的习惯，是在学问中寻出一种兴趣。……兴味要在青年时设法培养，过了正当时节，便会萎谢。比方打网球，你在中学时喜欢打，你到老都喜欢打。假如你在中学时代错过机会，后来要发愿去学，比登天还要难十倍。养成读书习惯，也是这样。

读书要慎选，选后要精读，不要随大流、赶时髦。这既是朱光潜的读书心得，也是他对青年学生的忠告：

我不能告诉你必读的书，我能告诉你不必读的书。许多人尝抱定宗旨不读现代出版的新书。因为许多流行的新书只是迎合一时社会心理，实在毫无价值。经过时代淘汰而巍然独存的书才有永久性，才值得读一遍两遍以至于无数遍。我不敢劝你完全不读新书，我却希望你特别注意这一点，因为现代青年颇有非新书不读的风气。别事都可以学时髦，唯有读书做学问不能学时髦。我所指不必读的书，不是新书，是谈书的书，是值不得读第二遍的书。

推己及人，循循善诱，是光潜先生与中学生、青年人书信交流中的一大特点。"你要知道读书好比探险，也不能全靠别人指导，你自己也须得费些功夫去搜求。别人只能介绍，抉择靠你自己。"他特地建议青年朋友，"凡值得读的书至少须读两遍"，自觉做到不动笔不读书。因为"记笔记不但可以帮助你记忆，而且可以逼得你仔细，刺激你思考。"

"宁静致远"，是我国古代先贤的人生智慧和教子宝典。美学造诣颇深的朱光潜，对"静"有着深刻理解和独自感悟。他在《谈静》这封信中，对宋代理学家朱熹"半亩方塘一鉴开，天光云影共徘徊"和著名田园诗人陶渊明的"采菊东篱下，悠然见南山"等诗句十分欣赏。对"在百忙中，在尘市喧嚷中，你偶然丢开一切，悠然遐想，你心中便蓦然似有一道灵光闪烁，无穷妙悟便源源而来。这就是忙中静趣"之意境，极为期许和向往。信中光潜先生毫不掩饰自己对"静"的垂爱和钟情。

静的修养不仅可以使你领略趣味，对于求学处事都有极大帮助。……现代生活忙碌，而青年人又多浮躁。你站在这潮流里，自然也难免跟着旁人乱嚷。不过忙里偶然偷闲，闹中偶然觅静，于身于心，都有极大裨益。

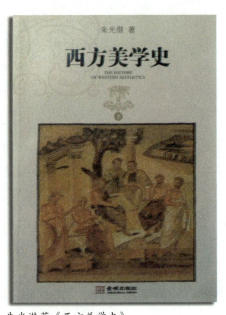

朱光潜著《西方美学史》

在朱光潜给青年朋友的信中，有一封唯一以"你的同志，光潜"落款的"家书"。在这封书信里，光潜先生透析社会现象，列举名家主张，阐释个人思想，明确提出"所以站在十字街头的人们——尤其是你我们青年——要时时戒备十字街头的危险，要时时回首象牙之塔"。提倡青年既要用心读书求学问，又要了解和懂得相关习俗。明了"人是一种贱动物，只好安分守己，模仿因袭，不乐改革创造之惰性"。理性而又深刻地表明观点：

朱光潜在书房阅读

习俗的背叛比习俗的顺从者较为难能可贵，从历史看社会进化，都是靠着几个站在十字街头而能向十字街头宣战的人。这般人的报酬往往不是十字架，而是断头台，可是世间只有他们才是不朽，倘若世界没有他们这些殉道者，人类早已为乌烟瘴气闷死了。

作为学长，作为同志，光潜先生认为"鲁莽叫嚣还是十字街头的特色，是浮浅卑劣的表征"。他主张：

我们要能于叫嚣扰攘中：以冷静态度，灼见世弊；以深沉思考，规划方略；以坚强意志，征服障碍。总而言之，我们要自由伸张自我，不要汩没在十字街头的影响里去。

无独有偶，朱光潜在其给青年的第十二封信《谈人生与我》中这样写道：

我有两种看待人生的方法。在第一种方法里，我把我自己摆在前台，和世界一切人和物在一块玩把戏；在第二种方法里，我把我自己摆在后台，袖手看旁人在那儿装腔作势。

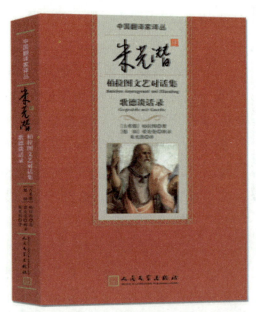
朱光潜译著《柏拉图文艺对话集》《歌德谈话录》

进而重申他曾经提出的"无言之美"和对纷纭世界、多面人生的相关主张：

我们所居的世界是最完美的，就因为它是最不完美的。这话表面看去不通已极，但是实含至理。……这个世界之所以美满，就在有缺陷，就在有希望的机会，有想象的田地。换句话说，世界有缺陷，可能性才大。

人生本来要有悲剧才能算人生，你偏想把它一笔勾销，不说你勾销不去，就是勾销了，人生反更索然寡趣。所以我无论站在前台或站在后台时，对于失败，对于罪孽，对于狭咎，都是用一副冷眼看待，都是用一个热心惊赞。

世间恩怨情仇恨，人生酸甜苦辣咸。客观存在，无法回避，青少年如此，中老年亦如此。冷观世间万象，热心映照人生。这是光潜先生自身感悟，也是他奉献给中学生和无数青年朋友立身处世、担当作为的人生智慧。

朱光潜对青年的关心呵护是深层的、一贯的。1948年，已是年过半百的光潜先生，在一篇《给苦闷的青年朋友们》的文章中，他以其擅长的"拉家常"的方式娓娓道来：

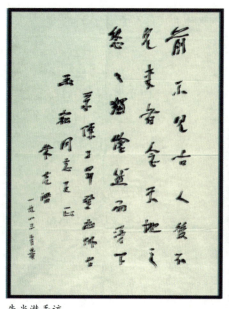

朱光潜手迹

我是中年以上的人，处在现在这个环境，几乎没有一天不感觉苦闷，你们正当血气旺盛、感觉敏锐、情感丰富的时候，苦闷程度当然比我的更深。

面对多少青年学子远离家庭，饱受战乱之苦，"像失巢的孤雏，零丁孤苦地在这广大而残酷的世界里奔前程，自寻活计"，孩子们生理上、心理上遭受极大痛苦。作为长者、智者的朱光潜，给孩子们"支招"打气：

"事在人为"，于今谁可为呢？不消说得，要有一批有朝气的人才能做出一番有朝气的事业，造就一种有朝气的乾坤。……我们不能不殷切寄望于你们这一辈子青年人，望你们不再像我们这样无能，终有一日能挽回这危亡的局面。

苦闷本身不一定就是坏事，它可能由窒息而死，也可能由透气而生……"工欲善其事，必先利其器"，如果改造社会，挽救中国，是你们所要做的"事"，你们自己的品格、学识和才能就是"器"。我们中年以上这一辈子人，所以把中国弄得这样糟，就误在这个"器"太不"利"了。……希望你们下一辈人不致再"以后人哀前人"。

字里行间，清晰地展示出光潜先生在面临内战动乱，国家危难之时，作为过来之人，寄望于青年，寄望新生代振奋精神，励精图治，拯救中华。其真其切，跃然纸上。

晚年的朱光潜先生

至友光潜

　　没有血缘，并非姻亲，甚至从未谋面，数十年间与青年学生书来信往。谈心交心，真情互动，教以方法，给予力量。迷茫时帮你点亮心灯，彷徨时教你知所进退，慵懒颓唐时激励你蓬勃朝气。没有居高临下的说教，未见颐指气使的棒喝，更无敷衍了事的应付。于平等、真诚、体慰、寄望和相切相磋的气氛中，架起座座通往心灵之桥梁。青年时做朋友，中老后亦如故。既无功利之心，也无巧滑之嫌，身为爱国者，立有光明塔。本是同根生，四海皆兄弟；青年乃未来，悉心多浇灌。朱光潜先生的朋友观、育人观、大局观至尊至美，值得称道。

戴安澜

余决以一死　以报国家

戴安澜（1904—1942）

字衍功，号海鸥，安徽无为人。毕业于黄埔军校三期。参加北伐战争。抗日战争期间任国民党第5军200师少将师长，在台儿庄、昆仑关诸战役中英勇杀敌，屡建战功。1942年奉命远征缅甸，浴血奋战，重创日寇，扬名海内外。回撤时，不幸殉国，年仅38岁。国民政府追赠其为中将。

戴安澜能征善战，闻名遐迩；侠骨柔情，关爱家人。其作战间隙写给妻儿故旧的家书，可领略其生活中可亲可敬的另一面。

抗击日寇，歼击法西斯，为民族求生存，为世界谋和平。戴安澜奉命出征，不辱使命。

太平洋战争爆发后，应美英两国的请求，1942年3月，作为中国远征军第一支劲旅，戴安澜率200师赴缅参战。同古保卫战中，200师仅一万余人，面对日军精锐的第55师团四万余人，在敌强我弱情况下，戴安澜率全体将士立下"誓与同古共存亡"之决心。孤军作战，后援困难，戴安澜率部层层阻击，誓死反击。以我牺牲1000余人，歼灭日军5000

戴安澜征战待发

余人之战绩，创造了以劣胜优、以少胜多的辉煌战绩。戴安澜在撤退回国途中遭敌伏击，壮烈殉国。

毛泽东等党和国家领导人悼念戴安澜挽诗、挽词碑文

戴安澜牺牲后，国民政府追赠其为陆军中将。国共两党、社会各界深切哀悼。蒋介石亲撰挽词，毛泽东赋挽诗哀悼。时任美国总统罗斯福给戴安澜追授懋绩勋章，以表彰他的作战英勇，指挥卓越，圆满完成所负任务。戴安澜因此成为第二次世界大战反法西斯战争中第一位获得美国勋章的中国军人。

忠心报国，眷顾尊长妻儿，戴安澜有着多彩的人性光辉。戴安澜牺牲后，人们在他的皮包中发现了两封未及发出的书信，其家国情怀、壮柔之志跃然其间。

时任美国总统罗斯福追授戴安澜懋绩勋章

一封是写给妻子王荷馨的。他在1942年3月22日致"亲爱的荷馨"的家书中写道：

余此次奉命固守东瓜（同古城），因上面大计未定，与后方联络过远，敌人行动又快，现在孤军奋斗，决以全部牺牲报国家养育。为国战死，事极光荣。

在表达了他面对强敌，无所畏惧，随时准备为国慷慨赴死决心后，戴安澜动情地说：

所念者，老母外出，未能侍奉。端公仙逝，未及送葬。你们母子今后生活，当更痛苦。但东、靖、篱、澄四儿，俱极聪俊，将来必有大成。

你只苦得几年，即可有福，自有出头之日矣。望勿以我为念，我要部署杀敌，时间太忙，望你自重，并爱护诸儿，侍奉老母！老父在皖，可不必呈闻。生活费用，可与志川、子模、尔奎三人洽取，因为他们经手，我亦不知，想他们必能本诸良心，以不负我也。

戴安澜给夫人王荷馨家书手迹

同日，戴安澜在致"子模、志川、尔奎三位同鉴"的信中，在叙述了远征缅甸，远离主力，敌人攻势凶猛，"余决以一死，以报国家"的血胆决绝之后，深情寄托：

我们或为姻戚，或为同僚，相处多年，肝胆相照，而生活费用，均由诸兄经手。余如战死之后，妻子精神生活，已极痛苦，物质生活，更断来源，望兄等为我善筹善后。人之相知，贵相知心，想诸兄必不负我也。

生活中的戴安澜思念儿女，长于教子。一次，在从全州返回战地后给长子戴复东的信中写道：

戴安澜全家福

东儿：你对我的想念我是知道的。其实我对你们兄姐弟的想念比你更甚呢。不过，当这个时候，只有按下私情，为国效力了。你总要这样想：你有个英雄父亲，当然是常常的离别。如果我是田舍郎，那么我们可以在一起了，但是你愿意要哪一种父亲呢？我想，你一定是愿意要英雄父

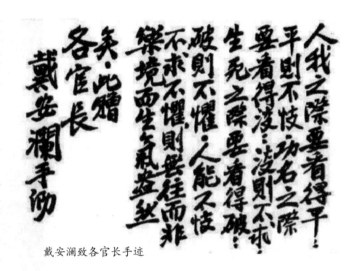

戴安澜致各官长手迹

亲。所以，对于短时间离别，不要太看重了才好。

即便在作战间隙，戴安澜也不忘择暇给后方的孩子写几句，传递温暖和关爱。

……苦战了十二天，在三月二十九日突围，现已完全到达，望你们勿念，虽然是被围，我们的官兵极其勇敢，打死了很多敌人，这是令我们非常高兴的。我在这作战期间，常挂念的，是祖母的健康，靖儿的病况，望你们来信告诉我……篱儿要买皮鞋，是不成问题，现在还在打仗，无市场可买，稍迟再买回来给你们。

骨肉亲情，怜子之心，可见一斑。在父亲的言传身教和暖心关爱之下，戴安澜的四个儿女个个优秀。长子戴复东为中国工程院院士、同济大学建筑与城市规划学院名誉院长、教授、博士生导师，在业界享有较高声誉。

戴安澜壮烈殉国后，广西全州举行了一万多人参加的国葬。随后戴安澜的灵柩由广西全州迁葬于安徽芜湖小赭山之将军故里。1954年，经中央人民政府批准，由芜湖民政局为戴安澜公墓之碑修复。1956年

芜湖赭山公园戴安澜铜像

9月21日，经内务部批准，追认戴安澜将军为革命烈士。2009年，戴安澜被中宣部、中组部、中央统战部等11个部门联合评为"100位为新中国成立作出突出贡献的英雄模范人物"之一。

如今，芜湖赭山公园内戴安澜的铜像和将军墓立卧相宜，前后呼应，青松翠柏，环绕其间。成为中外友人和八方游客瞻仰悼念英雄的热门地。

老兵感言

黄埔之英　民族之雄

将兵挽狂澜，挥师扬国威。戴安澜戎马一生，能征善战。从长城脚下一直打到缅甸同古。剑锋所指，屡建奇功。年届不惑，远征挞伐，当先锋，打头阵，御外侮，驱贼寇，浴血奋战，赢得"立功异域，扬大汉声威第一人"之美誉。国重于家，家融于国。战场上，血性之人，勇毅担当，指挥卓越，誓言以死报国；生活里，惜妻怜子，敬老爱幼，危中托孤，彰显暖男气度。己与人，功与名，生与死，修炼时看平、看淡、看破，从容处不忮、不求、不惧。好一派生机盎然，将星风采，堪当与日月同辉，共山河常在！

左权

如果我在战斗中牺牲

请替我多亲吻女儿

左权（1905—1942）

字孳麟，号叔仁，湖南醴陵人。伟大的无产阶级革命家、军事家，中国工农红军和八路军的高级将领。黄埔军校一期生。1925年加入中国共产党，同年赴苏联学习深造。1930年回国，历任红一方面军总司令部参谋处长、红第5军团第15军军长兼政委、中央革命军事委员会作战局局长、红一军团参谋长等职。抗日战争爆发后，任八路军副总参谋长、八路军前方指挥部参谋长。参与指挥百团大战等著名战役战斗。著有《论坚持华北抗战》等。

对待家人，左权常相思念，牵挂有加。在生命最后的两年时间里，他与妻女天各一方，十分惦念。篇篇家书饱含深情，爱意满满，动人心扉。

巍巍太行埋忠骨，滔滔海疆泪始干。1942年5月25日，面对日寇集结重兵对晋东南抗日根据地发动的"大扫荡"，左权在指挥部队掩护北方局和八路军总部机关转移突围时，不幸中弹牺牲，年仅37岁。

左权是八路军在抗日战场上牺牲的最高指挥员。将军殉国后，周恩来痛心不已，指出"左权壮烈牺牲，对于抗战事业，是一个无可补偿的损失""足以为党之楷模"。时任八路军总司令朱德，深情赋诗悼念："名将以身殉国家，愿拼热血卫吾华。太行浩气传千古，留得清漳吐血花。"赞誉他是"中国军事界不

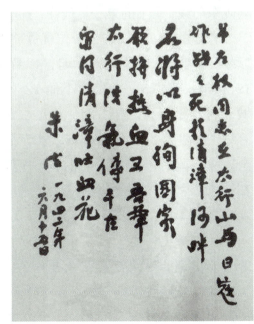

朱德题诗悼念左权

可多得的人才"。左权牺牲后，老战友彭德怀极为悲痛，亲自为他守灵。为了纪念左权，晋冀鲁豫边区政府决定将左权作战牺牲的山西省辽县改名"左权县"。其家乡湖南省醴陵市则将城区几条大道分别以左权的名字加以命名。

百团大战时八路军攻占日军据点

更有一件别具意义的事，是时隔大半个世纪，为纪念抗日战争胜利70周年，台湾将左权列为"殉国将领"之一。专家指出，台湾这一举动，是尊重史实的做法，对改善两岸关系有积极意义。从一个侧面说明左权在抗战期间的突出表现和贡献。被毛主席称为"昨天文小姐，今日武将军"的著名作家丁玲，1936年到达陕北后，换上戎装，跃马陇东前线，写下的第一篇佳作，就是歌颂彭德怀、左权将军的。

有趣的是，左权这么一位优秀将领，由于终日忙着作战，差点成为"剩男"。直到34岁还是单身。以致朱德都为之着急，亲自出面做媒。1939年4月中旬，左权和小他12岁的北京姑娘刘志兰在八路军总部城北村结婚。第二年5月，女儿左太北出生。三个月后，左权因忙于筹划"百团大战"，便安排妻女去延安。行前，他们留下了唯一的一张全家福。此后，左权用一封封家书表达对爱妻和宝贝女儿的思念。他在给"志兰"的信中写道：

接何廷英同志上月二十六日电，知道你们已平安的到达延安。带着太北小鬼长途跋涉真是辛苦你了。当你们离开时，首先是担心着你们通过封锁线的困难，更怕意外的遭遇。你们到达洛阳、西安后，当时反共潮流恰趋严重，又担心着由西安到延安途中的反共分子的留难与可能的危险。今竟安然的到达了老家——延安。我对你及太北在征途中的一切悬念当然也就冰释了。现在念着的就是不知道你在征途中及"长征"结束后，身体怎样？太北身体好吗？没有病吗？长大些了没有？更活泼些了没有？有便时请一一告我。

多少思念，多少惆怅，左权的书信充满了温暖和爱。

你们走后，确感寂寞。幸不久即开始了北局高干会议，开会人员极多，热闹了十多天，寂寞的生活也就少感觉了。现在一切都好，身体也好，希勿担心。

你们走时正是百团大战第一阶段胜利开展之时，不久结束第一阶段又开始了第二阶段，也获得了预定之战果，连克了数十个据点，尤以辽县以西直至榆社一带据点全部克服，缴获极多。缴获的食品吃了很久的时候，可惜你不在没尝到了。在晋察冀方面收复了涞源、灵丘周围不少据点，战果也是很美满的。其他各线也有不少战绩，恕不详摆，想在延安方面也能知道。

左权送刘志兰、左太北母女去延安临别时合影

这是1940年11月12日左权与妻子和爱女分别后写的第一封家书。

无论是作战谋划还是日常生活中，左权都是个做事很用心很细致的男人，长大后太北从妈妈那里得知，分别后爸爸经常想着她们娘儿俩，有时会托人捎信给她们，同时捎些布料、袜子和用茶桶盛着的点心，以示关心关爱。一次左权在信中这样写道：

左权与女儿左太北的合照

延安的天气，想来一定很冷了。记得太北小家伙似很怕冷的，现在怎样？……半岁了，较前大了一些，总该好些吧！希当心些，不要冷着这个小宝贝，我俩的小宝贝。

你曾说你及北北都有贫血之感，你身体很瘦弱，近来如何，我极担心。小东西还是很怕冷的。今冬怎样？手脚没有冻坏吧？前寄的小棉衣能穿吗？说你入学的事已成泡影，究竟怎样？

不要忘记教育小太北学会喊爸爸，慢慢地给她懂得她的爸爸在遥远的华北与敌寇战斗着。

如逆流万一不幸而来到，你尽可不必顾及我，大胆的按情处理太北的问题，如能寄养给适当的同志则为最好（如寄需钱你可借用，以后偿还可也）。

志兰！亲爱的：别时容易见时难，分离二十一个月了，何时相聚？念、念、念、念！

"如果我在战斗中牺牲……请替我多亲吻女儿。"一位特别能打仗，随时准备以身殉国的血胆将军，在最亲最爱的人面前，我们看到了他那铁骨柔肠的一面。

"如果不是1942年5月麻田之恨，日寇投降后我们一家团聚，以后的生活是会很美满的。他对我们两人的照顾都是会很好的。"刘志兰在给左太北的家书中这样痛恶却无奈地写道。左权牺牲后，刘志兰忍着巨大的悲痛和对爱人的深切怀念，在延安《解放日报》撰文《为了永恒的记忆——写给权》。其中她这样写道：

虽几次传来你遇难的消息，但我不愿去相信。自然也怀着这不安和悲痛的心情而焦虑着，切望着你仍然驰骋于太行山际。曾写道：愿以廿年的生命换得你的生存。或许是重伤的归来，不管带着怎样残缺的肢体，我将尽全力看护你，以你的残缺为光荣，这虔诚的期望终于成为绝望！

文中刘志兰深有感触地说：

结婚三年来，我们感情是深厚的，体会到爱与被爱的幸福……在共同生活中，你有着潜移默化的力量，我更是一个热情、积极的、幻想很深的青年，在你旁边渐变得踏实深沉……感到坚实有力，没有迟疑的信赖，虽然你不愿以美丽的言词来装饰你的情感，令人深感到一种真挚、朴素、包容一切的爱，在忙迫的工作中，也注意细心地关切我。……在有了北北的几个月中，你学会带小孩子，替她穿衣服，包片子，较我更细致。当时也多在紧张的战况中，因她的哭泣影响你工作和休息，但你从没有一点

山西省左权县左权将军烈士陵园

不耐烦，你爱她。

想到你十余年的战斗生活备尝艰辛，没有一天的休息。而今，没有一句话就永远离开我们，痛感到不可弥补的遗憾。……我不仅为你流尽伤心的泪，也将为你流尽复仇的

晋冀鲁豫烈士陵园内的左权将军纪念馆

血，你永远活在我的心里，在今后悠长的岁月中，想到你将是我最大的安慰。亲爱的，永别了，祝你安息！

"愤恨填膺，血泪合流"，如泣如诉，多么高尚纯洁的伴侣情、同志情，读来无不令人动容。

40年后，刘志兰决定将左权的11封家书作为遗产全部交给太北。这对于左太北来说，是精神财富，是历史珍宝，是父亲灵魂和母亲心声对女儿的共同期待与殷殷寄托。

11封家书，太北一次次饱含热泪，倾情捧读。后来，她决定将这些家书公之于众，以便让人们铭记山河破碎的历史，铭记英雄和先烈们为了新中国流淌的每一滴血。

值得一提的是，由于王明等人的迫害，左权在红军时期被打成"托派"，给予"留党察看"之处分。自此，十余年的生死征程，他是在戴"罪"作战。后经家人申诉和组织批准，左权的冤

左太北在建川博物馆壮士广场拥抱父亲雕像

案得以平反，还英雄一个清白和公正。2009年左权被评为"100位为新中国成立作出突出贡献的英雄模范人物"之一。

左权县左权将军纪念亭

老兵感言

军中翘楚　党之楷模

　　戴"罪"作战十余年，忍辱负重，无怨无悔。攻必克，守必固，著有成。文韬武略，胸藏万兵。运筹帷幄中，思绪缜密，深谋远虑；紧急危难时，挺身而出，浴血奋战。其英名让军中将士敬仰；其威武，让劲敌顽匪胆寒。修身律己，忠诚担当，一心跟党，一生报国。德不孤，必有邻。县城为你更名，街畔为你立碑，军旅以你为傲，乡梓视你为荣，国人为你自豪。英雄决战岂止在战场。戎马倥偬间，你疼爱妻，惯幼女，把妻儿冷暖安危挂于心间。你用刚柔相济、赤诚挚爱的襟怀和操守，在国人心中矗立起一座血肉丰满、可亲可敬的历史丰碑。

谢晋元

泰山鸿毛之训
早已了然于胸

谢晋元（1905—1941）

字中民，广东省蕉岭县人。毕业于黄埔军校四期，历任国民革命军排长、连长、营长、旅参谋主任、副团长、团长等职。能征善战，先后参加北伐战争、闸北抗日、淞沪会战。1937年10月，临危受命，率部死守上海四行仓库，血战四昼夜，击退日军数十次进攻，牢牢守住阵地，创造了"八百壮士"守四行的光辉战绩。国共两党领导人对其高度评价，海内外反响巨大。孤军营遭日伪杀害后，国民政府追晋其为陆军少将。

谢晋元有着浓烈的民族气节和家国情怀。四行保卫战前后，几封家书彰显其对国家、对民族的忠心赤胆，对父母、对家人的思念眷顾，读来非常感人。

"中国不会亡，中国不会亡，你看那民族英雄谢团长！……宁愿死，不退让；宁愿死，不投降；同胞们起来，快快赶上战场，拿八百壮士做榜样！"这是1938年电影《八百壮士》主题曲中的一段歌词。生动地讴歌谢晋元和他的英雄群体。唱响了那个时代，更唱出了中国军民面对强敌临危不惧，视死如归的非凡气概。

四行保卫战的胜利影响巨大。毛泽东为之题词，盛赞"八百壮士是英勇抗战，为国捐躯的民族革命典型"。国民政府为谢晋元颁发"青天白日勋章"。美国《时代周刊》将谢晋元列为封面人物。

面对日寇大举进攻，一路烧杀抢掠，无恶不作，谢晋元将个人生死置之度外，立下"精忠报国"之志。唯念家中父母妻儿能安好。他先后多次以家书周知家人及亲友，表达自己的抗战决心，告慰他们自己珍惜保

毛泽东为谢晋元率领的八百壮士题词

重。淞沪会战前谢晋元发给妻子凌维诚（又称巧英）的家书中写道：

日内即将率部进入沪淞参战，特修寸笺以慰远念。我神州半壁河山，日遭蚕食，亡国灭种之祸，发之他人，操之在我，一不留心，子孙无噍类矣。为国杀敌，是革命军人素志也；而军人不宜有家室，我今既有之，且复门衰祚薄，亲者丁稀，我心非铁石，能无眷然乎！但职责所在，为国当不能顾家也。老亲之慰奉，儿女之教养，家务一切之措施，劳卿担负全责，庶免旅人之分心也……

与其说是与妻书，不如说是诀别书。随后，谢晋元以书信向自己的亲友交代善后：

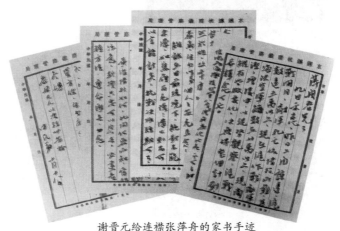

谢晋元给连襟张萍舟的家书手迹

弟十年来饱尝忧患，一般社会人情世故，影响于个人人生观，认识极为清楚。泰山鸿毛之训，早已了然于胸，故常处境危难，心神亦觉泰焉，望勿以弟个人之安危为念。

维诚在目前环境下，绝对不能来汉。如蕉岭有危险，汉口则不可以言语计矣。抗战绝非短期可了，汉口商业中心，更非可久居之地。倘维诚属个人行动，自较便当，以今日而论，幼民姊弟绝不能片刻无人照料也。望速将弟意转知维诚，不论如何，决不能轻易离开家中，切盼！

这是四行仓库保卫战前夕，谢晋元以"中民弟"之谓写给他的连

襟张萍舟的一封信。从
中可清晰地看出，谢晋
元对战况分析、战事发
展"认识极为清楚"的
情况下，通过亲友进一
步做妻子工作，劝其留
在老家，切不可来武汉，
那样会非常危险。托连
襟在岳母面前代问请

谢晋元与四位连长在一起

安。信中"泰山鸿毛之训，早已了然于胸"之说，更是清晰地表明谢
晋元为了国家，为了和平，他已随时准备牺牲自己，做忠义血诚之士
的坚定决心。

　　1939 年 9 月 18 日谢晋元在孤军营给"双亲大人尊鉴"的信，同样
十分感人。在向父母谈了上海情势日益险恶，敌欲不惜代价，迫其投
降等情况后，谢晋元向自己敬爱的双亲大人袒露心声：

上海四行仓库抗战纪念地晋元纪念广场

　　……大丈夫光
明而生，亦必光明
磊落而死。男对
死生之义，求仁得
仁，泰山鸿毛之旨
熟虑之矣。今日
纵死，而男之英灵
必流芳千古。故
此日险恶之环境，
男从未顾及。如
敌劫持之日，即男
成仁之时。人生

必有一死，此时此境而死，实人生之快事也。

生死存亡之时，谢晋元念及父母儿女，他动情写道：

唯今日对家庭不能无一言：万一不讳，大人切勿悲伤，且应闻此讯以自慰。大人年高，家庭原非富有，可将产业变卖以养余年。男之子女渐长，必使其入学，平时应严格教养，使成良好习惯。幼民姊弟均富天资，除教育费得请政府补助外，大人以下应宜刻苦自励，不轻受人分毫。

信的最后，谢晋元明确告知双亲，他死后如能找到尸体，"应归葬抗战阵亡将士公墓。"并称这封信"所谈各事当为预立之遗嘱。"英雄气概，家国情怀，视死如归，大节大义，令人动容。

中华民国政府授予谢晋元"青天白日勋章"

1941 年 4 月 24 日，谢晋元被汪精卫收买的叛徒杀害。消息一出，举国震惊。上海 30 多万民众自发前往"孤军营"吊唁，瞻仰遗容。国民政府通令嘉奖，追授谢晋元为陆军少将。

为纪念这位抗战英雄，抗战胜利后，上海模范中学更名为上海市晋元高级中学，闸北区"孤军营"原址所在地居委会被命名为"晋元里居民委员会"。2015 年 8 月 13 日，位于上海市晋元路的上海四行仓库抗战纪念地晋元纪念广场正式建成开放，"八百壮士"为主题的抗战纪念雕塑蠡立纪念广场，四行仓库抗战纪念馆也正式落成开馆，并被国务院列入国家级抗战纪念设施、遗址名录。广东省蕉岭县谢晋元故居，被确定为省级文物保护单位和梅州市爱国主义教育基地。

上海市晋元高级中学谢晋元将军铜像

求仁得仁动天地

四行仓库，区区一隅，凝聚起澎湃斗志；八百壮士，血战死守，构筑起铜墙铁壁。头顶扬国旗，脚下守国土，胸中壮国魂。谢晋元运筹帷幄，将兵有道，创造奇迹。他将一个个战斗单元优化组合，出奇用兵，窗自为战，楼自为战，层层抗击，果敢反击。坚守四昼夜，日寇未进一步，阵地未失一寸，尽显血染风采。"孤军营"中虎狼环伺，武装被解，生存恶劣，敌伪威逼利诱，谢晋元不为所动，气节如山，竭诚为民，孤而不困，绝处求生，使之成为上海市民"朝拜的圣地"。将星虽已逝去，仁者大爱归来。血诚忠勇，家国安在，抗战英雄，至伟奇冠！

冼星海

作为音乐工作者
我愿用音乐去战斗

冼星海（1905—1945）

生于澳门，祖籍广东番禺（今广东广州）伟大的音乐家、钢琴家，人民艺术家。自幼酷爱音乐。先后在上海和法国巴黎音乐学院学习音乐与指挥。1938年赴延安，翌年任鲁迅艺术学院音乐系主任。1940年赴苏联考察。1945年病逝于莫斯科。主要作品有《到敌人后方去》《游击队之歌》《在太行山上》等。其创作的精品力作《黄河大合唱》，对激励鼓舞全国军民抗日起到了巨大作用。

冼星海深爱母亲和家人。其给母亲的家书既充满对妈妈的敬意，又清晰地表达了他的抗战激情和对国家之大爱。

"风在吼，马在叫，黄河在咆哮……保卫家乡！保卫黄河！保卫华北！保卫全中国！"每当听到这壮美的歌声和激情澎湃的旋律，人们都不禁为音乐家哪独具匠心的创作和铿锵豪迈的热情所感染。

是的，由光未然作词，冼星海作曲的《黄河大合唱》，一经面世，便引起强烈反响。1939年5月11日，在延安庆祝鲁迅艺术学院成立周年晚会上，冼星海指挥的《黄河大合唱》，一曲终了，在场的毛泽东主席和其他中央领导人连声叫好。周恩来欣然命笔："为抗战发出怒吼，为大众谱出呼声。"更有许多人唱着"风在吼，

冼星海在延安指挥《黄河大合唱》

马在叫"，走向抗日战争最前线。不久全国所有的抗日战场，无不发出"怒吼吧，黄河"的战斗最强音。

有趣的是，由于当时条件差，《黄河大合唱》首演时，仅三把小提琴，低音乐用煤油桶改制，打击乐用茶缸

上阵，却奏响了中国和世界，使之成为一种鼓舞抗战军民英勇杀敌的有力武器。

党中央对冼星海这样的优秀艺术家十分关心。据称，在当时延安的艰苦条件下，中央决定每月给冼星海15元津贴，而当时朱德总司令每月津贴仅有5元。1940年5月，冼星海赴苏联，为大型纪录片《延安与八路军》进行后期制作与配乐。临行前，毛主席在家中专门请他吃饭，为之饯行，体现了党组织对艺术家和特殊人才的关怀与尊重。

国际友人伊斯雷尔·爱波斯坦收藏的《黄河大合唱》总谱

冼星海出生澳门。幼年丧父，家境贫困。由母亲黄苏英抚养成人。为了儿子接受较好的教育，冼星海从6岁起，先后被送到新加坡养正学校和广州的岭南大学（今中山大学），接受音乐训练。在岭大乐队里演奏直箫，后来成了岭南大学附中管弦乐队指挥。因为单簧管吹得好，获得"南国箫手"的称号。1926年至1928年，冼星海先是考入北京大学音乐传习所；随后进入上海国立音乐学院，主修小提琴和钢琴。历经艰辛，于1931年考入巴黎音乐学院高级作曲班，为其尔后回国创作打下了坚实基础。全国抗日战争爆发后，他参加上海话剧界战时演剧二队，进行抗日文艺宣传。他与进步音乐家组织中华歌咏协会，以音乐做武器，为抗日做贡献。1937年12月底，冼星海在致母亲的信中深情地写道：

亲爱的妈妈，我是在上海开火后五天离开那素称安逸的上海的，同行十四人一样地不顾一切向前。但，妈妈，你得明白我们并不是逃难，我们十四个都是救亡的勇士。虽然还没有实现我们预期的愿望，可是我们每一个人都明了了自己对国家应负的责任。

……如果将来中国打胜仗以后，那一切的母亲们和儿子们都能有团叙的一天。国家如果被敌人亡了的话，即使侥幸保存性命，但在贪生怕死的生活和不纯洁的灵魂的痛苦中，比一切肉体的痛苦更甚。

冼星海母亲黄苏英

1937年"八一三"淞沪会战后，冼星海参加上海救亡演剧二队，奔赴各地做抗战宣传，年底时到达武汉，任国民政府军事委员会政治部第三厅主任科员。在风起云涌的救亡运动和不断深入群众的过程中，他与进步音乐家组织中华全国歌咏协会，并在致母亲的信中满怀深情地写道：

冼星海诞辰80周年纪念邮票

我不是一个自私自利、自高自大的音乐家，我要做个生在社会当中的一个救亡伙伴，而且永远地要从社会的底层学习……我常常感到民众的力量最伟大，民众对音乐的需要，尤其在战时，那使我不能不忍痛地离开你而站立在民众当中……

我是一个音乐工作者，我愿意担起音乐在抗战中伟大的任务，希望把洪亮的歌声震动那被压迫的民族，慰藉那负伤的英

洗星海、钱韵玲夫妇

勇战士，团结起那一切苦难的人们……

洗星海在抗日宣传创作中，十分注重"从乡民们实际生活中去产生出来，并且要奠定一种中国民歌的风格，发展为将来的伟大民族的歌曲"。1938 年 11 月，应延安鲁艺聘请，洗星海携妻子钱韵玲来到延安。在短短的几个月时间里，他先后创作出歌剧《军民进行曲》《生产大合唱》《九一八大合唱》等，并发表《论中国音乐的民族形式》一文，系统阐释其音乐创作思想。他时刻不忘"音乐必须真实地表现人民的心灵和具有新的形式、新的和声"。

1939 年 2 月，洗星海获悉光未然新创作成《怒吼吧，黄河！》组诗，听后为之感动。当即决定尽快将其谱成曲，以黄河为题材创作一首大合唱。于是，他把自己关在窑洞里，大门不出，二门不迈，抱病苦干。在妻子钱韵玲的陪伴下，经过六天六夜连续奋战，《黄河大合唱》得以创作成功。后一经演出，便引起轰动。著名钢琴演奏家郎朗曾深有感触地说："《黄河大合唱》是一部伟大作品，每次演奏尤其在国外，都激动不已。"

洗星海还是位丝路音乐使者。1941 年，苏联卫国战争爆发，洗星海辗转来到哈

洗星海全家照

萨克斯坦的阿拉木图。在举目无亲、贫病交加之际，哈萨克音乐家拜卡达莫夫接纳了他，为他提供了一个温暖的家。在阿拉木图，冼星海创作了《民族解放》《神圣之战》《满江红》等著名音乐作品，并根据哈萨克民族英雄阿曼盖尔德的事迹创作出交响诗《阿曼盖尔德》，激励人们为抗击法西斯而战，受到当地民众广泛欢迎。1998年10月7日，阿拉木图市长命令，将市内的弗拉基米尔大街重新命名为冼星

冼星海纪念馆

海大道，并为冼星海竖立纪念碑。用中、哈、俄三种文字镌刻的碑文写道："谨以中国杰出的作曲家，中哈友谊和文化交流的使者冼星海的名字命名此街为冼星海大道。"2013年9月，习近平主席访问哈萨克斯坦时，对此予以高度评价。冼星海的祖籍地广东番禺，为冼星海建立了纪念馆，并连续多年举办"星海艺术节"等大型文艺活动。以表

阿拉木图市的冼星海纪念碑

达人们对这位杰出艺术家的崇敬之情。

洗星海的女儿洗妮娜多次表示，父亲的言行潜移默化影响了自己和家人。决心要成为像父亲一样的知识分子，坚持国家至上，民族至上，人民至上。做一个有"大我"精神的人。

1945年10月，毛泽东得知洗星海在苏联因病医治无效后，亲笔写下悼词"为人民的艺术家洗星海同志致哀"。2009年9月，洗星海被评为"100位为新中国成立作出突出贡献的英雄模范人物"之一。

用音乐去战斗

瞅着日寇的铁蹄肆意践踏，眼见无数的父老乡亲惨遭蹂躏掳杀，目睹祖国的大好河山多处沦陷，每位有良知的国人身在发抖，心在流血。唯有觉醒，必须抗争，打一场中华民族的生死保卫战。音乐家以笔墨做刀枪，以旋律为子弹，以血胆忠魂为依托，借由从心底燃起的复仇怒火，汇聚成一股磅礴力量，与亿万军民一道披挂上阵，义无反顾，奋力一搏。无惧病痛，无休无眠，奋战六昼夜，挥棒第一线，终成经典大作，世代传唱。每一道音符，每一组旋律，每一阵击打，每一轮吟诵合唱，化作一颗颗、一簇簇无形的子弹，射向敌人的心脏。这是黄河力量，正义力量，民族力量，抗战力量，人民艺术家的力量！

王孝慈 向俊安

抗战是伟大的母亲

至死也不愿退过黄河

王孝慈（1905—1992）

原名向宗仁，陕西渭南人。1927年加入中国共产党。1928年参加渭华起义。1930年至1937年在北方从事党的地下工作。1938年后在山西太行山组织和领导平定等地游击队开展抗日斗争。1945年4月，作为正式代表参加党的七大。中华人民共和国成立后，历任全国铁路总工会副主席、北京铁道学院院长、党委书记、甘肃省副省长、全国政协常委等职。

儿子向俊安，从小受父亲影响，思想积极，向往革命。1938年，日寇入侵晋陕地区，正在中学读书的他毅然加入八路军，与父亲并肩抗日，作战英勇。与此同时，王孝慈父子以书信动员家中亲人奔赴抗战第一线与敌做斗争，救亡图存，谱写了一家多人同抗日的壮丽凯歌。

西北风，渭河水，黄土地，陕甘地区是个出硬汉的地方。作为"华夏之根"的渭南，人们通过陕西华县皮影、华阴老腔等地方文化，更能感受到这是个人杰地灵、英雄辈出的红色土地。

王孝慈是从这块土地上走出来的热血男儿、硬汉子。他20岁在西安上学时就积极参加反帝反军阀的斗争。抗日战争爆发后，他跟随陈赓转战山西阳泉、晋中等地，并在平定组成抗日游击队，亲任政委。活动在山西太谷、榆次、昔阳、平定一带，与日寇展开不懈斗争，受到朱德总司令等八路军首长的肯定。他的儿子向俊安受其影响，放下书本，拿起枪，走上抗日战场，父子并肩作战，共同保家卫国，一时传为佳话。

在山河破碎、国家危亡之时，王孝慈希望有更多人投身到抗日洪流中来。1938年10月25日，他给在老家的弟弟向宗圣寄去家书，动员胞弟早日出来共同抗日。为此，王孝慈饱含深情地写道：

"抗战"是我们伟大的母亲，她正在产生新的中国、新的民族、新的人民。我们要在战争环境中受到锻炼，我们要在敌人的炮火下壮大起来。抗战是我们的神圣职责。我们的健康、智慧及勇敢要在抗战中诞生，要在争取抗战胜利中发扬光大，我们要为驱逐日敌寇出中国抗战到底，我们要为争取中华民族解放事业奋斗到底。

接着王孝慈以自己儿子的英勇行为激励胞弟，点燃宗圣心中的抗战热情：

俊安说："我至死也不愿退过黄河！"这句话令人听了如何兴奋、如何激动！这种意识不仅表现了他是我

王孝慈给胞弟向宗圣的家书手迹之一

们的好子弟，并且表现了他是中华民族的好男儿，他是黄帝轩辕氏的好儿女！他不仅是我的儿子，同时他也成了我的战友。

作为哥哥，同胞兄长，为国计，为弟想。王孝慈认真分析，坦诚寄语：

你是一位不满十七岁的青年，正应当在人生的大道上努力前进！你现在过着教书的生活，我认为这是不利于你的前途的。我不愿你把你教师的生活继续下去。你应立即奔上抗日的战场，在战斗的环境中创造你的人生，开辟你的前途！……与俊安、与阿兄、与全中国抗战的朋友们、与全世界拥护正义的人士们，手携手的向光明、向真理的大道前进！

社会主义建设时期的王孝慈

都说父子同心，作为王孝慈的长子向俊安正是如此。几个月前，俊安以书信向九叔及五叔报告自己随学校由陕西渭南转往山西翼城等情况后，即向家中的几位叔叔表达自身抗战决心：

我们的学校要移往翼城县，因战事的影响，我们要组织游击队，要和日本鬼子拼一下，我们以后再见吧！

接着向俊安给两位叔叔提出倡议：

我希望你们在家乡要努力做救亡工作，现在战争已到第二期了，敌人这次的目的要打到潼关，并且在二十日以内要达到目的，我想我们的家乡也站在险要的地位，你们想敌人一到潼关，就等到了西安，我们关中道就无法可当，希望你们在乡村能组织起游击队更好！

在王孝慈父子的影响和鼓动下，向宗圣很快放下教鞭，走出学校，正式报名参加八路军，成为一名冲锋陷阵的战士。

向俊安给两位叔叔的家书手迹

父与子、兄与弟、侄与叔，为了和平，为了抗战，为了千万个家庭和中华民族，王孝慈以情感为纽带，以书信为媒介，在家人间、在队伍里组织并连接起一个个抗日群体，上演出一段段抗战活剧，展现出将星之风采。1945年4月，王孝慈作为正式代表，光荣出席党的七大。并为全国解放和新中国建设做出了重要贡献。

两条硬汉子 一对父子兵

都说打虎亲兄弟，上阵父子兵。王孝慈、向俊安这对父子，为了抗日，怀揣血胆，同上战场。到前线去，到抗战最需要的地方去。面对日寇的烧杀掳掠，铁骑蹂躏，为了救国安民，救亡图存，父子俩亦父亦友，舍小家，为大家，同仇敌忾，同心相映，无惧生死，奔赴抗战一线。不仅如此，阿兄呼阿弟，侄儿唤叔叔，联结亲人，汇聚战友，组织同学，参军杀敌。王孝慈父子以对祖国和人民的赤诚之爱，对侵华日寇的刻骨之恨，用家书和行动向人们诠释了什么是家国情怀，什么叫血性担当。他们面对强敌不畏惧，甘洒热血写春秋的英雄气概，不仅属于那个时代，属于渭河儿女，同样属于伟大的中华民族。

赵一曼

母亲为国牺牲

孩子要代母继续斗争

赵一曼（1905—1936）

原名李坤泰，又名李一超。四川宜宾人。中共党员，抗日民族英雄。毕业于黄埔军校第六期，曾就读于莫斯科中山大学。1931年"九一八"事变后，在沈阳、哈尔滨组织开展反满抗日斗争。1934年先后任中共珠河县铁北区、珠河区委书记并兼任东北人民革命军第三军第二团政委。1935年11月，在对日作战中不幸受伤被捕，1936年8月英勇就义。牺牲前，赵一曼给儿子写有两封遗书。母子之情，家国之爱，震撼人心。

"誓志为人不为家，涉江渡海走天涯。男儿岂是全都好，女子缘何分外差。未惜头颅新故国，甘将热血沃中华。白山黑水除敌寇，笑看旌旗红似花。"这是赵一曼辞家别子赴东北抗战时所作的一首诗，名叫《滨江抒怀》。正是这种坚定的理想信念和革命浪漫主义的情怀支撑，赵一曼到东北后，先是在沈阳、哈尔滨组织开展隐蔽斗争，继而以珠河为中心，将三万多农民组织起来，形成一支抗联队伍，活跃在白山黑水之间，战斗在反满抗日第一线。赵一曼成为东北人民革命军第三军第二团政委后，战士们亲切地称她为"我们的女政委"。由于她作战时常常是一身粗布红衣、一把手枪，骑着一匹白马在枪林弹雨中纵横驰骋，威震敌胆，她被当地百姓誉为"红衣白马女英雄"。

1935年11月，在与日军的一

赵一曼戎装骑马雕像

次作战中，赵一曼率部突围，左腿骨被敌军子弹打断，昏倒在地，不幸被俘。从战地被捕到刑场就义，几个月的时间里，赵一曼经历了敌人的严刑拷打和百般逼供，为了党组织和抗联队伍不被破坏，她坚贞不屈，大义凛然，令敌人束手无策。1936 年 8 月 2 日，赵一曼在被押往刑场的火车上，在生命的最后时刻，她向敌人要来纸和笔，给自己最为牵挂的爱子宁儿写下一封遗书：

赵一曼母子

宁儿：母亲对于你没有能尽到教育的责任，实在是遗憾的事情。母亲因为坚决地做了反满抗日的斗争，今天已经到了牺牲的前夕了。母亲和你在生前是永久没有再见的机会了……我最亲爱的孩子啊！母亲不用千言万语来教育你，就用实行来教育你。在你长大成人之后，希望你不要忘记你的母亲是为国而牺牲的……母亲死后，我的孩子要代替母亲继续斗争，自己壮大成长，来安慰九泉之下的母亲！

这封信的落款是"你的母亲赵一曼于车中"。没有华丽辞藻，没有长篇大论，赵一曼用朴实无华却又饱含深情的话语，向自己最亲最爱的儿子倾吐心声，表达愧疚，寄托希望。可谓字字含泪，句句泣血，使人不忍卒读。

就在写下第一封遗书后，赵一曼很快意识到，凶残的敌人会拿着她的遗书去寻找和迫害她的宁儿。于是，她拿起笔又写了一封与她被捕后编造的假口供一致的另一封遗书。开头便是对儿子特别的思念，同时又表现出特别的无奈：

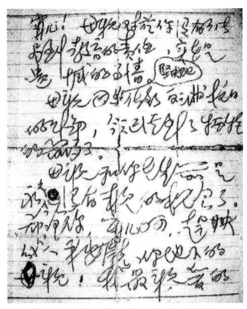
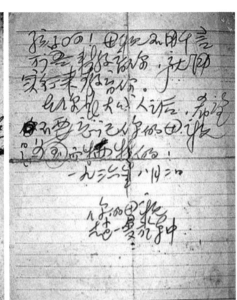

赵一曼遗书，宁儿手抄件

亲爱的我的可怜的孩子：

    母亲到东北来找职业，今天这样不幸的最后，谁又能知道呢？

    母亲的死不足惜，可怜的是我的孩子，没有能给我担任教育的人。母亲死后，我的孩子要代替母亲继续斗争，自己壮大成长，来安慰九泉之下的母亲！你的父亲到东北来死在东北，母亲也步着他的后尘。我的孩子，亲爱的可怜的我的孩子啊！

赵一曼和丈夫陈达邦合成照

    母亲也没有可说的话了，我的孩子要好好学习，就是母亲最后的一线希望。

    一九三六年八月二日在临死前的你的母亲

    这里赵一曼为了既表达与爱子生离死别的特殊情感，又在语境和策略上做了调整。

她称自己"到东北来找职业"，其意是说出来是为了挣钱谋生。同时信中清晰地表明她的丈夫已经死在东北。其实，她的丈夫陈达邦当时被共产国际派到法国工作。赵一曼最后绝笔如此写的目的是为了保护丈夫、保护儿子。只要丈夫不被追杀，儿子便会比较安全。丈夫安在，爱子就不会沦为孤儿。夫妻恩爱，母子连心，斗智斗勇，爱国又爱家，这是赵一曼又一伟大之处。

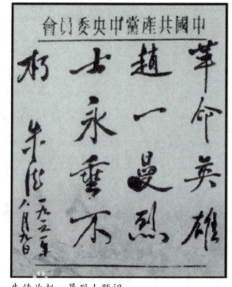

革命英雄赵一曼烈士永垂不朽

一九五三年八月

朱德为赵一曼烈士题词

　　1950 年，赵一曼的故事被拍成电影上映后，轰动全国。赵一曼的丈夫和儿子观看了电影，他们没想到银幕上的抗日英雄，就是他们朝思暮想的妻子和母亲。原来，赵一曼就是李坤泰，最直接的证据来源于一份编号为特密 8853 的日伪滨江省警务厅报告，是后来在审讯日本战犯收集罪证时发现的。消息确认后，宁儿专程赶往东北。睹物思人，泣不成声。在烈士纪念馆，宁儿用笔记下了收录在档案里的母亲写给

赵一曼纪念馆汉白玉雕像

自己的第一封遗书。回家后用钢针蘸着蓝墨水在自己手臂上刺下"赵一曼"三个字。意为铭记母爱，不负所望，爱戴一生。

　　为了永久纪念赵一曼这位抗战英雄，哈尔滨市将她战斗过的一条主街命名为

"一曼大街"，烈士家乡四川宜宾设立了赵一曼纪念馆。电影、舞台剧、话剧《赵一曼》等先后上映，反响热烈。2009年9月，赵一曼被中宣部、中组部等11个部门评为"100位为新中国成立作出突出贡献的英雄模范人物"之一。

红妆白马民族魂

　　宜宾生闺秀，天府出英雄。喝过洋墨水，进过黄埔堂。白山黑水有其策马扬鞭的英姿，密林深处有她曼妙威武的身影。对主义忠贞，对信念坚定，对祖国挚爱。隐姓埋名，冲锋陷阵；一腔热血，反满抗日。点燃的是处处星火，留下的是片片彩虹。赵一曼用行动铸就巾帼风采，书写传奇人生。身处逆境，饱受煎熬，坚贞不屈，大义凛然。囚车里，思骨肉；壮烈时，唤宁儿。赵一曼戴着冰冷的镣铐，写下滚烫家书，留下无尽思念。看似绝笔遗言，唱响的却是生命挽歌。刑场上，倒下的是烈士身躯，挺立的是英雄魂魄，传承的是人间至爱。那一瞬，时空定格，成为永恒！

傅雷

做一个德艺具备人格卓越的艺术家

傅 雷（1908—1966）

字怒安，号怒庵，原江苏省南汇县下沙乡（今上海市浦东新区）人。翻译家、作家、教育家、美术评论家。中国民主促进会缔造者之一。翻译名著有《高老头》《约翰·克利斯朵夫》等。

傅雷为人刚正，勤奋博学，十分注重家庭教育。长子傅聪留学波兰，转赴英国期间，傅雷以惊人的毅力和博大的父爱，通过家书与儿子进行做人、爱国、艺术、感情等全方位的指导和交流，影响很大。著有《傅雷家书》。

在文学翻译界，说到傅雷，那可是鼎鼎大名。三十七载勤耕不辍，译作丰宏，翻译了法、英、美等国著名作家的 34 部作品，完成了约 500 万字的译作。其翻译文章成为中国译界备受推崇的范文，形成了独特的"傅雷体华文语言"，深受读者喜爱。

同样有名的是《傅雷家书》。游子远行，相去万里，傅雷先生念兹在兹，不绝于怀。在夫人朱梅馥的共同参与下，傅雷先生以其丰富的阅历，渊博的学识，深邃的思考，谨严的态度和炽热的情怀，不吝笔墨，不啬大爱，与身在海外的长子傅聪进行了一场长达十二年的史诗般、百科全书式精彩的心灵对话和艺术激荡。

1954 年 1 月，应波兰政府邀请，并受国家文化部委派，傅聪代表中国参加"第五届肖邦国际钢琴比赛"并留学波兰。儿子出息，举家欢喜。作为做父母的更是喜不自胜。

傅雷与夫人朱梅馥

元月中旬，送走儿子后，傅雷连续几个晚上睡不着觉。对儿子怀揣不舍和眷念之余，止不住对既往与儿子相处中的一些过激和不当之处进行反思。他在1954年1月18、19日晚上的信中深情地写道：

老想到五三年正月的事（当年就贝多芬小提琴奏鸣曲哪一首重要的问题，父子二人发生激烈争论。父亲严厉批评与喝责导致倔强的傅聪负气离家出走月余方归）。我良心上的责备简直消释不了。孩子，我虐待了你，我永远对不起你，我永远补赎不了这种罪

傅雷夫妇与儿子傅聪在一起

过！……这些都是一年中常常想到的，不过这几天在脑海中盘旋不去，像噩梦一般。可怜过了45岁，父性才真正觉醒。……孩子，孩子，孩子，我要怎样的拥抱你才能表示我的悔恨与热爱呢？

父亲的真诚、坦荡与正直，不仅赢得了傅聪的理解，融洽了父子感情，更让傅聪懂得了正直、坦诚之于做人的力量。

爱国，是《傅雷家书》中贯穿始终的一个主轴、一块基石。傅雷认为，一个真正的艺术家要永远保持赤子之心。1956年6月上旬，上海市政协组织部分政协委员和社会各界代表人士赴安徽淮南煤矿、佛子岭水库等地参观。一回到家，傅雷就怀着喜悦之情给儿子写信，通报

交流情况：

　　祖国的建设，安徽人民那种急起直追的勇猛精神，叫人真兴奋。各级领导多半是转业的解放军，平易近人，朴素老实，个个亲切可爱。佛子岭的工程全部是自己设计、自己建造的，不但我们看了觉得骄傲，恐怕世界各国都要为之震惊的。……原始、落后、手工业式的矿场，在解放以后的六七年中，一变而为赶上世界水平的现代化矿场，怎能不叫人说是奇迹呢？

傅雷夫人和爱子傅聪、傅敏在一起

　　1957 年 3 月上旬，作为文艺界和党外人士代表，傅雷受邀去北京参加中央宣传工作会议。会上傅雷第一次亲耳听到毛泽东关于党对宣传和文艺工作的重要讲话，特别是毛主席关于文艺要"百花齐放"的精辟论述，让傅雷心潮澎湃，久久不能平静。继 3 月 17 日信后，3 月 18 日深夜于北京又书一封：

　　昨天寄了一信，附传达报告七页。兹又寄上传达报告四页。还有别的材料，回沪整理后再寄。

　　毛主席的讲话，那种口吻，音调，特别亲切平易，极富于幽默感；而且没有教训口气，速度恰当，间以适当的停顿，笔记无法传达。他的马克思主义是到了化境的，随手拈来，都成妙谛，出之以极自然的态度，无形中渗透听众的心。讲话的逻辑都是隐而不露，真是艺术高手。

看了爸爸的几封信和寄发的会议材料，傅聪很有感触，回信中直言："那些材料我看了又看，好多都能背的下来，给我的启发和教育真是无穷，解决了许多我以前没想通的问题，特别是因为我在波兰接触到完全不同的环境。"

1959 年，是傅家经受重大考验的一年。傅雷被打成"右派"，傅聪气走英国并频繁出演。傅雷夫妇感到非常突兀和震惊。国庆节这天，傅雷抱病给儿子写信。

《傅雷家书》

"……你既没有忘怀祖国，祖国也没忘了你，始终给你留着余地，等你醒悟。我相信：祖国的大门是永远向你开着的。""你如今每次登台都与国家面子有关。个人的荣誉得失事小，国家的荣誉得失事大！你既然热爱祖国，这一点尤其不能忘了。"信中特别强调，"为了身体，为了艺术，为了国家的荣誉，你都不能不大大减少你的演出"。"千万别做别人的摇钱树！"一千多字的信中，11 次提及祖国。妈妈也附信叮嘱儿子"不能做有损于国家荣誉的事"。

父母的苦口婆心，让傅聪如醍醐灌顶，猛然醒悟。很快"踩刹车"，做反思，让自己重回正道。止住了各类媒体的喧嚣炒作，维护了国家声誉及个人形象。

为了儿子艺术上的成长和进步，傅雷十年如一日坚持译著、开展艺术评论的同时，始终用自己的知识和智慧，与傅聪相伴同行，做到有问必答，有求必应，有难必帮，无怨无悔。傅雷在 1957 年 3 月 18 日生日的一封信中写道：

亲爱的孩子，听我的话吧，爸爸一颗赤诚的心，忙着为周围的几个朋友打气……当然更要为你这儿子作园丁与警卫的工作：这是我的责任，也是我的乐趣。……万一有什么低潮来，想想你的爸爸举着他一双瘦长的手臂远远的在支撑你。

傅雷给傅聪家书手迹

波兰学习期间，傅聪在演绎莫扎特等大师作品时遇到"天花板"，不知如何诠释和表达大师作品的精神灵魂，写信向老爸求援："请告诉我怎么办吧？"傅雷知道儿子遇到的问题，最主要的是学养跟不上，决心帮他闯过这一关。于是多管齐下"放大招"。让其少练琴，多看书，勤动笔，畜养料，再出发。他亲自上街为儿子选购理论书及学习资料。告知傅聪：

毛选中的《实践论》及《矛盾论》，可多看看，这是一切理论的根底。此次寄给你的书中，一部分是纯理论，可以帮助你对马列主义及辩证法有深切了解。为了加强你的理智和分析能力，帮助你头脑冷静，彻底沟通，马列及辩证法是一条极好的路。

傅雷为儿子傅聪荐读的"两论"

针对傅聪生性有些懒，不善于动笔，甚至有时在求艺精进中回避问题，曾受到傅雷批评，并"逼"他多动笔，注意用真心真情打动他。1955年12月11日深夜，傅雷写道：

别怕我责备！也别怕引起我心烦，爸爸不为儿子烦心，为谁烦心？爸爸不帮助孩子，谁帮助孩子？儿子苦闷不向爸爸求救，向谁求救？你这种顾虑也是一种短视的温情主义，要不得！

此间，傅雷连续四封长信与爱子谈哲学，道艺术，谈哲学与艺术的结合。他为儿子精心挑选《古诗源选》《唐五代词选》《元明散曲选》，吩咐儿子"仔细看"，而且要多看"几遍"。获悉傅聪对艺术方面的希腊精神急于了解，晚年的傅雷不顾体弱多病，前后一个多月以惊人的毅力用蝇头小楷为爱子译稿《艺术哲学》第四篇"希腊雕塑"，装订成一册寄去，以满足傅聪对"希腊精神"的向往。

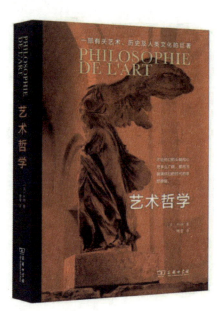

《艺术哲学》

1960 年 8 月下旬，得知儿子与世界著名小提琴演奏家、指挥家耶胡迪·梅纽因的女儿弥拉恋爱，准备择日成婚，傅雷感到"说不出地欢喜与兴奋"。去信向傅聪表示祝贺的同时，深情写道：

对终身伴侣的要求，正如对人生一切的要求一样不能太苛。……我觉得最主要的还是本质的善良，天性的温厚，开阔的胸襟。有了这三样，其他都可以逐渐培养，而且有了这三样，将来即使遇到大大小小的风波也不致变成悲剧。

婚后傅聪和弥拉产下一子，傅雷亲自起名"傅凌霄"。傅聪在父亲的悉心指导帮助下，经过不懈努力，成为世界公认的"音乐巨匠"，业界赋予他"钢琴诗人"之美誉。自 20 世纪 70 年代中期，多次回国献演。2013年，年近八旬的傅聪与上海音乐学院签订三年合约，定期来沪给钢琴大师班学生授课，大家亲切地尊称他为"傅爷"。傅聪用行动践诺了父亲生前对他的要求："做一个德艺俱备，人格卓越的艺术家。"

傅聪给钢琴大师班学生讲授

悉心撑托　家教典范

　　以信为媒，笔耕不辍，殷殷寄盼，相切相磋。十二载光阴，家书洋洋洒洒几十万字。暖孩子须有爱，教儿子应有料，服下辈必有格。这方面傅雷做到了。他时而"滴灌"时而"喷洒"，每封家书皆为量身定制。傅雷的教子成功，绝不仅仅是培养了一位世界级钢琴大师，而是其教子理念的正确和做人精神的坚守。教子中，傅雷将自家的"小我"与国家的"大我"紧密结合，将东方智慧和西方文化有机衔接，将责人与责己、强儿与强身臻于统一。其正直、至诚、坚韧与追求卓越的人格风范，或许在他的教子之道中占有更多、更重的分量和成色，更具感染力和说服力。

高捷成

救国才能顾家

国亡家安在

高捷成（1909—1943）

福建龙溪县（今福建漳州）人。厦门大学经济系毕业。1932年参加红军。历任宣传队长、总务处长、教育科长、会计科长等职。为红军会计制度创始人。1938年随八路军129师挺进太行山地区，任冀南区税务总局局长及晋冀豫财经处处长等职。创建冀南银行，为该行首任行长兼政委。1943年5月在河北省内丘县组织突围时壮烈牺牲，时年34岁。

高捷成革命理想坚定，立志抗战救国。他将对父母妻儿之爱深深埋在心里。外出六年后，给家人写有一封家书，饱含深情，表达斗志，重诚守信，十分感人。

"行无固址随军游，工无桌椅在炕头。有事即办无日夜，钱账随身安无忧。"这首由冀南银行员工写就的打油诗，真实地再现了抗战岁月里"马背银行"的工作场景。"马背银行"的创始人，就是中国人民银行前身之一的冀南银行首任行长高捷成。

高捷成早年在上海投身革命，后因时局动荡回漳州老家，在其宗叔开办的百川银庄任出纳。1932年4月，红军攻克漳州，高捷成协助红军算账筹款，后正式参加红军，以其出色表现，成为"红军会计制度创始人""我党金融事业的奠基人之一"。

"国家兴亡，匹夫有责。"高捷成是位热血男儿，有着强烈的家国情怀。在国家民族危难之时，他毅然选择放弃较为安逸的生活，顶着"不孝不义"之名，与父母妻儿等不辞而别，奔向抗战救亡第一线。参加长征，

转战中的"马背银行"

转战太行，创建冀南银行。他对家人有着深深眷念。1937年4月10日，高捷成从陕北延安给宗叔寄回一封家书，读来十分感人。开头便道：

> 开国宗叔大人台鉴：我自从"九一八"东北事变、"一·二八"上海抗战之后，悲愤交集，誓不求中华民族之解放，当不为中华民族黄帝子孙之一人！决心从戎，于是仓卒离家，一切骨肉亲戚朋友无暇顾及辞别，至今思维尤为怅然！

冀南银行旧址

接着高捷成对自己离家六年"音讯全无"，让宗叔和诸位亲戚朋友担忧，"或以为我这个不肖高家浪荡子弟，弃家离伦，不孝不义"表示某种自责和愧疚后，铿然写道：

> 这是从戎的决心，这是救国抗战为国牺牲坚决的立志！救国才能顾家，国亡家安在！而不是断绝人伦的无条件的弃家而不顾！想或可以原谅于我吧！

在告知宗叔这些年在外东西奔波，南北追逐，雪山草地，万里长征，历经千辛万苦，在所不辞，为的是挽救国家的危亡。"在外并未重建家庭，个人独身，精神上尚可安乐"等情况后，继而怀着"迫切"之愿望，向宗叔了解父母兄弟健康状况，了解百川银庄发展扩大等情况。一声"我的内室弃庭改嫁否？我的小儿活泼否？"念妻望子，言短意长，令人感动。

我所欠挂百川银庄二万多元的债，时刻记念在心，本利至今当在三万余。国家得救，民族得存，清债还利当不短欠分文，望勿挂念、怨恨，谨此奉达！敬请商安！附来像片两张，请转一张给我家，给一张敬献你大人存念。

这封以"不肖浪荡宗侄，高捷成敬上"发出的不平凡的家书，从中展现出了高捷成深通事理，胸怀大局，注重"小孝"，更重"大孝"的至尊秉性，也让我们清晰地看到他那对宗叔亲友间有借有还，重诚守信的高贵品格。

值得一提的是，这封分别六年后迟来的家书，几经辗转到了高家人手中，"内室"高蔡宝（原名蔡淑宝，捷成牺牲后改名）及其家人为偿还债务，高家变卖多处祖产，蔡宝更是变卖自己所有首饰，甚至一度落魄到靠打工还债，过着颠沛流离的生活。她在漫长的等待中与夫书相伴，视家书为宝，并尽力兑现夫君"清债还利"的郑重承诺，扛起这份责任。

令人痛心的是，1943年5月一个雨日的下午，在敌人对冀南地区发动的又一次大规模扫荡中，为了组织和掩护同志们突围，高捷成不幸被敌人的子弹击中，光荣牺牲，年仅34岁。邓小平得知这一消息后，心情沉痛地说："捷成同志的牺牲，这是一个很大的损失！"

对于这些，高家人当时一无所知。直至中华人民共和国成立后，时任中央人民政府内务部部长谢觉哉同志寻访而来，方才有

抗战中高捷成（右）与战友在一起

所获悉。得知丈夫牺牲的消息，高莱宝强忍悲痛，擦干眼泪对高家人说："你爷爷虽然没留给我们什么物质财富，但却给了我们一笔巨大的精神财富。"如今高捷成的这封纸面已经泛黄的家书，依然由高家后人珍藏，并作为传家宝代代相传。

电影《红色金融家——高捷成》漳州首映式

　　高捷成同志虽已逝去，但国家和人民没有忘记他。2014年高捷成被列为民政部公布的第一批300名著名抗日英烈之一。2019年10月，由高捷成家乡漳州市芗城区委、区人民政府出品的漳州首部本土红色历史人物的传记电影《红色金融家——高捷成》正式上映，反响热烈。

金融一"高"

　　别妻离子，弃商从戎，抗战救国，甘洒一腔热血。头顶敌机轰鸣，脚下狼烟四起，马背上驮着抗战生计。生就的"理财头脑"，炽热的革命情怀，从漳州到瑞金，从冀南到太行，深山沟里忙印钞，峻岭岩洞玩躲藏，未雨绸缪建制度，斗智斗勇升币值。高捷成将诸多不可能变为可能，当家理财，创造奇迹。在救亡图存的舞台上导演出一幕幕精彩而又生动的金融活剧。"红色金融家"高捷成，这是一个英雄的名字。祖国不会忘记，人民不会忘记，家乡和亲人永远铭记，巍巍太行与君同在！

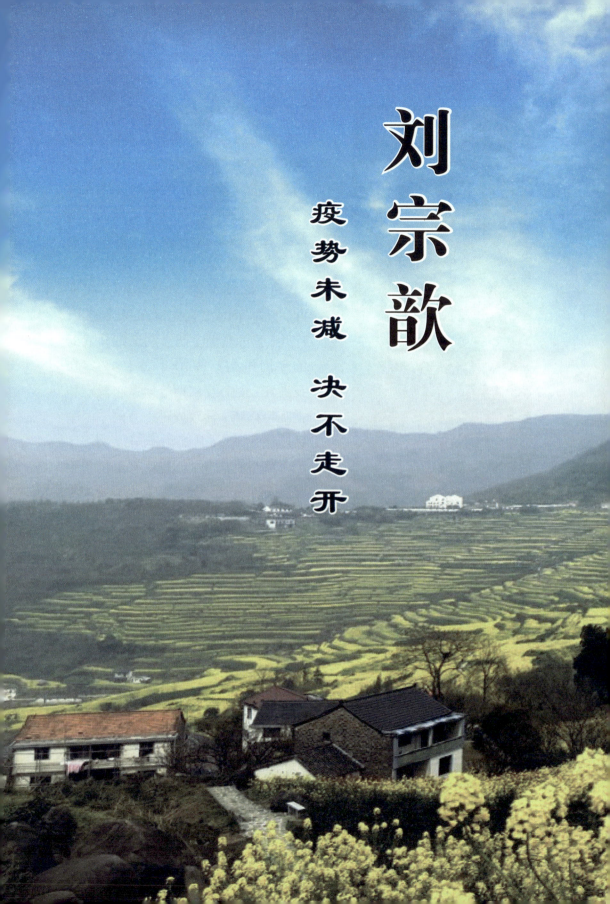

刘宗歆

疫势未减 决不走开

刘宗歆（1912—1941）

浙江上虞人。1933年考入同济大学医学院。他勤奋学习，积极参加抗日救亡运动。1938年大学毕业后，加入中国红十字会救护总队担任医疗队长，1940年至1941年担任医务主任。先后在浙江衢县、义乌参加和担任抗击日军实施的细菌战，不幸染上鼠疫，以身殉职，年仅29岁。

在祖国和人民需要的时候，刘宗歆置个人生死于不顾，舍小家为大家，奋力救治百姓。其给亲人的几封家书，语言朴实，情真意切，不愧为一位优秀的白衣天使。

731部队，一个令人恐怖的番号。这是侵华日军为掩人耳目，在中国专门从事细菌战的特种部队。它们通过以人体活体试验等灭绝人性的手段制造细菌和病毒，造成人工瘟疫。石井四郎这个杀人狂魔始作俑者，是这支部队的核心人物。

1935年至第二次世界大战期间，日本帝国主义先后在我国东北、广州、南京等地，建立制造细菌武器的专门机构。1940年至1942年在我浙江、湖南及江西等地撒布鼠疫和霍乱等病毒，导致成千上万的中国军民惨遭残杀。

哪里有虐杀，哪里就有反抗和救援。全面抗战爆发后，毕业于同济大学医学专业的刘宗歆，积极加入中国红十字会医疗救护队，开展战地救援。1941年，日军在浙江义乌、金华等地，播撒鼠疫病毒，对中国手无寸

位于辽宁沈阳的侵华日军731部队遗址

铁的百姓实施细菌战。刘宗歆不顾个人生命危险，奔赴一线，救治百姓，消除疫情。其中几通家书充分反映这位优秀青年医务人员的壮志情怀和感人一面。

日军惨无人道的活体实验

　　四妹：来信收到，谢谢您为二因日夜操劳！这孩子的身体本弱，又遭灾难，如今还能平安归来，又寄居在尊府，这是他的造化。将来如能长大成业，他该向您表示无限的恩谊。

　　这是 1938 年 6 月 11 日刘宗歆给妻妹（陈丽）信中开头的一段话。原来刘宗歆为了一心抗日，他将年幼的儿子寄养在岳父家，并请妻妹悉心照顾。在表达谢意，谈了夏天如何防治孩子疮毒等情况后，刘宗歆对自己下步去向和工作表明心声。他在信中写道：

　　我现在又加入红十字会医疗队了，大考已完，成绩还满意。两三天后，就动身到金华去。金华现在比较是算前方了，伤兵很多，没有好医生来救护，医官都是不好的。金华现在虽然比较的危险，但我们仍是前去，多少人被枪杀了，多少财产土

刘宗歆给妻妹陈丽的信

刘宗歆给爱妻舍子家书手迹

地被毁灭劫去了，难道我个人的生命还过分的重视！我很高兴能到前方去……

金华救治任务结束后，刘宗歆于1940年12月28日，被中国红十字会救护总队调派为672队医务队长，后又被聘任为浙江省衢县临时防疫处隔离医院医务主任。1941年6月，日军在浙江多地播撒鼠疫病毒，实施细菌战，义乌是重灾区。刘宗歆奉命奔赴一线，设法抢救遇难百姓。这年12月26日他在给妻子（舍子）陈娟的信中这样写道：

舍子：十日来信收到，我在义乌诊治鼠疫病人已得五十多人，半死半活（发病后一天内服药者多治愈，二天后服药者多死亡），疫势未减，很忙短时间不能走开，涛子很好，有潘家叫人何小姐照料大概还可以，家乡雅世伯来信平安我怕不能回乡啊。

信中，刘宗歆在与妻子谈了回乡感想及两个孩子的生活安排等情况后，知道长时间离家在外，母亲一定想念牵挂。宗歆在家书的最后特地嘱托妻子"母亲劝劝她说我明年一定来看她，保重身体要紧"。孝子之心，跃然纸上。

让人痛心的是，刘宗

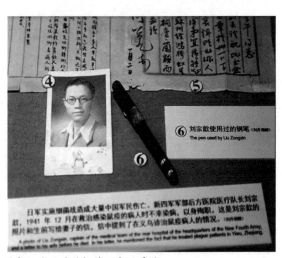

刘宗歆使用过的钢笔及书信手迹

侵华日军细菌战史实义乌展览馆

歆给妻子的信发出没几天，在一次紧急出诊，他未顾上仔细穿好防护服，不幸染上鼠疫，抢救未果，不几日就去世了。

宗歆去世后，中国红十字会医疗队领导和同事们十分悲痛，先后通过写信和登门看望，帮助料理后事等方式，对宗歆表示哀悼，对其家人表示慰问。同事毕骏选在给宗歆父亲刘祝三的信中这样写道：

……噩耗传来，我失良友，国殇壮士，实难自抑。然如宗歆兄者，以济世活人之心，置身危险而不顾，是其成功且成仁矣，其人虽死英灵必长存也！犹希老伯大人节哀处逆，其夫人来沪未返，其公子涛侄留衢，见其零丁尤为可悲，晚必善为谈理，略表存心而已。现正与各学友筹商善后，以抚遗孤，而慰英灵。肃此驰闻，敬颂尊安。

1986 年，民政部给刘宗歆家属颁发了烈士证。2005 年，为纪念中国人民抗日战争胜利 60 周年，侵华日军细菌战史实义乌展览馆正式开馆，成为又

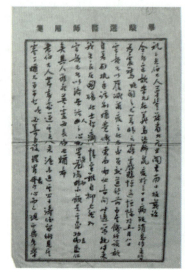

红十字会医疗大队队长何鸣九和医师毕骏选写给刘宗歆父亲刘祝三书信手迹

一处爱国主义教育基地。刘宗歆烈士在抗敌细菌战中舍己救人，冲锋一线，以身殉国。这是侵华日军对中国人民欠下的又一血债，也是日寇在华实施细菌战的又一铁证。

义乌和平公园侵华日军细菌战史实陈列馆一角

很高兴能到前方去

到前方去，到抗疫一线去，到祖国和人民最需要的地方去。作为一名普通医生，面对日本法西斯对国人实施鼠疫战、生化战这一毫无底线、惨无人道的虐杀行径，刘宗歆从后方到前线，从红会队长到医务主任，临危受命，果敢逆行，济世救人，以身殉国。在特殊战线上谱写了一曲舍生忘死、奋力救人的壮丽凯歌。临终前思念慈母，眷顾妻儿，彰显人间至爱。保家卫国，血胆男儿，宗歆献忠心，生死两相宜，祖国和人民永远不会忘记。

何功伟

为天地存正气 为个人全人格

何功伟（1915—1941）

又名何彬、何斌，湖北咸宁人。1936年加入中国共产党。1938年8月任中共鄂南特委书记，1940年5月任中共湘鄂西区党委书记，同年8月任鄂西特委书记。他才华出众，能诗文，擅歌唱，革命理想坚定，组织领导能力强。1941年1月，由于叛徒出卖，不幸被捕，于11月英勇就义，时年26岁。何功伟牺牲后，《解放日报》发表社论《悼殉难者》。

何功伟入狱期间，国民党特务对其威逼利诱，设计千里探儿，欲使何功伟"转变"与屈服，遭到拒绝。其《狱中给父亲的信》等三封家书，至情至性，大节大义，感人至深。

"少小曾怀国难忧，长成誓雪万民仇。汉江怒吼天迟曙，海上流亡志幸酬。铁马金戈战敌伪，高歌壮语励同囚。忠贞哪惜头颅掷，含笑刑场典范留。"这首诗，是对党的儿子、青年楷模何功伟同志一生的真实写照。

1941年元月至11月间，时任中共鄂西特委书记的何功伟，因叛徒出卖，被捕入狱。监狱里，面对国民党特务的严刑拷打、威逼利诱、劝降"感化"等阴谋，何功伟不为所动，笑对生死。1941年11月17日，在湖北恩施方家坝五道涧刑场惨遭杀害。

何功伟牺牲后，时任中共中央南方局书记周恩来亲自给党中央报告情况，毛泽东批示追悼纪念。1942年6月7日，党中央、延安各界在八路军大礼堂举行何功伟、刘惠馨同志追悼大会，《解放日报》发表社论，予

1937年，何功伟欢送钱远镜赴延安抗大学习时的临别题词

以深切悼念和缅怀。

何功伟是位有志青年，胸怀革命理想。自 1936 年在上海加入中国共产党后，矢志为党和人民事业奉献一切。他在湖北恩施被捕后，将监狱当战场，视难友为战友，通过与敌辩论、赋诗填词、谱写歌曲和写家书

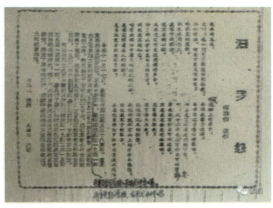

何功伟狱中遗作《泪罗怨》

等多种方式与敌做斗争。不仅激励自己，而且很好地鼓舞感召了狱友和家人。

为从情感和心理上战胜何功伟，根据国民党第六战区司令长官、湖北省政府主席陈诚之命，敌人试图通过"亲情牌"感化和打动他。于是，专门派人将何父何楚瑛接来做工作。得知这一消息后，为劝阻父亲不要来恩施，何功伟写下了著名的《狱中给父亲的信》，共 1000 多字。信中直陈父子之情，纵论时局大势，将生死置之度外，告知父亲不要上敌人的当。他在信中这样写道：

> 儿不肖，连年远游，既未能承欢膝下，复不克分持家计。只冀抗战胜利，返里有期，河山还我之日，即天伦叙乐之时……

国运大于亲情，这是何功伟做出的伟大抉择。

> 当局正促儿"转变"，或无意必欲置之于死，然揆诸宁不屈之义，儿除慷慨就死外，绝无他途可循。儿蝼蚁之命，死何足惜……微闻当局已电召大人来施，意在挟大人以屈儿。而奈儿献身真理，早具决心，苟义之所在，纵刀锯斧钺加诸项颈，父母兄弟环泣于前，此心亦不可动，此志万不可移！

继而动之以情，晓之以理，向父亲申明大义：

　　……惟恳大人移所以爱儿者以爱天下无数万人之儿女，以爱抗战死难烈士之遗孤，以爱流离失所无家可归之难童，庶儿之冤死，或正足以显示大人之慈祥伟大。

字字铿锵，掷地有声。那种"以天下人为念"、舍生取义的革命者的气度风范，令人动容。

这封信，被特务截留后送给了陈诚。陈诚看后，不无感慨。在信上批了"此人伟大"四个字，将信扣下。

念及骨肉亲情和救儿心切的何父，来到恩施后，国民党特务对老人甜言蜜语、欺骗利诱。声称"只要何功伟回心转意，登报声明脱离共产党，马上就可出狱，如果何功伟愿意，还可出国留学"。当老人把这些话告诉儿子时，何功伟知道父亲被敌人的鬼话蒙骗，提醒父亲千万不能上当。果决地告诉父亲："我抗日救国无罪，为共产主义献身，我死而无怨！"

千里探监为救儿，当面讲不通，何楚瑛就在恩施城给儿子写了一封信，苦言相劝。针对父亲的情感和思想，何功伟既为父爱的真挚所感动，又为父亲的短视而痛心。为说服父亲，何功伟再次给父亲写信。他动情而又坚定地说道：

何功伟狱中写给父亲的遗书（部分）

　　……今日跪接慈谕，训戒谆谆，一字一泪，不忍卒读。鸟能反哺，獭知报本，儿独何心，能不断肠……而儿之所以始终背弃大人养育之恩，断绝妻子之爱，每顾而不悔者，实不愿背弃绝大多数人之永久利益以换取吾一家之幸福也。谁无妻儿？儿安忍出卖大众，牺牲他人，苟全一己之私爱？儿决心牺牲个人，以利社会国家，粉身碎骨，此志不渝！

何功伟与妻儿

当老人最后一次探监并哭诉道："陈诚主席说了，不要你写自首书，只要你点一下头，就可以跟我回去。儿啊，你就点一下头吧！"说完，竟跪在到了儿子面前。何功伟将父亲扶起，斩钉截铁地说："爷啊！我为天地存正气，为个人全人格，头可断，不可点！"

何楚瑛知道儿意已决，感佩交加。老人怀着无比沉痛和惆怅的心情与何功伟话别，并帮助儿子给组织和他的爱人各带去一封信。何功伟在给爱妻许云的诀别信中写道：

云妹：在临刑前不能最后的和你见一面，不能吻一吻我们的小宝宝了！我一定坚守阶级立场，保持无产阶级的清白，忠实于党。告诉我们所有的朋友们，加倍地努力吧，把革命红旗举得更高。好好地教养我们的后代，继续完成我们未完的事业！

何功伟英勇就义后，许云遵照丈夫的遗愿，给孩子取名"何继伟"。意为励儿继续完成父亲未竟的革命事业。

1949 年，恩施解放后，人民政府将何功伟等烈士遗骨迁葬于五峰山烈士陵园，修建了烈士纪念碑。2000年，恩施方家坝村更名为何功伟村，方家坝小学更名为何功伟小学。何功伟烈士的家乡湖北省咸宁市桂花镇中田畈村修建了烈士纪念园，桂花中学更名为何功伟中学。何功伟在恩施、咸宁的烈士陵园，成为当地的爱国主义教育基地。

恩施烈士陵园何功伟雕像

青年楷模

26岁，正值青春年华、大有可为之时。辗转征战，主政鄂西，一生为党，一心为民。虽身陷囹圄，不坠青云之志。面对敌人的威逼利诱和种种阴谋，何功伟将真理举过头顶，视名节重于泰山，融主义于血液之中。宁愿站着死，绝不跪着生。坚贞不屈，大义凛然。念父恩，别公私；想妻儿，话诀别。三封家书，三重境界，泣血情深。让领袖动容，叫战友生敬，令敌人胆寒。面对刽子手的屠刀，何功伟的年轻生命虽然画上了休止符，但他的英名，他的风骨，将永久镌刻在山村、学校和广袤的大地上。

毛岸英

我绝不能也绝不愿违背原则做事

毛岸英（1922—1950）

　　出生于湖南长沙。毛泽东和杨开慧的大儿子。毕业于苏联伏龙芝军事学院。幼年坐牢、流浪，受尽苦难。后在党组织的帮助下，去苏联生活、学习。苏联卫国战争期间，参加苏军大反攻，率坦克连随大部队攻克柏林。

　　1946年初回国后，先后学农学工、参加土地改革。1950年10月19日，赴朝参战，任中国人民志愿军司令部俄语翻译和秘书。同年11月25日在朝鲜战场上壮烈牺牲，安葬于朝鲜平安南道桧仓郡中国人民志愿军烈士陵园。生前多封家书，展示其壮美人生。2009年9月，被评为"100位新中国成立以来感动中国人物"之一。

　　"儿子回来了！"这对于朝夕相处的寻常人来说算不上什么，对于作为父亲的毛泽东来说，可是天大的喜事、好事。

　　1946年1月7日，经过在苏联长达9年的学习和磨炼之后，毛岸英回到延安。听说儿子回来，毛泽东很高兴，亲自到机场迎接。须知，这是毛泽东、毛岸英19年来的第一次父子相逢。19年，七千多个日日夜夜，爱子回到祖国，来到身边，毛泽东可谓喜不自胜，感慨万千！

　　毛岸英，这是一个英雄的名字；毛岸英，这是一个饱受苦难的孩子。幼年时经历坎坷，毛岸英曾带着年幼

幼年时的毛岸英（右一）、毛岸青和母亲杨开慧在一起

的弟弟毛岸青，一度流浪街头，当报童、卖油条、推板车、捡破烂，换来一点钱购物充饥，维系生命。直至1936年，在地下党组织的帮助下岸英、岸青兄弟俩被转送到莫斯科

毛岸英在苏联与友人在一起

的一家国际儿童院，开始学习俄语，这才有了一个相对稳定的生活。

毛岸英年少懂事，颇有志向。1941年6月，纳粹德国向苏联发动闪击战，苏德战争爆发。随着战争形势的日趋严峻，为了苏联人民的独立和自由，在战争最艰苦的时刻他曾直接向苏联最高统帅斯大林同志写信请战，坚决要求上战场，可谓一腔热血。经过军事院校的培训，1944年毛岸英被授予苏军中尉军衔，成为一名坦克连指导员。随后参加了苏军的大反攻，在白俄罗斯第一方面军建制内随大部队一直打到柏林。作战中，毛岸英不怕牺牲，英勇顽强，指挥有方，出色地完成了上级交给的任务。战后，斯大林同志在莫斯科接见了毛岸英，并赠给他一支手枪做纪念。这支手枪伴随毛岸英一直到抗美援朝战场上牺牲的那一刻。

毛岸英回国后不久，在陕北农村上了"劳动大学"。毛岸英脱去大头皮鞋，换上父亲送给他的硬帮布鞋，穿上父亲穿过的打了不少补丁的灰布棉袄和大裤裆的棉裤走进了吴家枣园。他跟着劳动模范吴满有等学会了犁地，学会了种洋芋，像大家一样脖子上挂个布袋，一手抓粪，一手点种。他很快和农民兄弟打成一片。

几年间，经过学农学工，参加土改和在机关部门的学习锻炼，加之父亲的教诲和平日里的耳濡目染，毛岸英原先肚子里的"洋墨水"和中

国当下的"土实际"开始交互渗透并发酵。他明白了很多事理，对底层、对人生、对权利、对社会、对未来，有了许多自己的认识和思考。

1949年10月，舅父杨开智托人找他安排工作，条件是"希望在长沙有厅长方面的位置"。对舅舅的这种要求，毛岸英在请表舅向三立转达的信中明确写道：

> 我非常替他惭愧，新的时代，这种一步登高的做官思想，已是极端落后了。而尤以通过我父亲即能上任，更是要不得的想法。新中国之所以不同于旧中国，共产党之所以不同于国民党，毛泽东之所以不同于蒋介石，毛泽东的子女、妻舅之所以不同于蒋介石的子女、妻舅，除了其他更基本的原因外，正在于此。

毛岸英与刘思齐在北京

经历过苦难历练和战斗洗礼的毛岸英，对舅舅所为继续分析开导：皇亲贵戚，仗势发财，少数人统治多数人的时代已经一去不复返了。靠自己的劳动和才能吃饭的时代已经来临了。而这一层，舅父恐怕还没有觉悟，望他慢慢觉悟，否则很难在新中国工作下去。

在谈了共产党和国民党的本质区别和如何看待人情等问题后，岸英明确地表明态度：

　　我绝不能也绝不愿违背原则做事……至于我的父亲他是对那种谋私利、搞特殊最坚决的反对者。

　　……我爱我的外祖母，我对她有深厚的感情。但她现在也许会骂我不孝，我得忍受这种骂。

　　对于曾和杨开慧、毛岸英一起坐牢的保姆孙嫂来信谈到家庭困难，女儿想进保育院等事宜，毛岸英给予了同

1950年春，毛岸英回湖南老家与家人合影

情和理解，并向有关组织报告，请组织出面给予合理解决。毛岸英还特地给孙嫂写了一封五页纸的长信。信中和孙嫂谈家庭、谈工作、谈学习、谈生活，温暖可人。并在信的最后亲切地写道：

　　岸青问你好，我父亲也问候你，并望你绝不退步，跟着大众前进！

　　1950年10月，美帝国主义侵略朝鲜，并把战火烧到了鸭绿江边，烧到了中国的家门口。毛泽东决定组建中国人民志愿军，抗美援朝，保家卫国，并向全国发出动员令。毛岸英得知后第一时间报名请战，并很快得到父亲支持。

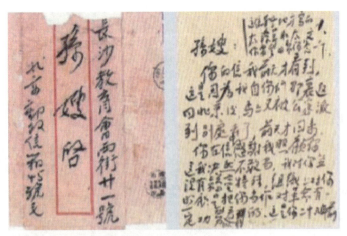

毛岸英给孙嫂书信手迹（部分）

1950 年 11月 25 日，美军派出 12 架轰炸机分四批对志愿者大榆洞指挥部进行轮番轰炸，投掷重磅燃烧弹。为抢救文件、作战地图等，毛岸英不幸壮烈牺牲，享年 28 岁。毛岸英牺牲后，时任朝鲜最高领导人金日成，志愿军总司令彭德怀等给予其高度评价。周恩来总理深切感言"毛岸英的牺牲，对党，尤其对主席，都是一个无法挽回的损失！"

2009 年中华人民共和国成立 60 周年之际，毛岸英被评为"100

1950年10月，毛岸英（后排左二站立者）赴朝鲜前在辽宁丹东与部分战友合影

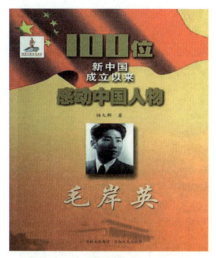

2009年，毛岸英被评为"100位新中国成立以来感动中国人物"之一

位新中国成立以来感动中国人物"之一。2018年7月27日，朝鲜祖国解放战争胜利65周年之际，朝鲜最高领导人金正恩率党政军负责人，向中国人民志愿军烈士塔和毛岸英烈士墓敬献了花圈，予以深切缅怀和哀悼。

老兵感言
★

"不孝"之孝，大美也

古有大义灭亲，今有叛逆"不孝"。杨开智对于毛岸英来说，前者是至亲长辈，且是有恩之人，但是毛岸英做事有原则。当得知舅父开口，为的是走旁门左道，升官发财，外甥却不以为然，给予当头棒喝。父亲的教诲，家风的熏陶，底层的呼声，社会之现状，毛岸英以党和人民利益为重，恪守规矩，坚持原则。敢于和善于向嫡亲长辈说"不"，是对国家和人民最大的忠和孝。其心高洁，其情可鉴，为之点赞！

成贻宾

面向未来　为新生而战

成贻宾（1927—1949）

江苏宝应人。自幼聪慧。先后就读于江苏省立扬州实验小学、省立如皋师范附属小学，升入宝应县中学，因品学兼优，获得免费入学的奖励。高中阶段，就读于南京模范中学。1947年夏，考入国立中央大学。1949年4月1日，积极参与驻宁高校组织的"反对假和平，实行真和平"街头游行示威活动，担任宣传鼓动工作。遭国民党军警围攻殴打，因伤势过重，于4月19日凌晨壮烈牺牲，年仅22岁。

成贻宾热爱生活，追求爱情。17岁时写下著名的《给未婚妻的信》，拟定"新生十条"、决心"自我革命"，共同成长，广受好评。

钟山肃穆，扬子悲泣。历史总会将一些人铭记。《南京红色日历——"四一"惨案》中清晰地写着这样的话：1949年4月19日，南京解放的前四天，年仅22岁的成贻宾牺牲，成为"雨花台最后一位烈士"。英年早逝，不禁让人唏嘘不已。

成贻宾从小就很聪明，4岁时就能吟诗作对。1947年夏，成贻宾高中毕业，同时报考清华大学、英士大学和中央大学，均被录取。因经济拮据，就近选择了南京国立中央大学。他选择了电机系，目的是毕业后去参加YVA（开发长江水利电力资源）工程，建设扬子江水电站，即今天的三峡水利枢纽。

成贻宾是位进步青年，热血男儿。他在时刻关心国家的前途命运，积极参加学生会和有关社团活动的同时，注重规划人生，向往美好生

> 四一的血衣含着市民的泪
> 四一的血棍毒打和平的心
> 四一的血痕烙出实践的印
> 四一的血光照亮昏暗的天
>
> 献给
>
> 成贻宾 同学
>
> ·中大法律科学研究会敬赠·

国立中央大学法律科学研究会向成贻宾致敬词

成贻宾牺牲时穿的青呢中山装

活，追求高尚爱情。1942年，尚在中学读书的他，暑假中与家乡女孩彭毓芬一见钟情。两年后写下了有名的《给未婚妻的信》，提出"自我革命"的"新生十大信条"，展示理想抱负，与相爱的人互勉共励。

他在给"芬"的这封特殊情书中，与女友谈人生，道学术：

一个新生，是一定有着新的人生观。新的人生观，是活泼的、乐观的、健全的。

一个新生，一定有丰富的学术、丰富的学识，来源于正确的理解、仔细的观察。

他与恋人话纪律，说品格：

一个新生，一定是有纪律的生活，严格地律己，忠诚地待人。

一个新生，一定有果敢的毅力。要咬紧牙关，不屈不挠地，和黑暗的阻挠斗争。

一个新生，一定有高尚的品格，不欺骗人，同时也不欺骗自己。

国立中央大学社团对成贻宾的致敬词

他和爱侣论简约朴质，叙家国情怀：

一个新生，一定是勤俭的，能自己做的事，必得自己去做，能省的费用，必得节省。

一个新生，一定是乐群助人的。不可自私自利，要随时牺牲自己，为了大众。

一个新生，一定是朴实的。不唱高调，不蹈浮夸，而切实地努力于工作和事业。

一个新生，一定是爱国家、爱民族的。同时也是爱父母、爱师长、爱一切可爱的人的。

成贻宾（后排左一）和家人的合影

第十条，成贻宾亮出自己的婚恋观：

一个新生，一定有着高贵的爱情，要始终亲爱、谅解、安慰这甜蜜的爱人。

信的最后，成贻宾坦诚而又坚定地对自己的心上人写道：

芬，你以为这十条太空洞、太广泛么，或者是太夸大么？是的，一个人绝对难于同时具备这个条件的，但是我愿把它作为我的十块指路牌，努力地向"新生"猛进！

"新生十条"，不是成贻宾的一时心血来潮，是他在年假期间，"检讨了所有的过去，同时计划了将来"，经过深思熟虑形成的，属于有感而发。他认为，年轻人不能虚度光阴，蹉跎岁月，"要注意将来，把握现在，得有'自我革命'的必要"，决心与未来的她共同去经营和"创造一个新的生命"，开启新的征程。

成贻宾是这么说的，更是这么做的。他处处严格要求自己，全面锻炼提高。考入国立中央大学后，他把彭毓芬也带到了南京，鼓励她学习幼教，报效祖国。

成贻宾女友彭毓芬

这对年轻的爱侣，不仅生活上互相照顾，思想上也共同进步。虽然都是穷学生，但十分恩爱。一到周末，成贻宾就去打工赚钱，补贴生活，给彭毓芬买好吃的。冬天水冷刺骨，成贻宾心疼毓芬，从来不让她洗衣服，总是自己抢着洗。

成贻宾牺牲后，彭毓芬终日以泪洗面，悲痛不已。毓芬十分珍惜这段感情她将成贻宾的遗物用心珍藏。直到1956年才正式嫁人。2008年，82岁高龄的彭毓芬弥留之际，还在叫着成贻宾的名字，念叨着"成贻宾是多么好的一个人啊，如果他不那么早牺牲，一定是一名优秀的科学家，能为祖国做出很多贡献"。

如今，成贻宾在南京雨花台烈士陵园安息。这里是我国目前规模最大的纪念性陵园、全国重点文物保护单位、全国爱国主义教育

成贻宾给女友毓芬书信手迹

示范基地。2016 年 9 月，雨花台烈士陵园入选"首批中国 20 世纪建筑遗产"名录，每年都有大批来自海内外和全国各地的人们前来瞻仰和悼念。

南京雨花台烈士陵园烈士群雕像

人生要有"指路牌"

　　成贻宾给未婚妻的信，有些特别。说它是情书，却很少甜言蜜语；道它是宣言，却透着几多温馨。一个青年学生，遇上心仪的女孩，不是山盟海誓，卿卿我我，而是以一种沉着理性、守正求进、立足当下、面向未来、励志成长之态，牵着恋人的手，暖着情侣的心，窃窃私语，悄然攥拳，砥砺前行。追得清醒，爱得自觉，处得真切。区区几句，短短十条，足以架起人生的七梁八柱。穷并快乐着，爱并成长着。知人者胜，自律者强。成贻宾用"自我革命"的使命自觉和行动自觉，为己指路，携手同行，让爱情成为"加油站""发动机"，不失为相恋相爱的高贵之举。

单声

我爱中国文化

我爱我的祖国

单 声（1929年至今）

出生于上海，祖籍江苏泰州，法学博士，旅英侨领。热心公益事业和中外友好交流。心系海峡两岸统一，被誉为倡导和推动"立法促统"第一人。全英华人华侨中国统一促进会总会长，中国和平统一促进会理事，中国侨联特聘顾问。多次受邀出席中华人民共和国国庆周年庆典及香港回归和特区政府成立庆典等重大国事活动。心系故乡，捐献文物，捐资助学，支援地方建设，被授予"泰州市荣誉市民"称号和"感动泰州"十大人物。重视家风建设，家书温暖可人，情意满满。

侨领单声，一个响亮的名字。在欧洲侨界，提到单声，可谓无人不知，无人不晓。在国内，但凡到泰州参观过单声珍藏文物馆或是了解他的人，都会对其平生敬意。作为法学博士和爱国侨领，单声有一个最大心愿，即推动祖国早日实现和平统一。为此，几十年来，单声初衷不改，全身心投入，广受赞誉。

2004年5月9日，时任国务院总理温家宝访问英国，在伦敦与当地华人代表座谈时，76岁高龄的单声当面向总理提出："在目前'台独'势力猖獗的情况下，我们建议国家制定统一法，一定要尽快制定，而且刻不容缓。"温总理当即表示："你关于祖国统一的意见非常重要，我们会认真考虑。"仅仅三天后，国台办新闻发言人在新闻发布会上明确表示："包括以法律手段促进国家统一的建

2000年，单声先生在全球华侨华人推动中国和平统一大会上积极呼吁"反独促统"并与友人合影

议，中国政府都会认真考虑并予以采纳"。2005年3月14日，十届全国人大三次会议以无反对票通过《反分裂国家法》。时任国家主席胡锦涛当日签署第34号主席令，自签发之日起生效。得知这一消息后，单声颇为激动："这是一部好法，十分必要，非常及时。我们要继续努力，捍卫法律权威，不使任何形式的'台独'分裂图谋实现。"单声晚年立下誓言："祖国不统一，我永远不退休。"可谓"铁杆"爱国。

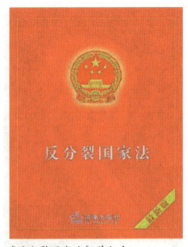

《反分裂国家法》单行本

单声的爱国，良好的家风家教是其重要原因之一。其父单毓华早年留学日本东京政法大学，后成为"上海十大名律师"之一。他经常教育子女"我们的根在中国，在故乡"。他寄望儿女们将来无论走多远，飞多高，不能忘记祖国，忘却自己的"衣胞地"。1951年5月20日，单声即将赴法留学，临行前的深夜，单毓华以毛笔小楷给爱子写了一封信。信中写道：

2016年10月，在家乡泰州单声对《八儿远行书》予以确认并亲笔写上"单氏家训"

勤学、卫生，早起、早卧，
不作无益，闲写书法，
爱国、爱家、爱故乡。

这封名为"八儿远行书"的
家书，语言朴实，简要明了，意涵
深刻。一次交谈中，单老深有感

泰州市市长徐郭平与单声为单声珍藏文物馆揭牌

触地说："这封家书渗透着父亲对我的关心和爱。特别是最后一句话，
短短 7 个字，影响我一生。我要把它作为单氏家训，代代传下去。"

受父辈的教诲和影响，单声对家乡泰州有着深深的爱。2007 年 6
月，单声夫妇携子女和亲属从英国、法国、西班牙等地齐聚故乡泰州，
共同出席单毓华、单声爱国主义事迹陈列馆落成仪式，参观工厂学校
和有关座谈联谊活动。2011 年再次组织成行。他说带孩子和亲友们
一起回来，就是让他们亲眼看看家乡的风貌，亲身感受家乡人民对海
外游子的真挚情怀，引导他们更多更好地关注家乡，支持家乡。他将

单声携家人来泰州开展"寻根之旅"时合影

322件文物捐献给家乡，当地政府为此设立单声珍藏文物馆。现已成为泰州市爱国主义教育基地、中国华侨国际文化交流基地、中华文化海外交流基地等。2010年12月，单声光荣当

单声夫妇为单声教育奖学金获奖的优秀学子颁奖并出席中国华侨国际文化交流基地揭牌仪式

选"感动泰州"十大人物。2008年至今，单声教育奖学基金会已连续十多年为家乡泰州市海陵区360余名品学兼优生颁发奖学金。

常写家书，互动传情，遥寄思念，关心儿孙成长，共享天伦之乐，是单声的又一特点。女儿单黛娜出生英国，女婿钱法仁出生法国，2001年起定居北京，现已儿孙满堂。单老与他们书信往来频繁。

想到你们七八月就要回欧洲，就感觉到十分高兴。老年人最感到安慰的是与小辈们常在一起。前些时，叫Bob替你们存入美金伍佰到香港你们户头内，想银行早已通知……希望在过港时这笔钱可以够用。

单声夫妇给女儿女婿及外孙的家书手迹

这是 1980 年夏单声以父母之名给女儿、女婿和外孙家书中的一段话。清晰直白地表达了其期待与"小辈们"相见团聚的心声。信中还提及其他孩子"找对象"以及对女婿到银行界就业的相关看法与建议。并情不自禁地告诉女儿全家：

单声夫妇在伦敦寓所前合影

"英国天气甚好，我们常有唱戏会及郊游旅行。"最后叮咛祝福道："你们什么时候来英，盼早通知以作准备也。祝顺心如意！"念子之心，盼聚之情，跃然纸上。

单声非常重视对中华优秀传统文化的学习研究。2003 年 3 月初，他从陕西一家报纸上看到一则有关考古发现的报道，标题为《有望解开单氏家族之谜》。出土的三足附耳"逨盘"铭文，记载了单氏家族自文王以来的历史和单氏家族 8 代与周朝 11 代 12 王的对应关系。铭文记载单氏家族中的"单佐"是该家族中的第八代人。单声获悉后十分高兴。很快将剪报寄发女儿、女婿，得知他们没有收到，紧接着又是书信、又是剪报，再次寄发。

2004年4月，单声于伦敦题字手迹

剪报已寄出多日，来电总说未收到，兹再寄上。红笔勾出是较重要点。看不明，请爷爷代为解读。单氏家族在三千年前周朝文王、武王时代曾是主要贵族（见报载）。必须让小辈们知道，勿随便与洋人成婚至要。

单声夫妇给女儿女婿寄发的剪报及附信

落款是"父字 癸未年春于英居"。信短意长，值得玩味。

单声关心时事政治，注重对儿女的即时教育。2006年4月5日，他在人民日报海外版看到一则"因犯滥用职权罪四川原副省长李达昌一审被判7年"的报道，在寄上剪报的同时，给女儿、女婿附信：

四川省副省长，当年曾喧喝一时，与法仁熟识，2001年去四川在成都遇到此君。报载滥用职权，被判7年徒刑，令人难以置信。如此文质彬彬学者、高官，竟落此下场。

在以"专此顺颂，如意顺心"署上父母名和时间后，其他什么也没说，利索收尾。这是单声教育子女的高明、高妙之处。他深知女儿、女婿都是聪明人，无须多讲什么，他们会从中读懂一些东西，引为镜鉴。真是用心良苦。

单声不仅关心儿女、家人的思想、政治觉悟，日常生活、身体健康方面也很关注。2009年6月31日，他在向女儿、女婿通报自己携夫人即将抵北京开会，随后去上海参观世博会，并应邀去安徽考察等情况后，关切地写道：

> 七月中会在北京见面，天气炎热，必须注意饮食卫生，勿忘病从口入，祸从口出。祝顺心如意！

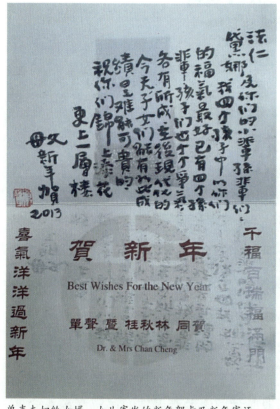

单声夫妇给女婿、女儿寄发的新年贺卡及新年寄语

每逢佳节倍思亲。新年将至，已是曾外公的单老，更是对儿孙们倍增思念之情。2013年春节前夕，他和夫人桂秋林在一张贺年卡上向"法仁、黛娜及你们的小辈孙辈们"送上深情祝福：

> 我四个孩子中，以你们的福气最好，已有四个孙辈，孩子们也个个争气，各有所成，在后现代化的今天，子女们能有如此成绩，是难能可贵的。祝你们锦上添花，更上一层楼。

温暖的话语中，单声掩饰不住内心的喜悦和快慰。其时贤婿钱法仁执掌法国亚义赛公司及其北京代表处并经营有方，全球知名，之后荣任法中科技交流委员会副主席。女儿黛娜在古典建筑研究和设计方面也取得成果。儿孙们个个优秀，老人当然很高兴。

作为杰出的华侨华人代表，单声先后应邀参加中华人民共和国国

单声在英国伦敦家中

庆 40 周年、50 周年和 60 周年庆典，出席香港回归交接仪式和香港特别行政区成立庆典等重大国事活动，曾多次受到党和国家领导人接见，堪称华侨楷模。

赤子之心　大爱无疆

银须白发，诉说岁月沧桑；爱国思乡，彰显赤子情怀。越洋求学，攻读法律，应用法条，勤问国是，打造一身铠甲。身为全英华人华侨中国统一促进会总会长，单声不浪虚名，不负众望。以祖国为后盾，视统一为己任，紧盯"台独"分裂活动，推动两岸和平统一，在欧洲和全球各地奔走呼号，凝聚力量。紧要时，面对国家领导人，果敢发声，当面建言，加快立法，反独促统，刻不容缓！"国家不统一，我就不退休。"每个细胞里装满了祖国，每根血管里澎湃着遏独。虽已耄耋，心却年轻；生命不息，战斗不止。谨遵父嘱，情系桑梓，念及家人，回报故乡，在其家书和力行中挥洒与流淌，奉献无私和大爱。这便是高尚！

黄继光

不立功　不下战场

黄继光（1931—1952）

四川省中江县人，民族英雄。1951年入伍，任中国人民志愿军15军45师135团2营6连的通讯员、代理班长、突击队队员。1952年10月20日在朝鲜上甘岭地区攻打597.9高地战斗中光荣牺牲，年仅21岁。黄继光牺牲后，被中国人民志愿军领导机关追记特功，并授予"特级英雄"称号；所在部队党委追授他为中国共产党正式党员；朝鲜民主主义人民共和国最高人民会议常务委员会授予他"朝鲜民主主义人民共和国英雄"称号，并授予其金星奖章和一级国旗勋章。生前，黄继光给母亲的一封信很感人。他用行动践诺了"不立功不下战场"的铮铮誓言。

川中大地，山峦起伏，江水荡漾，芍药竞放。这里养育了一位伟大的国际主义英雄，他的名字叫黄继光。

黄继光幼年丧父，家境贫穷。十岁时就给地主打工，受尽了剥削和压迫。继光的母亲在给毛主席的信中这样写道：

1949年2月，家里没有吃的东西，继光到河沟里捞虾子，碰到伪甲长的一条狗被人打死在河沟里。伪甲长不分青红皂白一口咬定是继光打死的，叫他背死狗游街，并要我家给狗买棺材、做道场。那时简直是没有我们穷人的活路啊！

苦难和屈辱让黄继光从小养成了倔强懂事的性格。1949年11月，黄

1986年朝鲜电影《火红的山脊》讴歌英雄黄继光

继光的家乡解放了。他积极参加清匪反霸斗争，当选为村儿童团团长，带领民兵活捉逃亡地主，搜出伪保长私藏的枪支弹药，被评为民兵模范。1951年3月，中江县征集志愿军新兵时，黄继光在村里第一个报了名。有趣的是继光因幼时营养不足，身材较矮，差点被淘汰。最后是带兵的

营长被黄继光坚定的革命信仰和炽烈的参军热情所感动，才同意"破格"招录。入伍后，黄继光的"小宇宙"开始爆发，他样样工作干得出色，先是入团，继又立功，

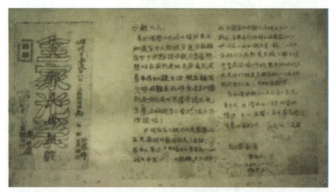

黄继光给母亲邓芳芝的书信（部分影印件）

他决心去前线奋勇杀敌，再立新功，用实际行动报答母亲养育之恩和祖国人民的关爱。1952年4月底，部队进至五圣山前沿阵地接防后，黄继光利用战斗间隙饱含深情地给妈妈写去一封信：

母亲大人：

　　男於阳历十月二十六日接到来信，知道家中人都很安康，目前虽然有些少困难，请母亲不要忧愁。想咱在前封建地主压迫下，过着牛马奴隶生活，现在虽有少些困难是能够度过去的，要知道咱们英明共产党伟大领袖毛主席正确领导下，幸福的日子还在后头呢！

　　黄继光是位有志青年，热血男儿。面对战场上随时可能出现的危险与不测，他深感使命在身，无上光荣。他在信中坚定地表示：

　　母亲大人，男现在为了祖国人民需要站在光荣战斗最前面，为了全祖国家中人等幸福日子，男有决心在战斗中为人民服务，不立功不

黄继光所在师在朝鲜战场为黄继光镌刻的纪念碑碑文

下战场！请家中母亲及哥嫂弟弟不必挂念，在革命部队上级爱戴如父母，同志之间如亲兄弟一般，一切在祖国人民热爱支援下虽在战斗中是很愉快的。男决心把母亲来信变为实际行动来回答祖国人民对我们关怀和对家中期望。

信的最后"请母亲大人及全家人等保重身体"，并回信一封。诚祝母亲"玉体安康！"落款是"儿：黄继光"。

上甘岭战役中，有个特别的提法，叫"范佛里特弹药量"。说的是时任"联合国军"地面部队指挥官、美国第8集团军司令官范佛里特。此人是美军中最不吝惜炮弹的将军，逢战先用炮，用则用到疯狂。有此作战风格，他指挥的第8集团军炮弹配发基数常常远远超过美国陆军作战规定。据《第十五军军史》记载，仅1952年10月14日当天，美军就向上甘岭地区的537.7高地和597.9高地疯狂发射30余万发炮弹，投掷500多枚重磅航弹。原先苦心构建的地表工事荡然无存，连山体岩石都被扒了几层皮。碎石、弹片、焦土堆积一尺多厚。在敌我武器装备极度悬殊的情况下，志愿军将士，硬是靠无畏精神和血肉之躯与敌人反复争夺，牢牢坚守阵地，为了胜利舍身堵枪口，黄继光就是这样一位忠心赤胆、英勇无畏的战士。

"为了上甘岭战役的胜利，黄继光在子弹手雷全部用光，身体多处受伤的情况下，拼尽全身力气扑向敌人的碉堡射孔，用胸膛堵住敌人的枪口而壮烈牺牲。他用年轻的生命，为部队开辟了胜利前进的道路。"平时和黄继光最要好的战友山东淄博李继德老人深情回忆。

国际英雄的背后，有一位平凡而又伟大的母亲。1953年1月20日，邓芳芝给毛主席写信，她在向主席报告了全家曾经受剥削受压迫的苦难身世，如今在共产党的领导下，翻身得解放，开始过上好日子等情况后，动情地写道：

黄继光母亲邓芳芝

现在，继光虽然光荣牺牲了，但千千万万的青年都愿作我的儿女。他们都表示要学习继光的精神，为保卫和建设我们伟大的祖国，把战斗、工作和学习搞好，这就是我最大的安慰。我一定要鼓励他们为保卫祖国和世界和平，继续英勇杀敌和努力生产，早日打垮美国鬼子，为继光报仇。同时，我还要把我的小儿继恕教育好，教他学哥哥的样子，争取当国家的英雄和模范。

信中明确表示，作为村中的妇女代表，决心在群众中处处发挥带头作用，"争取当一个革命烈士的家属模范"，去北京看望毛主席。在给"英勇的志愿军同志们，我亲爱的儿女们"写信时，黄妈妈深情地说："我失去了一个儿子，现在却有了千千万万个儿子。"

1953年4月，黄继光的母亲邓芳芝作为全国妇女代表应邀出席了全国妇女大会。毛泽东主席特地请她到中南海做客，表达对这位英雄母亲的敬意。同时，号召大家都要向英雄黄继光学习。

60多年过去了，直至今天，"黄继光英雄连"（现为中央军委授予的"模范空降兵连"）每天的晚点名时，连长都要首先高呼"第一兵"

空降兵某部的《黄继光英雄连》雕塑

的光荣名字"黄继光"，全连官兵齐声应答"到"！

2009年9月黄继光被中宣部、中组部等11个部门评为"100位为建立新中国作出突出贡献的英雄模范人物"之一。

英雄精神永驻

战场上，面对腥风血雨，面对生死考验，黄继光毫无惧色，即便是献出年轻而又宝贵的生命也在所不惜；间隙中，战士思念母亲，惦记家人，更有对幸福生活的无限憧憬和期待。一个饱经苦难的穷孩子，参军入伍并很快奔赴抗美援朝前线时，饱含对祖国的忠，对敌人的恨，对家人的爱，黄继光以其血肉丰满、血性铸就的高贵灵魂，在作战最紧要时刻，舍身堵枪口，血染军旗红，同时也将英雄的名字永远镌刻在朝鲜大地上。著名诗人臧克家说得好："有的人活着他已经死了，有的人死了他还活着。"黄继光就是这样一位平凡而又伟大的国际主义战士。英雄连队的"第一兵"，英雄母亲的好儿子，毛主席的好战士，黄继光将世世代代活在中朝两国人民心中。

金茂芳

建立革命友谊

树立革命感情

金茂芳（1933年至今）

回族，山东济宁人。中华人民共和国第一代女拖拉机手，新疆建设兵团第一代进疆女兵，第一代女拖拉机手。艰苦奋斗，拼搏奉献，先后获得"全国劳模""全国三八红旗手"等荣誉称号。受到周恩来总理等党和国家领导人的接见。

金茂芳爱国、爱疆、爱家人。虽然文化程度不高，写给丈夫王盛基的信，却非常感人。婚后，夫妇情意笃厚，患难相知，成为一对相敬相爱的革命伴侣。

2019年10月下旬的一天，新疆石河子万亩棉田棉桃吐絮，渐次进入成熟期。田埂边，一位满头银发的老太太，手捧着新摘的几朵棉花，久久凝视着正在作业的现代化智能农机，感到由衷的欣喜和兴奋。特别是当她坐上装有GPS（全球定位系统）导航、动力换挡、驾驶舱还配有空调的新型国产拖拉机时，既惊奇又羡慕，赞不绝口，乐得像个孩子。她就是中华人民共和国第一代女拖拉机手的金茂芳。

金茂芳出生在山东济宁的一个地主家庭。1952年5月，新疆生产建设兵团到山东招女兵，得知消息后，她不顾家人反对，连夜从乡下

青年金茂芳驾驶拖拉机机耕

跑到县城报名并获得批准。入疆后，保育员、护士等工作她不干，愣是选择又脏又累，来到通常只有男同志干的机耕队开拖拉机。

她发挥自己个子高、劲儿大、特别能吃苦的优势，甩开膀子干。丰收繁忙时期，不顾烈日炎炎，

新疆生产建设兵团军垦博物馆馆藏金茂芳驾驶过的拖拉机

金茂芳曾连续3天4夜不休息，驾驶拖拉机抢收。也曾在零下45摄氏度的严冬，克服机油太稠点不着火等重重困难，坚持犁田作业。1958年至1964年，金茂芳担任机车组组长的7年间，开渠犁地，一年四季连轴转，驾驶她的斯大林80号拖拉机，创下了7年完成20年任务的记录。多次被评为新疆维吾尔自治区、新疆生产建设兵团劳模，进而获得"全国劳模""全国三八红旗手""最美奋斗者"等荣誉称号。被誉为"戈壁母亲"。先后受到周恩来、朱德、邓小平等党和国家领导人接见。

因其突出的贡献和风采，金茂芳驾驶拖拉机的形象被当作原型，印在1960年版第三套1元人民币上。她驾驶过的拖拉机被新疆生产建设

以金茂芳为原型的1960年第三版1元人民币

兵团军垦博物馆收藏，现为国家一级革命文物。

金茂芳、王盛基及子女

金茂芳重事业，懂生活。1953年，经领导同意，他与自己眼中的篮球健将、单位同事王盛基恋爱。定情物是盛基给她买的两双红黑白三道道的袜子。

爱上一个人，就要表白，就要大胆追求。1955年3月26日这天，金茂芳把压在心里的好多话，通过一封信写给自己的心上人"盛基"。

首先向您做亲切的感谢和崇高的敬礼，您对我的帮助，但您向我提出的几个意见，我想主要产生的根源是我平日生活不紧张、散漫而遭受到骄傲不虚心、不联系广大同志，使同志对自己造成了不好的空气。但这种不好的空气，今后我向您保证有决心有信心地改正，并希望您多加帮助。特别是我对自己身体爱护上是不够的，像吃零食、喝生水、吃辣子等，这是对身体有很大的害处，以后会造成不好的后果，今后我一定克服。

这封信读起来有些拗口，语句也有点不通顺。这是因为金茂芳原本文化程度不高，到兵团后接受培训教育才学了点文化，但我们看到了一颗赤诚的心。

新疆《戈壁母亲》雕像

这个问题您提出的意见，我考虑了好久，不过我有这样几个意见补充：您说再叫我重新去选择，这我是绝对不会有的。你想有多少女同志给男同志乱谈，造成了同志反映是如何，如果我要有这种做法，同志们会有什么样的反映对待我。

当时，王盛基为对方着想，让金茂芳重找，执着、倔强的金茂芳可不干，于是有了上述坚定态度。继而写道：

现在我的意见，是我们在不断的帮助中互相建立起革命友谊，树立起革命的感情，共同提高工作效率，加强学习。等到了以后再谈是否可以呀？

如果您对我在思想上有什么不好意思说出来，我想以后这问题不直接地谈清，可以不可以，直接谈清，不要表现出特别谦虚的样子。

从这里可以看出，金茂芳是很喜欢盛基的，并且表现出粗中有细，理性实际的恋友情怀：暂时不结婚可以，但我俩要继续相处相爱。不过我提出的意见，是我思想所想象的，如您有什么建议，以后有一个适当的时间，我们可以当面交换意见。等有时间，我们再约会好吗？

信的最后，特别温暖而又体贴地叮嘱自己的心上人"要很好地爱护身体，有病就休息，不要坚持工作"，并以"芳"落款。

1956年，单位批准了金茂芳和王盛基的结婚申请。拍结婚照那天，金茂芳特意去理发店烫了个发，美美地拍了张结婚照。两人婚后生活甜蜜而又幸福。1972年，王盛基身患癌症去世，金茂芳悲痛不已。此后，金茂芳含辛茹苦，将与盛基一起领养的一儿一女抚养成人。

晚年的金茂芳在练习书法

晚年的金茂芳，不仅享受着儿孙满堂的天伦之乐，还积极参加各种公益活动，继续发挥余热，奉献爱心。为隆重庆祝中华人民共和国成立70周年，2019年，由中宣部、中组部、中央军委政治工作部等九部委联合主办并评选表彰的"最美奋斗者"中，金茂芳名列其中，并在北京受到表彰。

金茂芳在参加公益活动时讲话

老兵感言

犁出来的最美人生

"出生不由己，道路可选择。"用劳动洗刷不好的家庭出生，用汗水创造美好的未来。60多年间，金茂芳扎根戈壁，奉献边疆，热爱农垦。驾驶拖拉机，7年干了20年的活，刷新了多项纪录，创造了机耕奇迹。这种精神，这份拼搏，这等能量，是其从心底迸发出来的。当兵的选择，组织的培养，爱情的滋润，总理的教诲与鼓励，让"人民币姑娘"有了无穷的动力。再苦再累心里甜，苦干实干拼命干。金茂芳为了理想，奉献青春，以苦为乐，以耕为荣，犁出了农垦戍边的壮美人生。

李世忠 李万君

像灯一样照亮前程

儿子努力吧

李世忠（1943年至今）

吉林长春客车厂职工，参与建造中国第一辆客车，第一辆地铁，曾7次当选厂劳模。

李万君（1968年至今）

1987年参加工作，中车长客有限公司高级技师，"高铁焊接大师"，荣获"中华技能大奖"。获得"大国工匠""全国劳动模范""全国优秀共产党员""感动中国"十大人物之一等殊荣。党的十八大、十九大代表。

父子书，家国情，报国志，对李万君逆境中成长成才发挥了重要作用。

中国人注重"关系"。诸如家国关系、人文关系、官商关系、亲情关系等。

吉林长春客车厂的这对爷儿俩，"关系"倒有些既普通又特别。普通的是，因血缘而成为父子关系。父亲李世忠，儿子李万君。特别的是，父子同在一个厂，都是电焊工。父早进，儿晚到。父亲教儿怎么操焊枪，立志向，战苦累，求精进；儿子学父亲怎么做人，如何爱岗敬业、争先当模范。当是地道的"师徒关系""师友关系"。如今他们还是各有所长、彼此欣赏的"粉丝关系"。

李万君回忆道："小时候，每当父亲从厂里获得大红花和劳模证书时，我们全家都特别高兴。成为像父

李世忠年轻时工作照

亲一样的劳动模
范，是我一直的心
愿。"李世忠呢，儿
子在省市和国家的
技能大赛中屡屡获
奖，获批成立国家
级焊接技能工艺大
师工作室，成为
"大国工匠""全国
劳模""全国优秀

中车长春轨道客车股份有限公司（前身为长春客车厂）

共产党员"，并在北京人民大会堂代表全国劳模暨先进工作者宣读倡议
书时，老爷子常常掩饰不住内心的喜悦："儿子对中车、对高铁、对国
家有贡献，我为他感到自豪！"

　　李世忠曾是长春客车厂第一代职工，参与制造中国第一辆客车、
第一辆地铁，长期坚守焊接第一线，不惧苦和累，是连续多年的厂劳
模。他为人做事，爱岗敬业，在全厂可是赫赫有名。李万君1987年初
入职，被分配到电焊车间水箱工段搞焊接。炎热的盛夏，车间里火星
四溅，烟雾弥漫，声音刺耳，味道呛鼻；冬天在水池里作业，脚上穿着
水靴子，身上得挂一层冰。不到一年，一起入厂的28个小伙伴中25
人离职而去。李万君留了下来。厂里要求每人每月焊100只水箱，他
总会多焊20只；厂里每人两年一套工作服，他一年要磨破四五套。师
傅们都说这孩子黏人，问问题太细。1997年，李万君首次代表长春客
车厂参加长春市技能焊工大赛，虽是最年轻的选手，三种焊法，三个焊
件，三个第一名尽收囊中。

　　其实，当初看到年轻工友们纷纷调职离去，李万君也动过心。可
后来父亲说服他留了下来，一干就是30多年，并且要继续干下去。那
么，当年李世忠是怎样说服儿子，并让李万君一直坚守焊接岗位并取
得成功的呢？请看父亲李世忠给儿子的一封信：

儿子，时间过得太快了，转眼之间，你入厂好几个月了，你才19岁呀，正是长身体求知识的时候啊，从小没有挨过累。现在你技学成功，爸爸知道电焊工是很脏的、很累的，28名同学在半年之内，陆续走了25个。你也动心了，听你母亲说，你也要调走，叫我找老同学调一个好的车间，换一下工种，爸爸是工人，知道你的工作又苦又脏又累，更可怕的是一不注意电焊打眼睛遭罪啊，这事爸爸都知道，也很心疼你。爸爸又一想，脏或累，活儿总得有人干，大家都走了，谁来完成任务啊。灯在光天化日下不能引人瞩目，只有在黑夜才显示他的光辉。你要像灯一样发挥光亮，照亮前程。儿子，努力吧！

李世忠除了在精神上鼓励，生活上关心，还在技术上指导，细节上帮助。他因地制宜，变废为宝，经常找来老旧的焊条，废弃的角料给儿

李万君在中车长客一线车间焊接

子练习。常常一天下来，李万君能练掉300多根焊条。功夫不负有心人。李万君先后获得市级、省级和全国技能大赛奖，练就多手绝活，成为"大国工匠"。国家人社部在其工作单位批准成立了首个国家级焊接技能工艺大师工作室。他不仅给企业内部和吉林省其他企业焊工搞培训，还远赴新疆阿勒泰地区培训400多名技术工人。用万君的话说："技能，传承下去才有价值。"2005年，新加坡一家公司以其十倍的月薪聘请李万君去工作，被他拒绝了。理由很简单，"钱永远挣不到头，没有中车长客，没赶上高铁时代，咱啥也不是。

2015年，李万君代表全国劳模和先进工作者在人民大会堂宣读倡议书

人不能忘本，咱得回报企业，报效国家"。

2017 年 10 月，李万君光荣出席党的十九大。对此他深有感触地说："作为生产一线的代表，五年前我参加了党的十八大，如今又参加十九大，我感到非常光荣。党的十九大报告提出，要建设知识型、技能型、创新型劳动者大军，弘扬劳模精神和工匠精神。作为新时代的技术工人，我们要有更强烈的使命感和责任感，要在生产中不断攻关创新，要把自己手中的产品做好、做活、做精，把其做成艺术品，实现技能报国。"

这是李万君的心声，是其父子和家人的心声，一定意义上也是全

大国工匠宣传画

国各行各业产业
工人创新发展、
技能报国的共同
心声。中国高铁
不断提速升级，
李世忠、李万君
父子情系其中，
得愿所偿。

李万君光荣当选"感动中国"2016年度人物

父子同心　齐力断金

　　都说知子莫若父。作为父亲的李世忠，寄予对客车厂几十
年的特殊情感、职业素养，凭着对儿子李万君禀赋天性的深切
了解，父亲用一封短短的家书，便"点化"和感动了儿子。在
平凡中平凡，在尽头处超越。30多年的不离不弃和执着坚守，
李万君不仅创造了"环口焊接七步法"的绝活，而且带领团队
完成技术创新150多项，申报国家专利20余项。凭借世界一流
的构架焊接技艺成了过得硬的"大国工匠"，被誉为"高铁焊
接大师"，同行交口称赞的"工人院士"。挺过来便是出息，
创新中开拓未来，奋斗者最光荣。这样的父子之心，岗位之
爱，职业情怀，一旦闪光迸发，将是产业之幸，国之大幸。

余旭

画出亮丽色彩

奉献美好青春

余 旭（1986—2016）

四川崇州人。空军上尉，中国首批歼击机女飞行员，中国第一位歼-10战斗机女飞行员。八一飞行表演队中队长。2009年10月1日参加中华人民共和国国庆60周年阅兵。2015年3月，作为中国首批歼击机女飞行员赴马来西亚兰卡威进行首次海外飞行表演。

2016年11月12日，八一飞行表演队在唐山市玉田县的飞行训练中，余旭跳伞失败，壮烈牺牲，被批准为革命烈士。

2009年国庆阅兵前夕，余旭给爸妈的信，饱含深情，非常感人。

航空飞行表演，被业界誉为"刀尖上的舞者"。蓝天精灵余旭，就是这样一位优秀舞者。作为空中玫瑰，余旭还有自己多姿多彩的一面。

"在空中把自己当作女汉子，回到地面做一个女孩儿。"这是余旭给自己的定位。

一头齐肩中长发，白净的脸上架着太阳镜，随便往哪儿一站，英气十足。记者们眼中的余旭。

"女汉子"余旭，并非戏言。"不管训练多辛苦，我好像从来没有退缩过，从来没有。"在战友心目中，余旭热爱空军飞行事业，勤学好钻，勇于挑战自我，无论平时训练还是在重大任务面前，表现都很突出。

2009年10月1日，国庆60周年大阅兵，余旭担任教-8梯队三中队右二僚机，按照阅兵编队展翅翱翔，在规定时间、规定点位、分秒无差地飞凌天安门上空，画出了一道美丽的风景。

2015年，马来西亚航展飞行表演中，余旭第一个上场。其精彩完美的表演，让中外嘉宾大开眼界，大呼过瘾。2016珠海航展上，余旭和战友们俯冲、转弯、跃升、翻滚、剪刀交叉，双机绕轴滚转等一系列花式动作在空中的惊艳亮相，博得阵阵掌声和欢呼声。

女孩儿余旭，同样不凡。从小受过专业舞蹈训练，尤其孔雀舞，更有上佳表现。在学校时，同学们都亲切地称她为"金孔雀"。2010年央视春晚上，16名女歼击机飞行员共同表演小品《我心飞翔》，余旭和姐妹们的飒爽英姿和才艺表演，给观众留下深刻印象。

余旭的"金孔雀"舞台照

"她经常提醒我和她爸多注意身体。我的微信是女儿教的，她让我学智能手机，做一个时尚妈妈。"余旭母亲深情回忆。2009年国庆阅兵前夕，余旭以"我最最亲爱的爸爸妈妈"写了这样一封信：

见信好！

此时此刻，我非常非常地想念你们……尽管平时电话联系频繁，但是，平时的言语中我不喜欢说这样那样我自己会感觉矫情的话，只是更愿意用行动去表达。但今天，我特别想对你们说点什么，并把它用文字记录下来。

这封信，余旭有备而来，更是有感而发。

五年前，第一次远离家门，我便一个人辗转于相隔十万八千里的北方大地。在这几年里，是吃了很多苦，受了不少累，但是，我真实地体会到了飞行成长这个过程带给我的那份特别的乐趣！所以，我在部队生活得很快乐，你们要放心！路虽然坎坷，但是在自己的努力下走到了现在，没有辜负你们的期望，我做到了！每次小小的成绩都是你

余旭和父母在一起

们大大的开心，也是你们不尽的关怀理解和支持一直在支撑着我勇敢地向前！谢谢！

懂事的女儿，甜蜜的话语，感恩的心，让父母很感动。余旭继续写道：

还有一个月就要参加国庆阅兵了，这是特殊时期的特殊任务，全空军乃至全国都很重视。现在每天的训练也很紧，我给你们打电话问候的时间将越来越少，希望你们多理解，同时也不用担心我，我一切都很好，心情好，身体好，工作顺！我的任务是好好飞行，你们在家的任务就是要好好照顾自己，保重好身体！期待国庆那天，在天安门上空画下的那道最亮丽的色彩，就是我给你们致以的最幸福的笑容！给我加油，为我们所有人加油吧！

从小一手把余旭带大的外公外婆，印象最深的就是余旭这孩子从小懂事、孝顺、坚强。

余旭与陶佳莉、何晓莉、盛懿绯，在歼击机飞行员中被誉为"四朵金花"。四人都属虎，一同上学，一起入伍，一道选调飞战斗机，她们相互学习和关心，亲如兄妹。

余旭因飞行训练事故牺牲后，时任中国空军新闻发言人申进科在发布会上深情地说："我们失去了一位好战友，空军官兵对余旭的不幸牺牲，

八一飞行表演队参加国庆60周年阅兵

深表痛惜，深表哀悼！”这不仅道出了空军官兵的心声，同样也说出了全国人民的心声。

"女儿要嫁给飞机了。"父母和社会各界的亲人、朋友们，念你，懂你！

社会各界人士深切缅怀余旭烈士

铿锵玫瑰　壮美人生

万里挑一，心往飞行；相拥蓝天，无怨无悔。国庆阅兵，珠海航展，马来西亚扬威，每一次的亮相，精准、娴熟、炫目，看似幸运，实则不然。其背后都承载着心理、生理的极大挑战和智慧与汗水的超常付出。无悔滋生动力，热爱释放激情，敢拼方能制胜。为了强国梦、强军梦，花季少女，欲与男儿试比肩。多少个第一次的闯关夺隘显身手，让你成为国人心目中的"Number One"。

蓝天折翅，哀恸九州；生命有限，感动无限。容颜因善良而美丽，巾帼因勇敢而精彩，青春因奉献而壮阔，人生因理想而崇高。国庆60周年阅兵时，"天安门上空画下的那道最美丽的色彩"，就是你的身影。三十岁的青春韶华，书写出壮美人生，人民空军一朵永不凋谢的铿锵玫瑰。余旭走好！

神九航天员

天地传鸿 我们不寂寞

2012年6月16日，搭载3名航天员（其中一位为首位女航天员刘洋）的"神舟九号"飞船成功发射，完成与"天宫一号"目标飞行器的载人交会对接任务。太空飞行13天，于6月29日成功返回。为祝贺中国航天史上这一重大盛事，中国航天报和腾讯网官方平台联合全国各省（市、自治区）和特别行政区媒体，于5月10日提前发起并开展"天地传鸿·祝福神州——写给神九航天员的一封信"大型征集活动。5月底，活动组织方邀请专家进行严格评审，最终从全国34个省级行政区征集到的作品中各挑选出一条最具地域特色的书信寄语，将它们汇编成一封寄给"神九三杰"的家书，随航天员飞向太空。3个月后，航天员景海鹏、刘旺、刘洋三人携"太空家书"和读信视频，一同在书信内容发布仪式上亮相，分享"家书"带给他们的温情与感动，让公众大饱眼福，成为年度航天主题文化活动的一大亮点。

有这样一封信：它的篇幅很长，全文足足有3500多字；它的作者很多，来自全国34个省级行政区的众多读者、网友都参与了这封信的书写；它的寄送距离很远，目的地是广阔无垠的太空。这封极其特别的书信，就是国人写给神九航天员的"太空家书"。

2012年9月28日，由中国航天报社发起的"天地传鸿·祝福神州——写给神九航天员的一封信"书信内容发布仪式在北京航天城隆重举行。仪式上，这封曾伴随神九航天员历经13天太空之旅的"家书"，与世人见面。三名航天员在太空中喜读"家书"的珍贵视频首度公开，让现场和电视机前的公众特别是直接参与"家书"寄语的大陆居民及港澳台同胞分外激动。

问鼎苍穹，探秘宇宙，随着我国航天科技的迅猛发展，神九飞天不仅

著名书法家庞中华为"家书"题写的信头和信封

神九发射和飞行的三个阶段

圆了航天员的梦，也牵动了亿万国人的心。天地间原本遥不可及，"家书"追随神九的伴飞，却让彼此零距离。贴心的问候，深情的祝福，美好的期冀与畅想，汇聚成阵阵暖流，冲天接日，飞向太空，送到景海鹏、刘旺、刘洋三位航天员的身边。

山西人民为家乡走出景海鹏、刘旺两位优秀航天员而自豪。信中赞曰："汾水长流，驼铃声声车辘辘；太行吕梁，黄花朵朵英雄出；飞向太空，月宫嫦娥广袖舒；冲天一跃，三晋神州同庆祝！"

"铿锵三人行，神九欲飞天。入住天宫去，千年梦将圆。伴星共飞舞，建立空间站。弘扬我国威，国人巡九天。中原儿女与你们以黄河之涛相拥，以嵩山之势相伴，祝你们飞天成功！"女航天员刘洋，深情朗诵来自家乡河南的祝福。

天津人幽默风趣，用快板形式向航天员道贺、邀请、送祝福："打竹板，发微博，海河儿女来道贺。……待到胜利归来时，欢迎来咱介儿坐坐，吃了螃蟹吃对虾，煎饼果子老豆腐。再到滨海转一转，航天新城看一看，大火箭，天津造，走哪咱都倍儿荣耀！"

内蒙古草原儿女则"神九飞天，腾起巨龙神武，气势恢宏，夸父自卑。草原儿女，奏起马头琴曲，托起哈达，深情遥祝：航天健儿，早日荣归！祖国各族人民，为你加油助威！"

香港同胞以穿越时空的语境为航天员讴歌祝福："太空旅程赛神迹，追星寻月九重天。古有后羿月宫说，今有杨氏作先锋。智识领域无界限，空间大道在彼方。承先启后越空去，宇宙再开新篇章。"

澳门同胞以其特有的"妈港语"抒怀相贺："天空又要多一幅美丽的风景，就系神九啦！全靠你们哋，我哋先可以睇到多点太空嘅风景，为我哋国家增光。航天员好犀利，我大个后都想做航天员！祝福你们哋！"

神九航天员在太空喜读"家书"视频截图

台湾同胞以丰富的想象深情寄望祝福航天员："……如果可以，真希望你们能带着我们台湾的种子和大陆的泥土，一起上太空，在无垠永恒的银河边种下期望：两岸和平、一家合一。祝福你们！"

为神九航天员写寄语，送祝福，甚至说上几句悄悄话，自然少不了孩子们。

在给"尊敬的刘洋阿姨"信中，山西太原九一小学邹静宜同学动情地写道："从电视里得知您将和景海鹏、刘旺两位叔叔组成飞行乘组，执行神舟九号载人交会对接任务。在这里，首先向您表示衷心的祝贺，祝贺您成为中国第一位进入太空的女航天员！同时请允许我代表我校全体少先队员，向您致以崇高的敬意！"在对刘洋从众多候选人中脱颖而出深表敬意后，小静宜以小记者的身份进行"探秘"："我听说航天员对身体条件的要求特别高，甚至有些'苛刻'，'苛刻'到了身体没有疤痕、没有异味、牙齿没有蛀牙等等，是这样吗？"

景海鹏是神九飞天组三人中的大哥。2008 年就曾执行神舟七号载人飞行任务，获得圆满成功。是孩子们的偶像，少不了"追星"祝福。

一位名叫张翼飞的小学生，得知刘旺是山西平遥人，信的一开头便与刘旺叔叔套起了近乎，攀起了老乡。信中不无感慨地写道："您还是中共党员、硕士呢。真棒！看来航天事业不只需要好身体，还要看思想和学识。我要向您学习。祝您成功！"

孩子们的信虽然没随神九飞天，却也一样温暖着航天员的心。正如刘洋所说："读到家书，我心中满满的都是温暖，都是感动，都是力量。它让我知道，我们不是三个人在飞翔，而是和所有的中国人一起在飞翔。"

景海鹏在书信内容发布仪式上动情地说道："在神九执行任务的 13 天时间里，我们时刻感受到祖国人民的牵挂。有天地传鸿，我们就不寂寞。"

2012 年 6 月 26 日上午 10 时许，时任中共中央总书记、国家主席、中央军委主席胡锦涛在北京航天飞控中心与在太空的三名神舟九号航天员首次实现地面与太空在轨飞行器的双向视频通话，送去祖国人民的关怀与祝福。7 月 27 日，胡锦涛等中央领导同志在北京人民大会堂亲切会见天宫一号与神舟九号载人交会对接任务航天员及

神九航天员成功返回地面

参研参试人员代表。这是对航天人为祖国航天事业做出重大贡献的充分肯定和极大鼓舞，也标志着我国航天事业又将开启新征程。

航天员刘洋在朗读"家书"

"太空家书"暖人心

天地零距离，鸿雁传佳音。崇山峻岭掠过你的身影，江河湖海见证你的英姿。风霜雨雪无所惧，电离重重任自由。"家书"特别，特别"家书"。以第三宇宙速度跃上苍穹，紧随"神九三杰"进太空，入天宫，追嫦娥，逐鹿星球，经略浩瀚宇宙，俯瞰苍茫大地。13个昼夜朝夕相处，300余小时形影不离。"家书"中有熟悉的乡音，多年的"铁粉"，有知名的作家，有稚嫩的童心。承载着亿万国人对航天员的殷殷嘱托、拳拳寄盼和美好祝愿。人间多瑰丽，天地共霓裳；英雄不寂寞，千古成绝唱。"太空家书"，出手不凡，暖融人心，情动三江，为你讴歌，为你点赞！

2019年年底，新冠肺炎疫情在世界多地、多点暴发。湖北武汉是疫情防控主战场。面对突如其来的严重疫情，党中央统揽全局，果断决策，以非常之举应对非常之事。2020年1月23日下午4时，武汉"封城"。全国上下凝心聚力用三个月左右的时间取得武汉保卫战、湖北保卫战的决定性成果，进而又接连打赢了几场局部地区聚集性疫情歼灭战，夺取了全国抗疫斗争重大战略成果。期间，党政军民学、东西南北中参与大会战，与病魔抗争，与死神较量，充分展现了中国精神、中国力量、中国担当。战"疫"期间有的征战一线，有的驻守后方。父母妻儿相互牵挂，彼此叮咛，共相勉励。篇篇炽热滚烫的家书，为之提供了最好见证和生动诠释。

"运20来啦！武汉我们来了！"这一重大新闻，很快传遍神州大地，振奋人心。

2020年2月13日凌晨，当新冠肺炎病毒肆虐武汉、湖北之时，空军出动6架运20和2架运9在内的三型11架运输机，分别从乌鲁木齐、沈阳、西宁、天津、成都、重庆、张家口七地机场起飞，紧急驰援，向武汉空运军队支援湖北医疗队员和物资。2月13日、2月17日西部战区和中部战区先后出动10架运20实施"鲲鹏之战"。这是我国国产运20大型运输机首次参加非战争军事行动，也是我国空军首次成体系大规模出动

众志成城　抗击疫情

火神山医院建设全速推进

现役大中型运输机执行紧急大型空运任务。

生命至上，人民至上。在党中央统一指挥和部署下，全国上下迅速行动起来。放弃过年，停止休假，新婚作别，手按红印，断发宣誓，甚至有的将自己尚在襁褓中的婴儿断奶托管。千万家庭在行动，各行各业齐发力。数万白衣天使、救援官兵等逆行而上，奔赴一线，开展生死大救援，创造了疫情防控的许多人间奇迹。

家书不说谎，患难见真情。且让我们从几个侧面看看中华儿女在突如其来的重大疫情面前的心声表达和壮志情怀。

庚子新春，武汉疫情肆虐。孙婉清是家住武汉的一名中学生。她的父母都是坚守在抗疫一线的医务工作者，她有时被迫独自"留守"。婉清的爸爸孙鹏是华中科技大学同济医学院附属协和医院急诊科副主任，从2020年1月15日起就没回过家。女儿想爸爸了，给父亲写信，用的是文言文，大年初一写成，用手机拍发给老爸。

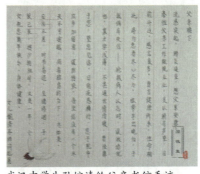
武汉中学生孙婉清给父亲书信手迹

父亲膝下：

流感突起，肺炎逼至，想父亲安康？

恭唯父亲工作就就业业，是以稍有声望。曾言健康所系，性命相托，将以患者为重，为其尽心尽力。故常早出晚归，于我偶有失信——抢救病人以忘时，误我培优也。某才学浅薄，不甚通世情冷暖，曾怪罪于您，望您见谅。近来流感横行，您于院中应小心传染，多加留意。吾坚信没一个冬天不可逾越，病毒肆虐的当下，亦如是。日月不居，时节易迈，亥猪将逝，子鼠已来，抟沙转烛间，又是一年。

小女在此祝您新年快乐，身体健康。

女儿 婉清 再拜问起居

看到这封信后，孙鹏感言当时有点泪目。平日不介意，"觉得孩子的长大就在一瞬间，平淡生活何其珍贵"。

都说当兵就意味着奉献。同为军人的上海长征医院的医护人员芦家奇、朱丽，是一对夫妻。2020年1月24日除夕夜，护士朱丽接到驰援武汉的通知。由于她的女儿还没断奶，医院领导征求她的意见。看着可爱的女儿，朱丽有些不舍，但她知道，抗疫一线更需要自己，她果断回复："我去前线！"除夕这天正是女儿一周岁的生日，还没来得及给女儿买好的

上海长征医院芦家奇给朱丽家书手迹

生日蛋糕，点上生日蜡烛，朱丽就踏上前往武汉的征程，得知朱丽的宝宝还没断奶，医院里几位同在哺乳期的护士妈妈，主动给她家中送来母乳，并嘱咐身在抗疫前方的朱丽："你安心执行好国家的任务，这段时间我们都是孩子的妈妈！"1月29日，丈夫芦家奇给爱妻写信，深情说道：

家里一切都好，爸爸身体挺好的，我们的宝宝也很乖……我们也都关注武汉的情况，也看到你们在那里工作的照片，大家都知道你们在那里不容易，你们都要坚持住。我也申请参加一线工作，很快我也会陪着你一起在一线战斗。

　　信中言语朴实而真切，传递着夫妻间的温暖、关爱和信心。

朱丽在入党誓词上签名

我的儿子、儿媳：

　　自从大年初一你们接到紧急通知返回工作岗位，全力投入抗击新冠肺炎疫情以来，家里就很少见到你们的身影，也顾不上说上几句话，疫情的发展，心里的担忧，都来不及多叮嘱几句。我知道你们很忙，交通工作本来就是量大、面广，疫情防控一线更是责任重大，我和妈妈都理解支持你们。……希望你们做好自身防护，特别是儿媳，你还一直处在手术恢复期，还要每天服药，一定要注意自己的身体。你们都是奋斗在抗疫一线的好孩子，你们忙吧，家里的事有我们……

　　这是江西省南昌市新建区交通运输局一名老党员、退休干部夏贤瑚同志于2020年1月31日晚写给儿子、儿媳书信中的一席话。父母之爱、家国情怀，跃然其间。

　　决战武汉，决战湖北，抗击疫情是一场真正的人民战争。打赢这场战争，需要父子同心、母女

交管人员对过往车辆进行防疫检查

携手、整体联动。有这样一对母女，格外引人注目。母亲名叫韩金香，2003 年曾参加抗击非典，是北京市大兴区人民医院的护士长。2 月 10 日这天晚上，子夜已过，母亲心系前方，便给北京大学第一医院第三批国家援鄂医疗队重症医学科护师的女儿李佳辰写去一封信，殷殷思念和谆谆叮嘱以外，更多的是为女儿加油鼓劲。

……小丫头，今天是你在武汉的第一个夜班。此时此刻，妈妈坐在办公桌前，满脑子都是你在武汉工作的想象。看着旋转的时钟，计算着你下班的时间。闺女，防护服穿的是不是规范？带着三层手套操作是否方便？你已经进入病区 3 个小时了，护目镜里面的水雾和汗水会不会影响视线？你对躺在病床上的患者如何传递温暖？时间一分一秒地向前赶，闺女，坚持住，你正在用智慧和汗

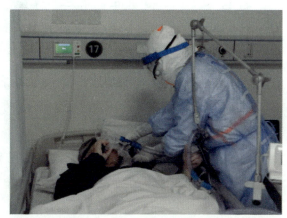

李佳辰在护理患者

水与病魔开展搏战……这次血与火的考验，一定丰富了你的羽毛，强健了你的翅膀，让你真正体会作为一名白衣战士的使命与责任。

这一次生与死的较量，一定会让你更深刻地思考人生的意义，褪去稚气，重新调整人生的天平，用你的感悟为今后的人生导航。亲爱的女儿，妈妈为你骄傲为你自豪，妈妈为你祈祷为你祝福！

落款是"爱你的妈妈 2 月 10 日凌晨 1：00 于北京"。

接到妈妈这封滚烫而又寄予厚望的家书，2 月 17 日，李佳辰将精心酿制的心语送给"亲爱的老妈"：

17年前，虽然我还小，不能确切地理解何为前线，何为没有硝烟的战场，但在我心里，妈妈是个拯救生命的英雄，像动画片里救人于水深火热之中的超人。那时的我，不懂得奋斗在一线的辛苦和危险，只是骄傲地觉得，我有一个超人妈妈。

而如今，我也像当年的您一样，肩负使命，站在这个没有硝烟的战场上。……17年弹指一挥间。

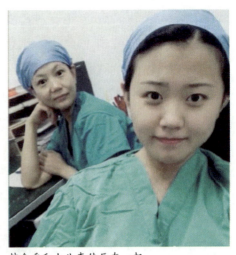

韩金香和女儿李佳辰在一起

在肆虐的病毒面前，曾经是你，而现在是我。终于，我成了你，我们同是白衣天使，更是肩负同样责任与使命的战友。我们一路相伴，砥砺前行。

放心吧，老妈，我定会不辱使命，照顾好我的病人。放心吧，老妈，我会时刻牢记你的百般叮咛，保护好自己。放心吧老妈，您的女儿已长大！

韩金香、李佳辰这对母女的鸿雁传书，互吐心声，互相激励，感动无数人。中央电视台第一时间给予报道，还在家书展诵活动特别亮相。李佳辰还参加了由中央宣传部、共青团中央、中央军委政治工作部联合主办的"青春在战'疫'中绽放"全国巡回宣讲报告团。作为一名90后，她用一段"长大后我就成了你"的感人经历和心中感慨，向听众们展示了医护人员对使命的理解与传承，反响热烈。

社区是最底层的社会组织，贴近百姓，服务民生，是防扩散、抗病毒的第一道防线。在"封城"宅家的那个特殊时段里，社区工作者直接担负着连接千家万户，稳人心，暖民意，解民忧的重任，常常夜以继日奔波忙碌，非常辛苦。北京市109中学程航同学的妈妈是一位普通的社区工作者。疫情期间，妈妈和同事们一起坚守岗位，起早贪黑，无怨无悔，体现了一位基层社区工作者的责任与担当。妈妈的行为让程航深受感动。他从开始对母亲的不理解以致埋怨到平生敬意和爱戴。于2020年2月12日这天，给"亲爱的妈妈"写了一封信。其中写道：

程航妈妈在为居民测体温

　　刚开始我不太理解您，您又不是医护人员，要是感染了怎么办？我和爸爸都很担心您。我们都劝您不要逞能，您没有用语言反驳我们，而是利用休息的时间给我们包了很多饺子，放到了冰箱里冻起来。大年初四，爸爸也被紧急召回了单位……您说您和叔叔阿姨们不仅每天在小区门口为进出人员测体温，进行门牌号登记，还肩负着重点地段站岗值班，给重点照顾对象买送生活用品，组织党员志愿者和居民志愿者参与防控，协调物业及辖区单位为民服务、调解各类矛盾，还当上心理医生呢！这极大地激起了我的好奇心。

　　经过一番调查了解，收集照片等资料，特别

社区工作者在开展夜间巡查

是听讲了"妈妈和社区同事们虽然都是最普通的人，但在疫情来袭时，我们都是战士！是战士就不能当逃兵！"程航对妈妈和她的同事们有了新的认识。他在信的最后动情地写道："此时

江苏援鄂医疗队出征

我觉得您特别伟大。妈妈加油！武汉加油！中国加油！"

陈旭峰是国家（江苏）紧急医学救援队队长，是危重症救治专家，曾参加 2003 年抗击非典和 2008 年汶川地震医疗救援，有着丰富的实战经验，2020 年 2 月 4 日下午率江苏救援队出发驰援湖北。2 月 7 日这天，他那读小学的儿子陈竞择怀着"特别想念"的心情给爸爸写信。又是问候，又是关心，叮嘱爸爸："你一定要戴好口罩、帽子和防护镜，穿好防护服，就像'大白'一样，决不能让病毒钻空子。"信中小竞择在鼓励爸爸和其他叔叔阿姨一定要加油干，早点把病毒灭掉的同时，特别写道："我突然也想快快长大，学习医学知识，成为一名和你们一样的医生，和你一起信心满满地打怪物。""快长大""打怪物"，多么可爱的孩子，既充满了天真童趣，也让我们看到了祖国的未来和希望。

全国抗击新冠肺炎疫情表彰大会

疫情无情人有情。困难面前豁得出，关键时刻冲得上。正如 2020 年 9 月 8 日习近平总书记在全国抗击新冠肺炎疫情表彰大

会上指出的那样："在过去 8 个多月时间里，我们党团结带领全国各族人民，进行了一场惊心动魄的抗疫大战，经受了一场艰苦卓绝的历史大考，付出巨大努力，取得抗击新冠肺炎疫情斗争重大战略成果，创造了人类同疾病斗争史上又一个英勇壮举！"

举国同心　战"疫"必胜

武汉告急！湖北告急！全国一级响应。面对突如其来的新冠肺炎疫情，长城内外，大江南北，中华儿女齐发动，一场声势浩大的疫情防控的人民战争、总体战、阻击战全面打响。与时间赛跑，和死神较量。忘却新年，握别亲人，"天使白""橄榄绿""守护蓝""志愿红"迅速集结，奔赴荆楚大地和病毒肆虐的地方。"到前线去！""我是党员我先上！""疫情不退我不退！""除了胜利，别无选择！"誓言铿锵，行动果决，丹心闪耀，感天动地。十四亿华夏儿女同呼吸，共命运，心连心，凝聚起中国不倒、战"疫"必胜的磅礴力量，让全球瞩目，令世界震惊。最美不过爱国心，最醇当属离别情。片纸虽轻，情意无限。父母的叮咛，夫妻的牵挂，孩子的祝福，家书宛如阵阵暖流，浸润着前方将士的心。新冠未绝，变异又起；战"疫"降魔，奋进不止。人民伟大，祖国必胜！

15岁中学生叶子
以妈妈口吻写给自己的信

亲爱的儿子：

这个点，你已经熟睡了吧？远在万里之外的昭苏的妈妈却辗转难眠，我想你了！

今天你15岁了！15年来，我从未缺席过你的生日，但今年……妈妈不想你因为我而错过一个美好的生日。于是，我提前一周就开始策划：让谁去学校接你回来？该请些谁一起吃饭？该买一个什么样的蛋糕？该准备些什么样的菜肴……我天天念叨，生怕有遗漏。生日那天，你给我发来视频，透过手机屏幕，我看到了你的开心。妈妈爱极了你的笑，你的酒窝和你那双明亮的大眼睛，我舍不得挂视频，想多看你一眼，多看你一眼，也是幸福的。看着全家人欢聚庆祝，听着弟弟妹妹为你唱生日歌……儿子，你知道吗？我多想在你的身旁，为你插上生日蜡烛，为你切一块最大最美味的蛋糕，可我身处他乡，只能在千里之外默默地祝福：儿子，愿你幸福无忧地成长！

今夜，你一定很开心吧！我为你感到由衷的高兴，但却挡不住思念的潮水。于是，我开始翻阅你从小到大的照片：这一张是你小时候去周庄拍的，你和同事的女儿骑在牛雕塑上，傻乎乎的，好不可爱；那一张又是你站在游泳池旁摘下泳镜的帅气潇洒的动作……一张又一张，直到最后一张，临行前你痴痴地望着我离开，你的目光充满着依恋，我

叶子以妈妈口吻写给自己信的手迹

强忍着泪水翻看着，一遍不够又是一遍，甚至抱着枕头痛哭，彻夜难眠。

白天语文课上的一幕一直挥之不去。今天的课文题目是《大还是小》，"有时候我希望自己不要长大！"平时沉默寡言的巴根站了起来，稚气地说，"我希望我不要长大，永远都在七年前。那时候我可以跟爸爸妈妈在一起，那时候爸爸没有去世，妈妈没有出车祸……"小家伙哽咽了，晶莹的泪珠流过脸颊。许久，全班都陷入了沉静，我的心更是针刺般难受……

望着巴根泪眼蒙眬的模样，我自己也忍不住开始落泪！这是一个母亲不忍的泪！儿子，我想你了！妈妈不在身边的日子，你会不会躲在哪个角落里哭泣？儿子，妈妈不希望看到你哭泣，初中生的你应该学会独自面对生活了！

儿子，在我的心目中，你永远都是那个帅气潇洒的小伙儿，妈妈希望看到你的担当，看到你成为男子汉大丈夫。

儿子，今年你初三了，毕业班学业繁重，你要努力去适应。在关键时候，妈妈响应党的号召，来到新疆支教，不能陪你！原谅妈妈！

有人说，世界上所有的爱都是以聚合为目的的，但有一种爱是以分离为目的的，那就是父母的爱。妈妈离开了你，并不意味着前方的路，我们会变成一个人；而是意味着走得更远，走得更稳，哪怕一个人。我选择了分离，因为我知道，我终将目送着你的背影渐行渐远，我的离我的离开或许会让你懂得成长，这是妈妈对你的爱呀！

儿子，让我们一起努力吧，为了我的教育事业，为了你的初中学业，为了我们共同的美好的明天！

远在昭苏的妈妈

2018年12月10日

写这封信的男孩，名叫叶子，当时是江苏姜堰励才实验学校初三年级学生，还是一位班长。叶子的妈妈徐章英当时在新疆维吾尔自治区伊犁哈萨克自治州昭苏县育英小学支教，担任一年级两个班的语文老师。

当远方的妈妈看到书信后，非常激动。感慨之余便把这封信晒在了自己的朋友圈里，瞬间戳中了很多人的泪点。

徐章英在去昭苏支教之前，一直在江苏省泰州市高港区永安洲实验学校任教。任教18年的她，2018年8月22日，收拾好行囊，跟随支教的队伍奔赴万里以外的昭苏县。

去新疆之前，徐章英和儿子曾

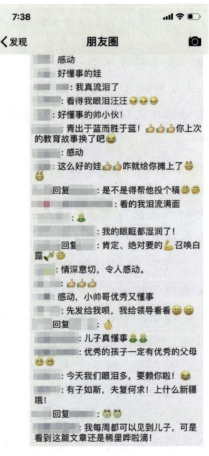

叶子妈妈徐章英朋友圈部分留言

童年的叶子和爸妈在一起

有过一段对话。"妈妈觉得你长大了，想离开一段时间，看看你能不能独立。"徐章英对儿子说。从小就没有离开过妈妈的叶子，很不能理解妈妈的话，固执地摇了摇头。

徐章英把其他支教老师的感言、故事，和儿子一起分享，让儿子和她一起看当地学生的视频，叶子慢慢理解了妈妈的用心。

"妈妈，我们来一场比赛吧，看你离开后，我的学习会不会有进步。"

那年叶子正面临中考前最关键的一学年，徐章英却在这个时候离开，这是儿子为了让她放心远去，才说出了这句对她最安慰的话。

徐章英的老公叶俊在苏州工作，一个月才能回来看一次儿子。一次，叶俊看儿子和妈妈视频完了之后躲在被窝里哭，就把这件事悄悄地告诉了妻子。那一夜，徐章英失眠了，泪水打湿了枕头。

提及为什么要给妈妈写这封信，叶子说，妈妈工作忙，顾不上给他写信。而自己想给妈妈写封信，很多话又不好意思开口，所以才以妈妈的口吻给自己写了这封信。叶子说，信是他那天下晚自习之后写的，一直写到凌晨3

叶子妈妈徐章英在新疆支教时指导当地孩子学习

点多，信纸多处都被自己的泪水打湿了。信中很多细节都是来自妈妈发的朋友圈，叶子每天放学的第一件事，就是查看妈妈的朋友圈或和妈妈通视频。

"妈妈，离家快四个月了。每次看到别的同学的父母来接送他们，我就特别想妈妈。不过，现在我想骄傲地告诉她，我已经学会独立了。希望她在新疆照顾好自己，早日平安归来。"叶子说。

叶子的班主任杨老师说，这孩子品学兼优，正直热情，是个积极乐观的阳光男孩。班上有什么活动，他都能组织好，是老师的好帮手，同学的好伙伴。

阳光少年叶子

注：叶子现在是江苏省姜堰中学的一名高二学生，班长，团员。2020年期末考试排名年级第一。为了心中的梦想，为了更好地成长，他在不断努力，并以"创造每日的历史"励志前行。叶子的妈妈已圆满完成赴新疆的支教任务，回到家乡继续从事教学工作。

2019年5月，叶子的家书被中国人民大学家书博物馆收藏。

POSTSCRIPT／后记

　　几度春秋几度回。经过几年的努力,《家书有约》终于可以和读者朋友见面了。感动家风熏陶,感恩初心守望,感激家书文化滋养。作为一名退役军人、一名中共党员,这次书作的面世,算是我向中国共产党建党 100 周年献上的一份薄礼吧!

　　为了尽可能多地获取和辨析相关资料信息,编著过程中,除了搜索浏览一些网页媒体报道,更多的是读书、买书、借书和到相关图书馆、文史馆、纪念馆、博物馆以及一些名人名家陈列馆里去寻觅和探宝。徜徉其中,受益良多,有的让我心灵为之震撼。

　　撰稿时,参考了中共中央文献研究室编的《老一代革命家家书选》,中国人民抗日战争纪念馆、中国人民大学博物馆编写的《抗战家书》,谢觉哉著、谢飞先生编选的《谢觉哉家书》,孙慧芳博士主编的《国父孙中山先生纪念集》等内容,得到了林则徐六世嫡孙女林岷教授、中国人民大学家书博物馆、单声珍藏文物馆等方面的关心支持，谨致谢忱。

由于受时间和条件的限制，有的家书作者未取得联系，未能一一作注，敬请谅解。一俟取得联系，即致谢意。

编拟过程中，我不时就家风家训、家书文化等内容受邀到社区、学校、工厂、军营等地开展宣讲交流。期间，那些相识、不相识的朋友、战友热情的态度，专注的目光，亲切的互动，感人的留言与寄语，给了我研究和传播优秀传统文化，坚守家国情怀的信心和力量。

成书期间，先后得到来自部队老首长、地方老领导以及相关专家、学者的关心和鼓励。江苏尚大文化传媒有限公司对本书进行了认真、专业的装帧设计。在此，一并表示衷心感谢。

最后，我要感谢天津人民出版社在策划、编校时的辛勤付出，感谢我的家人给予的理解支持。

朱 广 联

2021年6月28日于江苏泰州